KUWEI
酷威文化
图书 影视

下

简图

著

JIAN TU

四川文艺出版社

第十章

心有余悸

齐骁没接南絮递来的水杯，而是握住她的手腕，把人带向自己，南絮冲他使了个眼色，周围这么多人看着，他还放肆。

“你是爷的女人，所有人都知道。”他扣着她的腰，把她按在他腿上，“等一个女人。”

南絮点点头，明白了，安婀娜。

她靠近他一些，小声问：“你确定她会找上你？”

他贴在她耳边，做着亲密的动作，旁边的人以为俩人亲热，通通把脸转到一边，不能看，不敢看。他说：“安婀娜现在急于想做出成绩证明自己。”他亲着她的耳朵，湿热的气息弄得南絮的耳朵麻麻痒痒的，她有点想躲，可又要听他极低的话语。

他环着她的腰，唇角扬着好看的弧度：“她现在要找大生意做，小打小闹的不能满足她的胃口。我虽然不管那边的事，但人脉还是较于她多，我在其他势力里的眼线，总能提供一些生意情报，她一定会来找我。”

果然，次日一早七点多，桑杰敲门，说手下来报，安婀娜开车往这边来了。

南絮翻身下床，急忙去换衣服，齐骁点点头，关上门。

“别急，怎么也要十分钟，你到旁边房间待会儿。”

南絮换好衣服，把自己的东西收拾好放到柜子里，不能让安婀娜发现她的存在，否则这个女人要是闹起来，够她头痛的。

安婀娜很快就到了，桑杰开的门，她走进来，齐骁正穿着睡袍，倚在床头抽烟。

“骁爷，吵到你休息了。”

“什么事，这么早过来？”齐骁吸了口烟，吐出烟雾时撇开头，烟雾熏得眼睛不舒服。

桑杰非常识眼色地开门出去，安婀娜拉了把椅子在他旁边坐下。

“我前段时间抓来一名化学专家，前些天被人夜袭把人救走了。”

“没听你说过。”他语气不咸不淡。

“你又忙，这点小事就没跟你提。”其实自从道陀死后，这几个月里两人常常碰面，安婀娜有事还是会问他的意见，这件事情她没提，是因为廖爷说，越少人知道越好。

“被廖爷责罚了？”他把烟掐灭，拢了拢睡袍站起身。

安婀娜见他起身，也跟着站起来。他走向洗手间，直接把门关上，安婀娜站在门外：“骁爷，我刚刚上位根基不稳，我要想服众，必须拿出成绩。廖爷很失望，最近生意这么难做，我想做出点成绩给所有人看，我安婀娜比他们男人更有能力。”

洗手间里传来哗哗的水流声，安婀娜站在外面等，齐骁是在挫她的锐气。过了会儿，水流声停止，齐骁擦了擦头发，穿上睡袍出来。

门一开，在门外转悠的安婀娜被扑面而来的男性荷尔蒙震到，齐骁简单的睡袍加身，露出大片胸肌，半截小腿还挂着水珠，头发未干，水滴顺着刚毅的脸颊滴落……

她喜欢齐骁，又野又狂身手了得胆识过人的男人，女人自然喜欢。安婀娜自认条件出众，谁看了都会多瞟几眼，而认识齐骁这几年，他看似花花性子，却对她一直不咸不淡。

“刚才的话再说一遍，没听见。”齐骁从桌上拿起烟盒，抽出一支烟点上。

“我知道，廖爷扶我上位，很多人不服我，近来生意只能做些小的，做不出大成绩更难服众。这次的事廖爷很失望。骁爷，你帮我想个法子好吗？”她的声音不似之前的强势，而是换成一种软软的语调。

“我从不插手你那边的事。”他坐在床边，姿态悠闲。

“所有人都知道骁爷头脑最精明，你一定有办法。”

“玩命的办法？还是算了。”

“我们哪一个人不是在玩命，玩的就是命，我不怕。”

齐骁吸着烟，听到她这话，“扑哧”一声乐了出来，一口烟差一点呛到自己。

“骁爷，你笑什么？”

“笑你。”他咳了几下，拿过水杯喝了半杯水。

安婀娜知道，他在笑她不自量力。她走向床边，把外套脱下扔到椅子上，露出里面的紧身衣服。

齐骁瞥了她一眼："你热？"

她走过去，在他身边坐下，身子往他身上靠。

齐骁没推她，还是自顾自地抽烟，淡淡开口："我对女人没兴趣。"

"你只对那个女人有兴趣？"

"我前几日确实收到一个消息，是笔大生意，但是很危险，我建议你别冒进，容易折了。"

安婀娜眼光放亮："什么消息，说来听听。"

他故意顿了顿，然后摇摇头："不行，廖爷不会同意。"

"道陀的生意现在归我管。"

齐骁还是摇头："不行，太危险了。你想立功想服众，不能急于一时，再等等。有好时机我再告诉你。"

安婀娜还要说话，被齐骁一个眼神禁止，他把她的衣服扔到她身上，重申："我对你没兴趣。"

他找准她迫切想要做笔大生意给众人看的心思，这几句话，已经成功激起安婀娜的好奇，等，等她下次再找来。

安婀娜走后，南絮从隔壁房间出来，她推门见齐骁坐在床边，关上门小声问他："你确定她会再来找你？"

他点头，笃定道："一定会，她现在太急于求成，我了解她，她这人什么事都敢干。"

南絮点头，齐骁想把安婀娜弄下去，再接下来，就是廖爷了，齐骁的计划一直稳妥，她信他。

果然安婀娜坐不住，几次来找齐骁，她心里惦记着那笔大生意，齐骁口中能说出“大”字，绝对不是小数目的生意。

可奈何齐骁不松口，怎么问都三缄其口，弄得她更加想要把这笔生意拿下。

一周下来，齐骁觉得差不多了，但这件事，他不能通过自己的口让她知道。

齐骁想到了他之前安插在赛拉那边的眼线——塔陀。

赛拉被捕，岩吉丧命，他们的势力也慢慢分崩瓦解，人员四散。塔陀辗转混到其他地盘，却一直给齐骁递消息。

其实最近没有大动作，全世界打击毒品犯罪的气氛都十分紧张。齐骁跟渔夫设局，让人假扮生意人，与这边联络，这边却以各种借口推脱，一时生意没谈妥。

塔陀听说后，便把他那边的消息告诉齐骁，这个局，引的就是安婀娜。

廖爷在金三角几大势力中，绝对是强者，迪卡和道陀近一年接连出事，也未能彻底打击掉廖爷的势力。齐骁把自己的计划与渔夫商议，两人各抒己见，最后糅合到一起，开始布网。

这一天，齐骁出来，只带了桑杰和几个手下。

他偷偷拐进胡同，与塔陀碰面。

塔陀把新消息告诉他，所谓的新消息，齐骁早已知晓，做做样子给那些暗中窥视他的人看。

塔陀走后，刚拐出胡同，就被一杆枪指在脑门上，那人说：“我家小姐有请。”

塔陀被人带到安婀娜面前，她知道，上次有人放消息给齐骁，才使她和迪卡引诱齐骁和南絮的计划失败，只不过她不确定到底是谁，这一次直接逮了个正着。

“你给了骁爷什么消息？”安婀娜坐在主位上，手拿着枪把玩着。

塔陀不是个胆大的人，送消息给骁爷也是迫不得已，不过骁爷很讲究，没亏待过他，他知道这人是安婀娜，与骁爷同属廖爷势力范围内。

他畏畏缩缩地说：“安婀娜小姐，你要是想知道，去问骁爷好吗，我答应过骁爷，不能把消息告诉任何人。”

安婀娜慢悠悠举起枪，枪口正对塔陀脑袋：“我让你说。别耍花样给我个假消息，我会跟骁爷核实，你要敢放个假消息，这把枪，就解决你全家性命。”

“安婀娜小姐，我说。”塔陀没有办法，只好把传给齐骁的话告诉她，“最近华国云省那边有个买家，叫李哥，是一笔大生意，一直没谈妥，好像是价格原因，李哥看准现在生意难做，价格压得太狠。”

“压到多少？”

塔陀摇头：“这个我打听不到，只是听人说是价格问题，大哥最近因为这事去了一趟云省边境，碰了面，那个李哥很有钱，只是吃准了我们货多出不了手，狠压价。”

安婀娜一听：“李哥？什么人物？有没有办法联络到？”

塔陀一听直摇头：“安婀娜小姐，我只是个小跟班，卖卖力气，在边缘打转，能听些风声和消息，联络上家的事我插不上手。”

“给你三天时间，想办法打听到卖家的身份和联络方式。”

塔陀差一点都要跪下："安婀娜小姐，求你了，我不可能探到内幕，你饶了我吧，以后有这种消息我可以送给你，去探内幕我会被人打死的。"

安婀娜不管他生死，枪口敲着桌面："三日内，否则你……"她把枪对准他，猩红诱人的唇上做着"啪"的一个口形，"不许告诉骁爷，留着命吧，以后跟我合作一样有你好处。"

塔陀瘫软在地上，这种内幕他哪能轻易拿得到，但不按安婀娜的要求去做，他性命定又保不住。

齐骁知道塔陀被安婀娜的人带走，也知道安婀娜坐不住，他在等，等塔陀办事有些进展，他也会暗中让人透些消息给塔陀。

安婀娜这几日没再来找齐骁，南絮暂时帮不上他什么忙，只好联合内部，一起布控，等安婀娜钻进他们的天罗地网。

三日后，塔陀确实带来了消息，安婀娜十分高兴，她没通知廖爷，得到消息便带着手下动身前往云省边境。

她乔装越过边境线，找到叫李哥的男人。

李哥四十多岁，平头，身材中等，长相平平。虽然消息可靠，她也经过多方打探，此人有些根基，不过开始两人都有保留，迂回着套对方的话，然后确定对方身份无疑，才开始谈生意。

李哥的报价着实低到令人咂舌，安婀娜无法交易，来之前已经有心理准备，只能软磨硬耗。

她自认有资本，特别是李哥对她建立信任之后，时不时眼睛往她身上瞟。而这样的做派，也让安婀娜相信李哥就是她要找的人。

连续几日，两人都见面，安婀娜请李哥吃饭，要了个包间，两人相对而坐，服务员都在门外。

酒过三巡，安婀娜起身坐在李哥身边，她穿得不多，露出饱满的身材，李哥的眼睛自然会往她身上瞟，她给他倒酒，眼波流转：“李哥，妹妹再敬你一杯。”

她把杯子递到他嘴边，李哥喝下她递过来的酒，她再倒酒时，他把手压在她手上：“这杯，妹妹喝。”

安婀娜端起杯子，就着他唇边的位置，一饮而尽。

安婀娜终于搞定了李哥，她很谨慎，验货时自己不在现场，说回去准备货。

李哥说没问题，等她回来。

安婀娜觉得自己胜利而归，让人准备货，齐骁当作全然不知，只要不去赌场，就跟南絮待在他的院落里，晒太阳、逗金刚。

金刚喜欢南絮，时不时从栖杠上飞下来，落在南絮肩上。

它的爪子锋利，每次抓得她肩膀生疼，已经被它抓破几次，骁爷心疼得差一点要炖了金刚。

南絮坐在电脑前，之前她通过技术连接卫星网络，但外置信号还是极差，她敲着键盘，深吸一口气，快点解决掉安婀娜吧，快点解决掉廖爷，以及让她很迷惑的蔺闻修。

安婀娜回来的消息，齐骁第一时间得知。他带着南絮到赌场转了一圈，便在酒店住下。

齐骁跟渔夫联络，安婀娜那边的事情进展顺利，交易时便即刻逮捕。

而安婀娜没有想象中那样好解决，她让人带货到边境，自己却隐匿起来，打电话让李哥验货，李哥没同意，说这么大的交易妹妹不在场，是信不过他。

安婀娜自然不会这样说，只说有事脱不开身。

李哥说，那交易就暂停吧。

安婀娜一听，十分焦急，但她还是没出面。

渔夫布下的线基本能确定安婀娜的位置，但无法越界逮捕，经过几天的斡旋，李哥直接撂下狠话，取消交易。

安婀娜有些慌了，但面子上还得撑住，她在电话里语气特别温柔，一口一个哥哥，解释自己确实有事不能到现场交易。

李哥说，妹妹是谨慎的人，你谨慎我自然也要谨慎，交易不能继续。

说完李哥便没再接安婀娜打来的电话，安婀娜着急，此时价格比他最初开的高出七个点，利润可观，为的是什么，还不是她连续多日哄的。

她打了两天李哥的电话，对方都没接，又听手下传来塔陀的消息，说他那边已经开始跟李哥重新谈，李哥的价格涨了三个点，差不多能定了。

这个消息一出，安婀娜着实坐不住了。

她再次联络李哥，对方还是不接，后来她换了个号码打过去，电话才算打通。

两人都狐狸般虚与委蛇地周旋，安婀娜妥协说马上过去交易，李哥说，不行了，价格必须降，然后说，自己已经给足面子，降低的百分点是妹妹不信守承诺要付出的代价。

最后价格比之前少一个点，安婀娜认为，李哥没直接砍掉四个点已经给足她面子。

安婀娜带着货到边境隐蔽的山中小镇，与李哥碰面，当场被李哥扣下。她看着李哥，李哥说：“妹妹，你谨慎是好，可你太不识抬举，你的货少了三分之一，你跟我玩心眼，嫩了点。”

安婀娜只是谨慎，无论她怎么解释货马上就到位，李哥也不信她，此时她只知道着了李哥的道，完全不知，这是局，为的就是引她入套。

安婀娜被“李哥”以及“李哥手下”扣住，而他们的下一步，便是引出廖爷，这个老狐狸，多年行踪隐秘，只有齐骁给的一些信息，否则要抓他，难于登天。

而这边，廖爷接到手下来报时，直接把电话摔在地上。

“蠢，一个比一个蠢，警告安婀娜多次，不能冒进，她偏偏闯进最难应对的地界！”货被扣，人被扣，一分钱拿不到。廖爷有生之年第一次感觉受到极大的侮辱，居然有人敢扣他的货。

齐骁接到电话，一边讲电话，一边跟南絮眼神交汇，她听得明白，安婀娜落网了，而打电话的是廖爷，这一步，要收网了。

“我过去看看，你自己小心些，不要出门。”他交代。

南絮点头：“你也小心行事，安婀娜被抓，廖爷还未怀疑，万一他生疑，你首先要自保，如果有事，一定要打电话给我。”

齐骁快速赶到廖爷的院落，此时整个院落的气氛没比道陀死那天好多少，人人自危，眼神闪躲。

“廖爷。”齐骁进门，廖爷脸色铁青，指着手下，让他跟齐骁说。

廖爷手下如实叙述：“骁爷，安婀娜小姐与一个叫李哥的买家交易，那人黑吃黑，货和人都被扣下了。”

齐骁脸色一沉，声音低得如闷雷般压至：“敢扣我们的人？”

大家一听，知道骁爷也被激怒了。那人继续道：“我们得想办法把安婀娜小姐救出来。”

“还有货。”齐骁冷冷吐出三个字。

那人点头：“对，这批货不能再折了，这个李哥，胆敢挑衅廖爷，不能让他活到明天。”

齐骁没开口，眼底一片冷光：“安婀娜从哪儿得到的消息？”

有人回他话：“塔陀。”

齐骁猛地抬眼，手边的茶杯照着安婀娜的手下砸了过去。“混账，这么大的事，凭一个塔陀给的消息就把自己搭进去。为什么不先跟廖爷商量，她只长脸不长脑子吗？”他恶狠狠地咬牙道。

“安婀娜小姐说不要告诉任何人。”手下满身的水渍，脸上还挂着茶叶，茶水流过眼睑都不敢用手去拂。

塔陀很快被抓来，他把事情经过说了一遍，说安婀娜不让告诉骁爷，也不让跟任何人提起，如果他不给消息，她就要杀他，他不敢不照做。

塔陀的解释，彻底撇清了齐骁的嫌疑。

塔陀留下了李哥的信息，齐骁打电话过去，而那边直接挑明，他不想跟骁爷谈，要谈，让廖爷自己跟他谈。

廖爷接了电话，李哥态度强硬却也委婉，表明并不想跟廖爷闹僵，可安婀娜这次耍了他多日，不能这么了结。他现在就要那三分之一的货，货到，人还。价格？不好意思，只能按最初的价格定，还要求只允许廖爷押货，至于骁爷，他说不想看到骁爷。

所有人都明白，李哥忌惮齐骁，不想跟他硬碰硬。

廖爷花重金聘了雇佣兵，七名退伍军人，都是只认钱的亡命之徒。

他要的不只是钱，还要“李哥”的命。

齐骁是夜里听到这个消息的，他急忙跟渔夫联络，让他们加强布防，现在他们要对付的可不是小喽啰，如果这次拿不下，以后想要逮捕廖爷更是难于登天。

南絮知道他担心，但是担心也于事无补，布控、人员，都到位了，只等廖爷踏入边境。

廖爷三日后出发，带了一些随行人员，他端坐于大厅中央正位，门口是七名一身野战服、身上佩戴着最新武器的雇佣兵。

这一年，折了迪卡，丧了道陀，安婀娜被扣，唯独齐骁，仿佛一切都置身事外，自己的势力在悄无声息间一点点被粉碎被掏空。

他望着外面的天，阴霾笼罩，雨势来袭，他眯起眼，这天，要变。

齐骁一直担忧着渔夫那边的事，这些雇佣兵可不像那些当地武装人员好解决，必须要出动精锐部队，且要一举拿下廖爷。

而这时，他却接到了廖爷的电话，廖爷通知他，让他一起去。

廖爷在电话里的意思很明确，让齐骁随行保护，不出面洽谈。

这样的安排合情合理，即使没有理由，廖爷发话，齐骁也不可能推辞。

南絮听闻，隐隐感觉事态不妙，说不出哪里不对，就是感觉浑身发寒：“他对你起疑了？”

齐骁把电话揣到兜里，起身拿外套：“我去看看那边的情况。”

“注意安全。”她说。

“别担心，这几日就待在这里，哪儿也别去。”他捧起她的脸，在她唇上亲了一口，“等我回来。”

南絮看着齐骁离开的身影，心里惴惴不安。

齐骁带着桑杰快速驶向廖爷院落，廖爷似在等他，见他来了，直接说：“出发。”

廖爷一路上话极少，齐骁坐在他旁边的位置，也没开口，轿厢里弥漫着超低的气压，一行几辆车，浩浩荡荡。

齐骁心里盘算着接下来会发生的事。

廖爷让他来，解释合理，但他却感觉没那么简单。廖爷是个极其精明的人，这一年发生的事，他不可能不深思熟虑，或许他早已思考过，对齐骁的怀疑也从未停止过。齐骁猜测，想必廖爷心中已有打算。

即使分析出廖爷的想法，知道随行如同踏入龙潭虎穴，他也必须来。如果他有任何异常举动，廖爷必定取消此次交易。

兵来将挡，水来土掩。看他出什么招吧。

他像往常一样，架着长腿坐在宽敞的越野车后座，车窗落下一点儿，给廖爷递了一支雪茄，他自己也点上一支。

临近边境时，车停下来，前面的人去探路，观察是否有可疑迹象。

前方来报一切如常，他们下车，潜入深山，从山里穿行。廖爷问他：“老三，你跟我有五年了吧？”

齐骁点头。

“这五年，你功不可没，赌场生意越做越大。”

“依仗廖爷栽培，能合作生意的，都是给您面子。”齐骁深知，他此话，别有深意。

廖爷点头，虽然六十多岁，但他的行动却不慢于旁人，手里拄着拐杖行走于山林草木中，被手下围在中间。

之后，廖爷没再开口说什么，只是交代手下注意四周，自己也十分警惕。至于齐骁，他要先确定这个李哥是什么人，再来解决齐骁。

平安出了山林，到一条蜿蜒的小路上，路边停了几辆车来接应，齐骁依旧跟随廖爷坐上车。

很快到达一个小镇，手下给“李哥”打电话，那边说了地址，他们驱车过去，可人却没在。

再打电话，“李哥”又说了一个地址，他们再次赶过去。

廖爷脸色阴沉，敢耍他，他让人打电话给雇佣兵，让那边直接定位出“李哥”的位置，不出意外，就在这小镇旁边的深山之中。

雇佣兵已经确定位置，但那边打一枪换一地方，十分谨慎。

廖爷放话，不用把“李哥”带到他面前了，直接击毙。

这些话，齐骁都听进了耳里，廖爷也不瞒他，因为无须隐瞒，他在廖爷手下的包围圈内，左右都是廖爷的人，他跑不了，也不能动手。

雇佣兵传来消息，正往深山中探进，让廖爷放心，也不用他多加吩咐，他们自会按他的要求去做。

而另一边，自打齐骁离开，南絮便感觉事态不妙，她相信齐骁，却还是担心他的安危。她出来，带上电脑和飞型器，给渔夫打电话，表明自己的担忧，廖爷可能是怀疑齐骁，把人带走了，齐骁身入险境，让渔夫那边的布控多加戒备。

“李哥”几次耍了廖爷，廖爷的怒意已经达到极点，他要找出这个“李哥”，不找出誓不罢休。

“李哥”这次却让廖爷把位置给他，他带人过来。廖爷的车就在山边的小路上停下，等“李哥”送上门。

过了会儿，对面山里出来一个男人，那人穿着普通的黑色外套，戴着鸭舌帽：“廖爷，李哥让我来先跟您说声抱歉，实在是不能不谨慎，您明白的，我先来验货，货到，李哥马上就到。”

廖爷抬了抬下巴，示意手下把货拿过去，那人用手指捻了一点儿凑在鼻子下闻了闻，然后点点头，这才开始打电话给“李哥”。

“李哥”接到电话，布控的人员开始靠近，而雇佣兵们也正从山里快速往这边移动。

渔夫在指挥部坐镇，卫星定位传来山中雇佣兵的位置，派去的几个精英分队正在靠近他们。

“李哥”如果出来，有可能直接被击毙，所以此时已经有狙击手的枪口对着雇佣兵，只要对方开枪，便立即狙击。

而这边，廖爷开口问齐骁：“有把握吗？”

齐骁看向他：“廖爷的意思？”

廖爷从怀里拿出一把枪，放到他手里：“人出现，直接击毙。”

齐骁面上不为所动，但内心却风云翻涌，廖爷让他杀了“李哥”。廖爷不说话，只是用那精明的眼睛盯着他，似要看破他一丁点儿的破绽。

齐骁拿起枪，点点头。

齐骁微眯着眼，黑眸里的光幽暗深邃，他不可能真的射杀“李哥”，他在思考，这枪，是对准廖爷，还是射偏以作警示。无论哪一点，他都彻底暴露了。

眼下他只希望渔夫思考周全，别让“李哥”大摇大摆直接露面。

果然，远处渐渐驶来几辆车，齐骁在廖爷的注视下，在车里举起枪对准前方，如他预想一样，“李哥”没下车，而是吩咐手下传话，说这里不安全，换个隐蔽的地方交易。

而对方的车落下车窗，安婀娜的脑袋被推了出来，她正大叫着，喊着廖爷救命。

“‘李哥’就交给你了。”廖爷说。

齐骁点点头。

车子跟着“李哥”的车向前方驶去，中途廖爷叫停，让人传话，说差不多了，再往前走也不安全。

“李哥”知道廖爷已经忍到极限，不会轻易离开，他带雇佣兵来就是要解决他，他不露面廖爷定不罢手。

再往前行驶一点儿，停下车，这里不是雇佣兵隐藏和射击的有利位置，“李哥”让手下传话，说可以交易了。

廖爷冲齐骁使了个眼色，齐骁紧捏着手里的枪，稳稳举起对准前方，但“李哥”没下车，而是把安婀娜推了出来，她双手被绑在身后，后面有人拽着。

几辆车停下的位置有十米左右的距离，“李哥”的电话打到廖爷这边：“廖爷，别怪我以这种方式接待，实在是您名声在外，我不得不防。”

“我们做这种生意的，黑吃黑是最大的忌讳，您不想名声彻底坏了，断了这条来钱道吧？”

“安婀娜小姐先耍诈，廖爷，您可怪不得我。”“李哥”说着，手下的枪抵在安婀娜背上，“廖爷，拿货，换人。”

突然一声枪响，随即多颗子弹射来，“李哥”在电话里吼着：“廖爷，你搞我。”

但这枪，不是廖爷的人开的，廖爷听闻李哥的话，脑海中第一时间自然会蹿出“李哥”不是军方的人。

枪声四起，廖爷所在车上的司机发动车子要跑，刚往后退想要掉头，车胎被子弹打中，车子无法行驶。

而“李哥”的人开始向他们射击，廖爷的人瞬间下车回击，车里只剩下齐骁和廖爷。

齐骁没动，廖爷也没动，看着前面火并，他带了几十名手下、七个雇佣兵，而这时，山里已经传出了枪声。

雇佣兵也已经动起手来，廖爷淡定自若地开口：“烟。”

齐骁拿出一支给他。

即使对方表现出不是军方的人，但廖爷着实不信，这火力的猛劲，哪是普通毒贩该有的。他吸了一口烟：“老三，你一直是我最得力的手下。”

齐骁点头。

“胆大细心，精明果断，行事谨慎。”

齐骁没说话。

“你第一次救我，差一点死了，我很感激你，把你留在身边，看着你一步步起来，我也很欣慰。”廖爷又抽了一口烟，不紧不慢地吐着烟雾。

“那也是您的势力范围，给的是您的面子。”

外面枪声四起，炮火冲天，而车里的两人，就在炮火中叙起了陈年旧事。

“迪卡被抓了，道陀死了，三个义子就只剩你一个，不出意外，以后我的所有都会是你的，金钱、地位，这是令所有人趋之若鹜的，你不在意？”

聪明人的谈话，已经间接挑明廖爷对齐骁的怀疑。

齐骁轻笑了下：“金钱是贪婪的欲望，一切都是人心罢了。”

廖爷看向车外，雇佣兵已经冲了上来，硝烟弥漫山间，炮火连天。

“我早怀疑你，却一直不忍心杀你，你救过我几次，但你也真寒我心。迪卡、道陀，还有安婀娜，都是你一手策划的吧？你几次因救我差点丢了性命，为的就是这个，如果那时真死了，值吗？”

齐骁救廖爷多次，最严重一次身上中了四枪，昏迷多日差点儿丢了性命。如果不是拿命去拼，怎会取得廖爷这样黑势力老大的信任。“总有人为了光明在黑暗中匍匐前进，没有值不值得，只有愿不愿意。”

五年，他第一次用枪对上廖爷：“廖爷，下车吧。”

廖爷下车，齐骁用枪对准他，突然侧方射来一枪，齐骁一闪，子弹直接打在齐骁手里的枪上，廖爷冷笑了下：“想抓我？你还嫩了点。”

突然旁边窜出两个高大的雇佣兵，这两个并不是廖爷找的那七个人当中的任何一人，而是廖爷为防着他，特意隐秘安排的人手。

那两人救下廖爷，在同伴的掩护下逃进山里，齐骁闪躲及时，否则这一枪直接要了他的命。他从腰间拿出自己的枪，一边躲避流弹一边快步追了过去。

南絮按照渔夫给的位置找到了地方，刚下车就听到漫天炮火声，她追上，却没看到廖爷和齐骁。她与渔夫通话，渔夫说廖爷被救走，齐骁追了去，精英部队已经跟上。

南絮追进山里，这里信号极差，她偶尔才能看到齐骁时隐时现的位置，前方传来炮火相交声。

齐骁的速度不慢，而对方两个雇佣兵都是野战老手，十分狡诈，路线诡异多变，一边跑一边向他扔手雷。

待他追上来，两人带着廖爷已经不知逃到哪里了。

南絮矮身前行，拿出手机，信号彻底断了。她担心他的安危，也不知道那边是何情况。

她潜过去，看到几个拿着枪的雇佣兵。南絮隐在暗处，举起枪解决了一个，那些人看到同伙倒下，瞬间朝她这边开枪。南絮趴在地上，很快听到传来其他枪声，是我方人员与雇佣兵交战。

雇佣兵团接这单生意只是针对买家，却不想进了军方包围圈，他们想撤的时候，已经来不及了。

南絮抹了把脸上沾的被炸起的草灰，谨慎观察后，向前方跑去。

途中碰到穿着迷彩作战服的精英小组，她用手势表明，是自己人。

齐骁行动极快，追上后被雇佣兵扔了两颗手雷，他急忙扑到粗壮的树干后闪躲，再要爬起时，听见轻微的脚步声靠近，他一转头，一只漆黑的枪口正对着他的脑袋。

而这个男人，正是廖爷雇佣的那七人之中的一人。

那人冲齐骁扬了扬下巴，示意齐骁把枪扔掉，枪对着他的脑袋，齐骁速度再快，也快不过对方手指扣动扳机的速度。

齐骁被雇佣兵用枪抵着，从树后出来，走到廖爷面前。

廖爷手拄着拐杖，冲他在笑，那抹笑会让不熟的人以为他是和蔼老人，但了解他的人却明白，他那笑容背后，是嗜血的魔鬼，阴狠至极。

齐骁脊背挺拔，他也笑，那是不惧生死的笑：“廖爷，再多人也逃不出华方的包围圈。”

“老三，我一直不忍杀你，但你……”他说着，从旁边人手里拿过枪，指着齐骁的肩膀、左肋、大腿，“这些地方曾经为救我受过重伤。”

“砰”的一声，子弹打在齐骁的肩膀上，他闷哼一声，身子晃了晃，才稳住身形没让自己摔倒。死不可怕，他经历过无数次，此时只希望，在他死之前，能够看到廖爷被捕。

廖爷摇了摇头：“真是个硬骨头，面对金钱不为所动。什么能让你动摇，那个女人吗？”

齐骁心下一惊，南絮会不会被廖爷控制了？

廖爷哈哈大笑出来：“英雄难过美人关。放心，我会让她给你陪葬，这是看在你曾经救过我的分上，给你们个圆满吧。”

廖爷说着，枪已经对上他的脑袋，只要扳机一扣，齐骁的命就没了。

“砰”的一声，瞬间子弹射过来，预想的子弹没落在他身上，而是落在廖爷和旁边两个雇佣兵身上。

南絮的子弹，正打中廖爷持枪的手上，刚刚看到那一幕，她心都提到嗓子眼了，而旁边华方人员的子弹也同时射出，正中廖爷身上和肩上。

混战一瞬间开始，齐骁不顾疼痛，扑上前把廖爷按住。廖爷已受伤，跑不了了，逃窜的雇佣兵由精英小组去追击。南絮冲上来，齐骁一回头，拳头捏得骨头直响，黑眸已然喷出怒火：“谁让你来的？！”

“腿长我身上，你管不着。”南絮按住受伤的廖爷，齐骁这才放松下来，直接倒在旁边，脸色惨白，嘴上却不饶人：“你不要命了，这种情况也跑来，你给我等着，回去看我怎么收拾你。”他嘴上骂南絮，心里却不忍她过来受罪，子弹不长眼，万一打在身上，会要了她的命。

“自己都丢了半条命，还有心思收拾我。”南絮嘴上冷冷怼他，眼底却泛起浓浓的心疼之色，那一枪，如果廖爷没打在他肩上，而是……她不敢想象。

很快，华方人员过来，把廖爷押走。

南絮急忙扶齐骁起来，齐骁忍着疼，额头上渗出大颗汗珠：“不用管我，我自己处理。”

“要尽快处理，耽误不得。”

齐骁点头，南絮扶着他出来，第一时间联络渔夫，渔夫派人找到他的位置。医护车停下，齐骁上车时，把南絮推了出去，他不想让她亲眼看见这一幕。

渔夫安排搜山，以免有漏网之鱼，直到夜里，精英小组传来消息，全部解决。

廖爷被捕，金三角大毒枭廖爷的时代，从此画上句号。

收网。

齐骁在医护车里待了两个小时才出来，随后跟渔夫交谈几句，南絮开着车，跟齐骁离开。

他们还有任务要继续执行，廖爷被捕的消息暂时不会放出风声，只会让人悄悄透露，廖爷被其他毒贩黑吃黑了。

南絮开着车，到边境后进入深山，偷偷潜回原来的地界。

子弹取出来，包着纱布的伤口渗出大片血迹，麻醉药劲一过，疼痛袭来，齐骁强撑着跟南絮前行。

走到一处隐蔽处，南絮扶着齐骁靠着树坐下，他单腿支起，手在兜里摸着烟，发现烟盒早没了，只好放弃。南絮从身后的背包里拿出水，拧开盖子递到他唇边："喝一口，回去住院吧，你这次伤的位置不比以往。"这次的伤不比往常流弹，而是直接打在左肩胛骨下方，廖爷恨不得枪枪都打在他身上，死都不让他痛快。

齐骁接过水喝了点，却摇摇头："回去还有好多事要处理，廖爷一倒，所有目光都会落在我身上，猜测、怀疑、窥探、觊觎，想端了我的大有人在。"

他们还有事未完成，齐骁还需要现在的身份，蔺闻修、泰格，还有他们口中的内部人。

南絮脱下外套，用衬衫干净的袖口擦着他额头上的汗："那你答应我一件事。"

"什么事？"

"回去露个面，把该交代的交代清楚，洗清自己的嫌疑，然后好好养伤。齐骁，你得好好养伤了，不能再拼命了。"

齐骁惨白得毫无血色的脸上，露出一抹沁人心脾的笑意："好，任务重要，但命更重要。"没了命，任务谁来执行。

南絮长长叹了一口气。过了几个小时，她还在害怕，如果她或是华方人员晚到一步，齐骁就死在了廖爷枪下，如果他死了……她猛地摇头，不要乱想，他说过他命硬，天都不收的。

她不信运气，不信命，只信自己，但此刻她宁愿相信他真的运气好，命大福大，老天不收。

休息了会儿，齐骁恢复体力继续前行，穿过山林，找到原来的路，路边有他们来时停的几辆车，南絮开着其中一辆往回走。

齐骁靠在后座上睡着了，睡得并不安稳，南絮偶尔回头，见他满头是汗，知道他定是伤处疼痛难忍，不由加快行驶速度。

直到后半夜两点，他们再次回到金三角地界，这时齐骁已经醒了，拿出手机，第一个打给桑杰。出发前，他没让桑杰跟着，他私心希望，桑杰留着一条命。

桑杰一夜未睡，听到电话响急忙接起："骁爷。"

齐骁说："只有我一个人回来，被黑吃黑了。"

桑杰一听，便明白他话中含义："我在廖爷院子里。"

"我过去。"他说。

"我去接应你。"

"多叫些我们的人。"

桑杰一听："好，明白。"

一个小时后，车子到达酒店门口。齐骁让南絮下车，换成自己开车，这时不能让南絮露面，只当他自己逃回来，即使他此刻对桑杰有八分信任，但身份这事，决不会让他知道。

南絮走进酒店，转身站在门口，默默地看着他的车渐行渐远，直到消失在夜色中……

桑杰带着一众手下在来的路上碰到齐骁，他扶着车门下车，双腿虚浮，身子一个趔趄，桑杰跳下车急忙跑过来：“受伤了？”

他点头：“已经处理了，他们，全被黑了。”

桑杰扶着他上了自己的车，然后直奔廖爷院落，此时已是凌晨三点多，院子里却有几百名手下，灯火通明，亮如白昼。

桑杰扶着齐骁坐在正中的位置上，召集手下过来，简明扼要地讲明事情经过，至于有多少人信，多少人猜忌，这些都左右不了，信也好，不信也罢，都要接受廖爷彻底回不来的事实。

齐骁此时周身冒着冷汗，后背已经湿透，头上大滴的汗滚下来，咬着牙，一字一句交代，他们损失惨重，要重整旗鼓、养精蓄锐，不能让廖爷势力就此瓦解。

他说完，直接瘫在椅子上，脸色惨白。

廖爷手下自然议论纷纷，齐骁的手下也不在少数，他们只听从齐骁的。

金三角的势力，短短一年时间，格局出现巨大转变，但大家也明白，此时他们只能倚仗骁爷，才能不被其他势力吞并。

至于有人想要煽风点火表示抗议，也只能背地里聚在一起，而齐骁身受重伤逃回来，他的手下自然护着他。

齐骁身体着实虚弱，桑杰和手下把齐骁架到车上，把他送往势力范围内的医院。

桑杰从医院离开之前，齐骁最后一句话是吩咐他，看好那些人，别出乱子。

此时天空已经放亮，桑杰出来后，开车往廖爷的院落驶去。他想了想，把车子拐向酒店，敲开南絮的门，告诉她骁爷进医院了，把地址给她便离开了。

南絮二十分钟后到达医院，齐骁的病房外有十几个手下把守，有人见过南絮，便让她进去了。

齐骁躺在病床上，带血的衣服被换下，赤着上身，肩膀处大片的血迹看得人触目惊心，她走过去，把被子往上提了提，给他盖好。

即使在药物作用下，齐骁睡得也极浅，感觉到有人时，猛地睁开眼睛，眼底迸射出的光异常冰冷，但冷光转瞬即逝，换成一抹柔和，他哑着嗓子开口："你来了。"

她"嗯"了一声，拉了一把椅子在他旁边坐下，目光满是缱绻与柔情。

打跟他分开，她的心就一直绞着，但面上还要保持平静无波。她以前觉得只要足够冷静，做任何事都会简单，自从碰到他，就发觉太难了。

她冲他露出一抹微笑："睡吧，有我在这儿，你可以睡个安稳觉。"她希望他可以毫无顾忌地好好睡一觉。自打相遇，她就知道他的警惕性极高，即使睡觉时也高度戒备着。这样紧绷着神经，早晚会让身体垮掉，何况此时伤重，不休息好他会撑不住的。

疲惫、伤痛、药力作用交织在一起，齐骁很快睡了过去。这一觉，睡了六个小时，是他鲜有的睡眠时长。

他醒来时，南絮坐在床边，手撑着额头假寐。他刚一抬胳膊，她便睁开眼睛，见他醒了，冲她挑眉，她才长舒一口气，这算是没大事了。

南絮扶着他的手臂坐起来，她转身要去给他倒水，他却抓住她的胳膊把人扯到怀里，单手环着她的腰，南絮没动，任他抱着。

末了，他抬首，在她颈间亲了一口。

南絮刚要开口说他这个时候也不老实，却听到他笑了，闷闷的笑声从他胸膛的位置传来，震得她心口跟着打战。

她也笑了，她知道他心里高兴。

他潜伏多年，拼命去守护边境安稳，此时解决了瘳爷，格外放松。

金三角浮云遮蔽的暗潮开始翻涌，人心惶恐，每个人都小心翼翼，不少人暗中觊觎，跃跃欲试想吃掉廖爷留下的生意。

有人信廖爷被黑吃黑，也有人背后议论是齐骁干掉廖爷坐上头把交椅，大家说什么的都有，却又忌惮齐骁，不敢轻举妄动。

南絮替他开心，离走出这魔窟只差最后一步，查清楚军火案，他就可以荣耀离场，回归本来的身份。

桑杰来了，把情况禀报给齐骁。齐骁猜到那些人私下定有议论，爱怎么议论就怎么议论，他现在把事情甩手给桑杰，躺在医院不出门。

他清楚，想挑事的无非是廖爷手下一些元老和安婀娜那边的人，但安婀娜的事所有人都清楚，廖爷也是因她才落到这种境地，两方看不过眼，内讧不断。

齐骁就躺在医院，坐收渔翁之利。

南絮出来，去买了些换洗的衣服，给齐骁也带了两套回来。她一进门就看到齐骁慵懒地跷着二郎腿，坐在窗边鼓捣手机。

齐骁见她回来，冲她飞了个吻。

南絮把东西扔下："好好躺着，你伤口刚好一点儿就乱动。"

"这点伤，对爷来说就像皮外伤，早好了。"按齐骁的身体素质和以往的行事风格，受伤也不会在医院待太久，最多两天，这次入院四天，恢复不错，却未出院。

外面的风声雨声炮火声如雷鸣电闪，他在医院躲个清静。

南絮走近一看，一贯清冷的唇角微微抽搐了下：“你几岁了，还玩《超级玛丽》。”

“这叫童心未泯。”齐骁低低地笑着，双臂环着她的腰，手机在她面前，她看着小人一蹦一跳。

“你以前打游戏吗？”她问他。

“打，不过也就偶尔玩玩，跟哥们儿组个队。”他说着，按按钮的手没停，《超级玛丽》的小人一蹦一跳，顶出个大蘑菇。

南絮第一次听他说起任务以外的事：“我也会，有时间我们一起组队。”

齐骁抬头看向她，她眼底的光熠熠生辉，好像有着无数美好画面令人陷进去。他把手机一扔，钩住她的脑袋，一个炙热的吻落了下来。

南絮按着他的手：“别闹。”

这只手被按住，他就换上另一只手，知道南絮不会动他，他就更加肆无忌惮，最后南絮下狠心，扣住他的手，这一下拉扯，他是真疼了。

齐骁低吼：“南南，对你男人好点行不？！”

南絮微怒道：“你也不看看自己什么情况。”

齐骁只好继续打游戏。

南絮看着他叼着根烟，跷着二郎腿，一身病号服，倚着床头打游戏的模样，活像个不良少年，但他却是实打实傲骨铮铮的铁血硬汉。

南絮说：“来，我给你打配合。”

刚上手总会有些不默契，玩了两局就打出契合度。齐骁把下巴搁在她肩头，两个手机同时在眼前，时不时他在她脸颊上偷个香。

他亲完来了句："这小日子贼美。"

南絮笑着躲他："别闹，你手拿开，别挡屏幕啊。"

她抬高自己的手，把屏幕举在眼前，齐骁就把她双臂压下去，她再抬，他再压，南絮一转头，眸光嗔怒："你，啧……"

齐骁没说话，快速在她唇上亲了一口，再要亲的时候，被她挡住："没完了你。"

"上瘾。"他挑眉，嘴角噙着痞笑。

南絮咬牙，握拳送到他面前，齐骁眼睛一闭，还把脸凑过去。

拳头没落下，她抬首，在他薄唇上落下一个吻。

齐骁用蕴着笑意的眼看着南絮，薄唇勾起的弧度让笑意更深。南絮眼底的笑，柔和充沛，似暖阳，不炙热，却沁人心脾。

廖爷出事，骁爷重伤入院至今没出来，医院控制严密，重重把守。外面的人摸不着风声，不清楚骁爷这命能不能捡回来，其他势力也在跃跃欲试，想要分一杯羹。

桑杰每天都会来医院，给齐骁报告外面的风吹草动，齐骁让他放手大胆去干，该怎么处理就怎么处理，桑杰知道齐骁信任他，他很感激这份信任。

桑杰走后，齐骁穿着病号服从窗边晃悠到洗手间，倚着门框看着洗手盆前洗衣服的南絮，她精致的小脸晒黑了一些，却还是瞧得出肤质白皙的底子，颀长的颈项常年裹在衣领下，此时露出一隅，又细又嫩，总让他想咬上一口。

南絮对于他的混痞子样早习惯了，有些逗弄的话她已经左耳进右耳出，不会像最初那样被他揶揄几句就想揍人。

她拧了衣服，拿过衣架挂在洗手间里，回手把自己外套一脱，直接放在水池上的圆盆里："来，给你女人把衣服洗了。"

齐骁一听乐了出来，带笑的眼就这样直盯盯地看着她，南絮也不示弱，挑眉："来啊。"

他连连点头，低低地笑着，南絮也不催他，直到他真的撸袖子把手放到水里时，胳膊被她拽住："搞得像我欺负伤残人士似的，一边待着去。"

她抽出毛巾，给他擦着手上的水，齐骁低着头看着她的小脸，眼底蕴着浓浓的笑。

外人看南絮，清冷孤傲，一身英气。但在他眼里，她时不时露出的狡黠模样，特别刁钻，偶尔会刺一刺他，小事上小嘴总是吐着冷清的字眼，遇到大事头脑十分清明，分析判断精准，身手极好。

"我帮你洗。"他抽出手。南絮哪能让啊，他一只手还吊着绷带。她笑起来："好啦，以后有的是机会。"

"行，以后我给你洗衣服。"

"记住你的话，不许食言。"

"爷们儿吐口唾沫都是钉，食言，瞧不起我。"

南絮重重点头："我记下了。"

这句话的含义，他们都明白，是让他保护自己，好好活着。两人心照不宣地相视一笑，齐骁用另一只完好的手臂搭在她肩上，盯着她洗衣服，南絮说这事不用他监督，她不会糊弄自己，要糊弄也是糊弄他。

一周后，桑杰带着手下到医院接齐骁出院，场面阵仗极其隆重。远处窥探的人看到齐骁被手下簇拥着从医院出来，身姿挺拔，脚步沉稳有力，根本不像传言那样说骁爷这遭鬼门关怕是有去无回，帮派由原廖爷心腹桑杰和其他元老打理。

此时看到齐骁完好如初地露面，有些想要分一杯羹的人的心思暗暗收了回来。

不过胆子够大的，还是准备去啃一啃那块飘香四溢的骨头。

驱车来到廖爷院落，元老们已经在大堂里等候，交头接耳，小声议论。齐骁与几位元老客气客气，让了座，他直接坐到主位上，意图相当明确，以后，这里他说了算。

自然有人不服，却也不能明着挑事，眼下内讧不断，混乱不堪，外面的势力纷纷寻衅滋事，虎视眈眈。有人想占了齐骁现在的位置，暗中拉拢，却不敢明目张胆。

这一切，都在齐骁意料当中，那些元老哪能轻易放过他，恨不得现在就给他扣个罪名，说他黑了廖爷。其实这个罪名倒挺好，他愿意听到这样的风声，传得越多越好，所以也没让桑杰刻意打压。内部不团结是大忌，就让内部继续乱下去。

有人打着给廖爷报仇的旗号要搞事，齐骁冷声道：“君子报仇十年不晚，那个‘李哥’被我亲手解决了，眼下要做的就是稳住自己。廖爷出事外面虎视眈眈，你们叫得倒欢，动动脑子现在应该做什么。”

迪卡消失后，销金窟的生意交由娜嘉治理，但生意越来越差，这几日两个场子被人搞了，娜嘉见到齐骁，就开始哭诉：“骁爷，你得管管。”

“你那边配备的手下不够你看住两个场子的？还是你治理能力不行？不行就让位，有的是人能处理好。”齐骁面无表情，言语间尽是硬石子，戗得娜嘉一哽，没了下话，再多说下去，她的位置就不保了。

齐骁话一出口，自然有人打起那边的主意，会议结束后，有人靠过来：“骁爷，娜嘉办事不力，几日间丢了两个场子，其他场子生意也越来越差，那边已经入不敷出了。”

“迪卡走后，廖爷亲自任命娜嘉治理生意，你是让我寒老爷子的心？”齐骁面上清冷，从出院到此时，没露过一个笑脸。

齐骁准备离开，有人想要讨好他，就说：“骁爷，您也别住酒店了，多麻烦，廖爷这院子也是空着，您住……”

话未说完，齐骁直接送他三个字：“住不惯。”

齐骁走后，大家你看我、我看你，骁爷虽说脾气不太好，但今天脾性太硬了，十句话，八句能戗死人。

果然，老大位置空了，不出意外他即将坐上去，谁也不放在眼里。

齐骁上车往后座一靠，摆着舒坦的姿势，心里冷笑，内斗去吧，省得他操心。

桑杰不太明白齐骁是为何意，廖爷走了，他自然是顺理成章坐上廖爷的位置，却明显不上心。他看不懂，也不想懂，只明白一点，齐骁是个铁骨铮铮的汉子。

前后几辆车陪护齐骁离开，刚到酒店，手机响了，他拿出来一看，是多日未联络的泰格。

齐骁接起电话，那边先开了口：“骁爷。”

“泰爷。”齐骁一手绑着绷带，另一只手拿手机，要不是南絮强烈要求，他真不爱绑着这碍事的玩意儿，干什么都不方便。

泰格叹息一声：“我听说了廖爷的事，节哀。你伤势如何？”

齐骁心里冷笑，想必是听到他出院的风声了吧：“托泰爷的福，兄弟大难不死。”

“那就好那就好，兄弟在这儿恭喜一声骁爷，我派人给你送点礼物，作为给兄弟坐上头把交椅的贺礼。”

“哟，这哪好意思，让泰爷破费。”他叹了口气，“哎，外面虎视眈眈，泰爷，兄弟直说吧，这位置不好坐，杀机四伏。”

“这一年，金三角势力又一次洗牌，骁爷，兄弟相信以你的实力，一切都能迎刃而解。”

齐骁爽朗大笑：“借您吉言。”

他也不跟泰爷打什么马虎眼，既然坐上这位置了，就算再不稳，外面再风雨飘摇，哪怕他坐上这位置两天势力被洗，那也是坐了。

“最近一段时间你出行多加小心，有用到兄弟的地方，尽管开口。”

齐骁想了下，觉得时机差不多了：“泰爷，您这份心，兄弟领了，但情不能白领，兄弟给你个回礼，送你笔生意。”

泰爷一听，心下高兴：“骁爷口中的生意，定不是小生意。”

“一位大老板，等我这边稳下来，给你们搭个线。”

“好嘞，先谢过骁爷了。”

“客气。”

南絮听到外面齐骁的声音，把门打开，齐骁进来，跟泰格又聊了几句，才挂断电话。

“准备动手了吗？”她问。

齐骁点头：“廖爷的事无法保证毫不透风，一个月内必须解决。”

南絮替他脱下外套挂好，就见齐骁去拽挂着的绷带，她拍开他乱动的手：“让你挂着就挂着。”

“行行行，南南说什么是什么。”齐骁嬉笑着凑近，在她头上亲了一口。

“今天还顺利吗？”她走向窗边的小圆桌，拿出茶叶给他泡了杯热茶。

齐骁走过去，直接倒在沙发上：“惦记这个位置的人太多，不敢明着罢了。迪卡那边不用操心，过不了多久就会散，现在内斗厉害，我就坐收渔翁之利。蔺闻修那边有动静没？”

“只跟莉亚通过两次电话，蔺闻修毫无动静。”

齐骁没说话，单手垫在后脑勺上，望着天花板，也在思考，这个蔺闻修到底是什么人物，那批军火是否真的与他有关。

南絮的分析，加上他与蔺闻修这一年的接触，他没办法判定军火案是否与他有关。他只有嫌疑却毫无实据，他没杀苗伦，再者对找到苗伦上家也并不急切，要么他知道上家是谁，要么他真的不急。

南絮说：“我总觉得这件事，蔺闻修没我们想象的那么急迫，如果他知道卖家，直接杀了苗伦最省事，何必大费周章抓人还被你截和。还有，他真的太稳了，一点儿漏洞我们都察觉不到。”

“这只能说明两点，五年他都等了，不差这两三个月，要么，他真的与军火案无关。”

三日后，泰格说要送齐骁礼物，没想到的是，人亲自来了。泰格是个极其谨慎的人，齐骁真没想到他会来。

泰格亲自来这儿，是因为此时的齐骁已经成为一方势力的大佬。廖爷的时代画上句号，以后的名声可都是骁爷的，这样的人物，他有必要用心结交，虚与委蛇也好，诚心也罢，无外乎都是利字当头。

他给齐骁带了几箱子武器，齐骁也盛情款待。

宴请安排在了他们所住的酒店楼上，齐骁让桑杰点了一桌子精致菜肴，又是好酒上桌，倒酒的时候，桑杰迟疑了下：“骁爷，您这伤未痊愈，不适合喝太多。”

泰格也附和：“是是是，骁爷咱就来一杯。”

“这点伤算什么。”他说着，把吊着的绑带摘下来，扔到一边。疼不？真疼，但他得忍着，在这刀枪火海里打转的男人，疼也不能说疼。

两人喝了几个小时，空下的酒瓶摆满桌子，齐骁佯装醉意：“泰爷，跟你说实话，我最近只要一喝酒，就想到苗伦。”

“我俩那天喝完他走了没多久就出事了，我这心里，太难受了。”

泰爷并不想提这件事，摆了摆手：“不提这个，都过去了。”

“这几年苗伦生意做得挺好，一批批出货，泰爷，您没少赚吧。兄弟跟你说，卸磨杀驴这事，我齐骁真看不过去，不讲究。”

泰格知道齐骁喝醉了，否则绝对不会说这样的话，他这酒劲也上来，血液正涌，心气也直：“骁爷，真不是我干的。”

齐骁用未受伤的那只手肘拄着桌面，身子前倾靠着桌沿，摆了摆手，说道：“不是你干的，那你也知道是谁干的，黑吃黑……”他屈指撑着太阳穴，冷笑出来。

泰爷感觉到齐骁对那件事的执着，毕竟他跟苗伦合作多次，又牵线给他，交情匪浅，定会替苗伦哀痛，他抬手灌了自己一杯酒，拽着椅子往他身边靠近些，小声说："一个将军。"

"哪个将军？"

泰格道："惹不起的，兄弟，言尽于此。"

齐骁也没再纠缠，吐出一点儿是一点儿，起码确定了一点，是个将军。

两人都喝得走不了路，被手下搀扶着回到各自房间。

南絮开门，辛辣的酒气扑面而来，再一看齐骁手上的绑带，早没了。

她从桑杰手里接过齐骁，把人放到床上。

齐骁醉醺醺的身子一倒，南絮急忙扶住他，怕他压到受伤的那侧，突然他眼睛一睁，冲着她笑。

"喝这么多，让你吊着点胳膊也不听。"她嘴上说着，手上却在替他脱衣服。

南絮跑进洗手间，把浴缸放上水，再回来给他解另一半扣子。

把齐骁扶进洗手间后，南絮出去，又担心他不小心弄到伤口处，在门外等了好久，里面最初还有些水声，过了会儿就毫无动静。二十分钟过去，南絮轻敲了下门，没人回应，待她拧开门手推门一看，齐骁躺浴缸里睡着了。

南絮走进去，轻轻碰了下他肩膀，齐骁睁开眼睛，抬手抹了把脸："啧，睡着了。"

"出来吧，再睡该着凉了。"南絮去倒了杯温水，过了会儿，齐骁穿着睡袍晃了出来，她无奈地叹了口气："头发也不擦。"齐骁接过水杯咕咚咕咚灌进肚里。南絮拿了干净的毛巾，走到床边给他擦头发。

他的手不老实，南絮为了阻止他，碰上他伤处，就听到齐骁大抽一口冷气，动作戛然而止。

南絮裹紧睡袍，把他推到床上，然后自己拽了条薄被到沙发上躺下。

齐骁倚着床头，抽出根烟点着，肩上的疼痛渐渐消退，他看着几米之外沙发上坐着的南絮，突然乐了出来，无奈地摇摇头，她是真有招治他。

后半夜，齐骁联络渔夫，把泰格的话转述给他，至于这个将军指的是谁，需要渔夫查一查，泰格一时间不会透出来风向，他这边怕等不及了。

泰格知道上家，但要逮捕他并非易事，渔夫让齐骁别冒险，让他跟南絮等安排。

将军、蔺闻修，齐骁刚刚小睡了十几分钟，此时毫无睡意，他心里默念着蔺闻修的名字。这个人，能不能信？他是否要信他一次？站在他的立场，蔺闻修不能信，但从各项分析来讲，蔺闻修让人生谜。

齐骁心中的那个计划，差不多到时机了。

由于齐骁对娜嘉的销金窟放任不管，外围势力便几次下手偷袭，娜嘉连续几日场子被搅，又不敢去跟齐骁哭诉，只好调来手下开始回击。

安婀娜的生意现在由另外两人接手，两人互相看不过眼，内斗严重，没接过任何生意，内耗倒是不少，互相推脱责任。齐骁能说什么，只能告诉这两位，让他们自己创造业绩，三个月时间，谁的利润最大，由谁接管。

出院一周，伤好得差不多了，齐骁就把一个手下给治了，所有人都不敢吭声。

“别以为我不知道你们暗地里在做什么，拉帮结伙，想造反吗？”

桑杰盯着他，心里也有些担忧，从廖爷院落出来，他关心地问了句：“骁爷，您的伤还没好利索。”

“活动活动筋骨，再不活动就废了。”齐骁半开着玩笑。

“桑杰，你对藺闻修这个人怎么看？”桑杰平日话极少，却是个头脑聪明的人。

桑杰开着车，想了想：“看不透。”

齐骁笑着点了点头：“确实看不透，不过无所谓看不看得透，都是利益罢了。”

“骁爷，您是怀疑藺先生动机不纯是吗？”

齐骁应了一声，没再继续这个话题，他不可能让桑杰知道军火的事：“以后生意上的事，你多操心了。”

“应该的。”

“骁爷，您是打算放任娜嘉那边不管吗？”

“看出来了？”他问。

“他们内斗加外患，您不出面治理，必定撑不了太久。我知道您一直不碰那两边，想必，重心以后定是放在赌场生意上。”桑杰说完，觉得自己有些越雷池，“我就随口说说，我只是您的下属，如果哪句说错了，您别介意。”

“桑杰，我拿你当兄弟。”

桑杰是个好下属，能干，话少，嘴严，且是条汉子，齐骁对他评价很高，也多亏廖爷当初派桑杰到他身边，否则他此时已经染上毒瘾，生不如死。他感激桑杰曾经的出手相救，在他心底，他把桑杰当成可以共患难的兄弟。

人生每个阶段都会出现不同的人，他需要有人可以与他共同进退，何况是在毒品泛滥的金三角，一个人行事，即使拿命去拼，亦是寸步难行。

“兄弟”一词，让桑杰心头一哽，过了半晌，他才开口：“谢谢骁爷。”

两人的目光从后视镜里相交时，齐骁笑了出来：“回去有惊喜。”

惊喜是什么？

南絮没想到玉恩会来，还带来了金刚，齐骁早上便派人去把玉恩接来，这对小情侣半个月没见了，都是他的手下，在一起也不耽误什么。

桑杰看到玉恩时，着实是惊喜，半个月前从山里出来，两人就没再见面。

南絮见玉恩低着头，时不时偷偷看一眼桑杰，小脸红扑扑的。

桑杰和玉恩坐了会儿便回他们的房间，齐骁揽过南絮的肩：“怎么了？”南絮的神情总有一抹说不出来的味道，不像开心，但眼底着实有笑意。

“没什么，觉得他们俩真好。”南絮把头靠在他肩上，两人望着窗外的夕阳，余晖洒下大片橙红，血染似的半边天，就像即将发生的腥风血雨。

南絮到齐骁身边近一个月，终于到了与蔺闻修约定的时间。

这期间，蔺闻修没打过一个电话给她，也未与齐骁谈过军火一事，他果然沉得住气。

这日南絮跟齐骁刚从外面回来，突然接到蔺闻修的电话，她拿出手机递给齐骁看，齐骁点头，她接起电话。

“蔺先生。”

“最近还好吗？”蔺闻修的声音带着一贯的温和，但她也知道，他的温和中有疏离。

南絮微顿了下，他这样的问话出乎她的意料：“还好，多谢蔺先生关心。”

“骁爷没为难你吧？”

南絮看着眼前嬉笑的男人，她咬牙：“没有。”

蔺闻修轻笑出来：“南南是在怪我？”

“不敢。”她说。

“一个月时间到了，该回到我身边了。”

蔺闻修的话，总是意味不明，让人觉得暧昧吗？有一点儿。但要说不是暧昧，甚至带着一股子挑衅，也没错，这话听在齐骁耳朵里，就是挑衅。

“我派人去接你。”

蔺闻修清楚，齐骁刚坐上老大的位置，需要忙一段时间。只要南絮回来，齐骁必定会露面。他要见苗伦上家，不急，但也必须见。

“不用麻烦吧，您不是和骁爷要见面吗？”齐骁不开口约蔺闻修，蔺闻修也不主动提，两个人都耐着性子玩深沉，南絮只好把此话提出来。

“骁爷伤势如何了？”蔺闻修之前打电话关心过齐骁的伤，只字未提军火。

“可以挥拳头了。”

南絮和蔺闻修还在讲电话，齐骁就一直在亲她。

她推也不是，不推也不是。

“就这两日吧，让莉亚去接你。”蔺闻修说。

“嗯？”南絮一怔。

“南南不想回来？”电话那端，传来蔺闻修低沉的笑意。

南絮一时语塞：“麻烦蔺先生了。”

说了几句后，莉亚接过电话，要她帮忙查些东西，南絮没理由拒绝，便应了下来。

南絮打开电脑，帮莉亚查资料，齐骁出去一趟，一个半小时之后，他回来了，手里拎着烤肉和啤酒。

“南南，吃夜宵。”

南絮道：“莉亚这两日会来。”

听南絮谈起正事，齐骁点了根烟：“我给蔺闻修打电话，让他们见面。”

“约在哪儿？”她知道他的计划，一石二鸟，不过她还是有些担心，蔺闻修没那么好入圈套。

“赌场。我约泰格出来。那个将军指的是哪位，渔夫还在查，范围太广，短时间内无法定位。”

“这次能行动吗？”南絮觉得不是好时机，消息少之又少，很容易打草惊蛇。

他摇头：“计划有变，原打算一起端了他们，可眼下时机不成熟，我倒是想看看蔺闻修能给我什么惊喜，他的目的到底是什么。”

南絮看着他：“你想试试蔺闻修？你不怕他把这条线给你断了？”

齐骁摇头："短时间内不可能再从泰格那儿套出任何有用的信息，时间不够了，我押这一次，希望他别让我失望。"

南絮说不出什么感觉，觉得蔺闻修不是大恶之人，但也绝非善类，只能相信齐骁的判断。

次日一早，齐骁便给泰格和蔺闻修都打了电话，约定在赌场见面。

两日后，所有人前往他们的地盘——缅甸赌场。

桑杰开车，从金三角出来，南絮跟齐骁坐在后座，前后有几辆车随行陪护。近来多方纷争，他出行格外小心，每一处都不安全。

齐骁的目光落在窗外，他希望可以从蔺闻修这边套到一些消息，泰格那边进展太慢，他等不及了。

他抬手拉过南絮的手，放在掌心里握住。

南絮看着他手背上凸起的筋骨，心疼他即将打一场硬仗，不过这场仗落幕，他们就可以回去了。她回握住他的手，他转头看向她，南絮冲他莞尔一笑。

三个多小时后，他们到达缅甸赌场。

下车前，齐骁捏着她的手指尖："一切要小心行事，切勿妄动，不能操之过急，等我消息。"

她点头："你也要小心。"

齐骁捧着她的脸，粗粝的指腹摩擦着她的脸颊，末了，在她唇上轻轻落下一吻。

蔺闻修被手下簇拥而来，依旧挂着春风拂面的温和笑意，没与齐骁打招呼，而是看向南絮："南南。"

齐骁没想到蔺闻修上来就给他演这一出戏，他心里有气，面上却非常玩世不恭地扣住南絮的肩膀。

南絮明白他心里的不爽，她波澜不惊，微微勾起唇角，迈步向蔺闻修走去。

她站在他面前，蔺闻修十分满意地点点头："看起来，骁爷确实没为难你。"

"蔺兄，我哪会亏待南南，疼都来不及呢。"齐骁冲南絮挑眉，又对蔺闻修说，"脾气太硬了，啧，我还真就喜欢这硬脾气。"

蔺闻修笑了笑："骁爷喜欢有挑战性的，看出来了。"

齐骁哈哈一笑，身后跟着一众手下，往赌场楼上的包厢走去："人一会儿就到，蔺兄，看你的了。"

"骁爷这是把问题扔给我了。"

两人心照不宣地你来我往，话不说透，却其意皆知。齐骁没接他的话，蔺闻修说："廖爷一走，你那位置想坐稳，得花些时日。"

"还是蔺兄懂，内忧外患，虎视眈眈，说真的，没劲。"齐骁迈着沉着稳健的步伐，抬腿迈上台阶，向二楼走去。

"骁爷是志不在此？"

齐骁一挑嘴角："跟蔺兄合作，这生意我比较喜欢。"

两人相视一笑，来到二楼包厢。

很快，桑杰从楼下回来，打开包厢门，泰格带着几个手下出现在门口。

齐骁起身招手："泰爷，来来，给你介绍，这位是蔺先生。蔺兄，这位便是泰格，泰爷。"

泰格一听，原来齐骁要介绍的生意，就是以赌起家，在东南亚现在有几十家赌场，被人尊称为蔺先生的蔺闻修。

泰格虽然不混赌行，却也对此名号如雷贯耳，多少人想要攀上他这层关系。无论是生意还是人脉，这位蔺先生绝对是大家挤破脑袋都要结交的一位能人，他急忙上前伸出手："蔺先生，久仰大名。"

蔺闻修起身与他握手，态度谦和，彬彬有礼。泰格第一次见蔺闻修，对他谦谦君子般的性格有些吃惊，他给人的感觉绝对是个温润之人，教养修为极高。不过他们都清楚，凡事哪能看表面。

齐骁介绍完双方之后，就说蔺兄要一批武器，他呢，与泰爷关系要好，这生意给谁不是给。

泰爷心里十分高兴，而蔺闻修简短地聊了几句这个话题，便没再提及。

生意能做成是好事，做不成，能结交到蔺闻修，泰格也觉得此行收获颇丰。

几人聊天，从赌场到金三角，说得最多的还是齐骁的事。廖爷一走，齐骁上位，大家又是恭贺又是让他多加提防，话题很少放到武器上，泰格也不急，因为这个话题早晚会提起。

阿吉安排晚餐，就在赌场旁边的酒店。

南絮知道，其实大家都想知道最近齐骁那边发生的事，却没人会开口问她，因为不信任她。

晚餐时，三个男人喝着酒，蔺闻修随意聊几句，才提起武器的话题，说听闻泰爷生意做得极好，人脉广，武器种类繁多，骁爷极其称赞泰爷。

齐骁说，前几日泰爷送他一批武器，而且之前的每次交易都十分大方，这样的人，值得深交，所以才把两人介绍到一起。

蔺闻修端起酒杯：“泰爷，我敬您一杯。”

泰格急忙端杯：“多谢蔺先生，这哪敢当。”

齐骁也端杯：“陪你们一杯，来。”

三个人一饮而尽，齐骁说：“泰爷，您应该知道，蔺兄只要有好东西，价格不是问题。”

泰格点头附和：“这是自然，我一定把最好的留给二位。”

蔺闻修莞尔一笑，淡淡开口道：“货一定要干净，来源要清白。”

泰格一愣，末了点头称是：“对，蔺先生是做正经生意的人，那些不能拿出来看的，绝对不能给蔺兄。”

泰格想搭上蔺闻修，他的人脉可不限于金三角，做生意不能拘于一处，刻板守旧是稳，却也只能赚赚小钱，不够他的胃口。他的上头提醒他注意安全，不能冒进，话都会说，生意做不好，收入不够挥霍，上头哪会满意。

晚饭结束，已是晚上十一点多，泰格喝了不少，齐骁把人送到房间才走，随后他去敲开蔺闻修的门。

南絮正在吧台前给蔺闻修泡茶，齐骁跟蔺闻修打了招呼，直接走向南絮，调戏了她几句。

齐骁见她只是淡淡地挂着笑，回身走到沙发前坐下：“无趣。”

“有趣的你不是没兴趣？”蔺闻修推过账本，“给你带来了，你看看吧。”

“蔺兄，别再给我增加工作量了，我信得过你。”他把账本推回去，毫不在意钱是否有进账，进账多少。

南絮把茶水端过来，先倒了一小杯，放到蔺闻修面前，然后再倒一小杯，放到齐骁面前。

齐骁咂舌："蔺兄，她给我泡茶，都是用大杯子把茶叶倒进去，给你泡茶这工序一道道如此烦琐，区别对待太明显了吧。"

齐骁的生活过得特别糙，她在他身边，还能多照顾他些，他可没那细心品茶的性子，他故意说给蔺闻修听，把他们俩的关系说得暧昧，却又能把她撇得清。

不管蔺闻修是否信她，样子该做还是要做的。

齐骁端过茶杯，小小的杯子，喝得不过瘾，他把杯子放下，南絮再倒茶给他，他喝完，她再倒……

他喝完这一杯，终于开口："蔺兄，兄弟把人送到你面前，后续的事，我可帮不上了。"

"我欠你一个人情。"蔺闻修说。

"咱们之间还讲这个，蔺兄，泰爷只是个小角色而已。"

蔺闻修举杯："多谢骁爷提醒。"

齐骁坐了不到十分钟，人便离开了。南絮又去给蔺闻修重新沏了一壶茶，她听到身后的脚步声，转头，发现蔺闻修走了过来。

他坐在旁边的吧椅上，也不说话，就这样看着她。

南絮沏完茶，倒给他，然后站在一边不说话，他却笑了："时间不早了，去休息吧。"

"您也早些休息，我先回去了。"

而另一边，泰格回到房间，先是坐下喝了茶水，醒醒酒，然后打发手下出去，他拿出手机，打给一个人。

他说有笔大生意，当说出蔺闻修的名字时，对方直接喝止他，说这生意不能做。

不能做？对方还让他以后不要再跟蔺闻修往来，不要再有瓜葛，让他一定要提防这个人。

齐骁走回房间，急忙拿出手机查看信息，渔夫把监听到的信息告诉他。

很快，他收到南絮的信息：“你怎么看？”

渔夫监听到泰格的电话内容，但并未查到另一方的号码，很明显对方是个极其谨慎甚至隐秘的人物，手机安装了防跟踪装置。

泰格的上家显然对蔺闻修熟悉，也确定蔺闻修与这起军火案有重要关联。

他是什么角色，又是一个谜。

齐骁回南絮信息：“静观其变，等他消息。”

南絮握着手机，思考蔺闻修与那位将军的关系，按字面意思判断，对方显然是在防备蔺闻修，能躲则躲，或许，是在忌惮他。

次日一早，齐骁接到泰格电话，说自己已经离开，因为有重要事情要办，只能先行一步，连着几句表达歉意，又让他帮忙转达蔺先生，对于自己的不辞而别很抱歉。

齐骁知道泰格会走，蔺闻修果然给了他惊喜，却不是他想要的。

早餐他约了蔺闻修一起，就在酒店楼上。

南絮跟着蔺闻修，她坐在旁边的位置，齐骁就在对面。

她拿了两片土司和一杯牛奶，安静地吃东西。

齐骁咬了口面包，一边嚼着一边说：“蔺兄，你惊动了泰格上家，对方是在忌惮你啊。”

蔺闻修沉思了下，笑了出来：“没影响骁爷就好。”

“我替你急。”他叉了块牛肉粒，却没往嘴里送，只是叉来叉去，戳成马蜂窝也没吃。

“骁爷，你接下来准备做什么？”

齐骁微愣了下，没想到蔺闻修如此直接，他咂了下舌：“不好做，我要做的已经做完了，剩下的与我无关，蔺兄清楚这一点。”

蔺闻修没再说话，好像对泰格的离开并不意外，要么就是已经猜测出对方是什么人。

南絮更需加倍留意他的一举一动，蔺闻修再缜密、再谨慎，如果想要办此事，必定会有线索泄露出来。

齐骁当日离开。南絮跟在蔺闻修身边，他没走。

蔺闻修吩咐阿吉，盯紧泰格。阿吉离开后，蔺闻修像往常一样，见些生意场上的朋友，谈生意。

齐骁离开时，便打电话给泰格：“泰爷，我现在往回走，我转达了你的歉意，蔺先生没说什么。”

“多谢骁爷，我这边事情紧急，必须马上离开，骁爷海涵。”

“泰爷，这生意你不打算做了吗？”

“这个……这边事情很急。”他不能明说生意不做，他做的就是这个行当，如果不做，定会引起齐骁疑惑，要说做，如果蔺闻修现在要货，他也不可能不听从上家指示。

“行，我明白泰爷的意思，那蔺兄要跟其他人合作，我也就不再多言了。”

“多谢骁爷，处理完手上的事，我请你喝酒。”

“哈哈，好说好说。”

挂断电话，齐骁发信息给渔夫：“泰格近期不可能露面，这条线暂时断了，除非布网抓鱼。”

渔夫回信息："不到万不得已，不能走这一步。"

齐骁想了想："我有点担心泰格，别像苗伦一样被灭口。"

渔夫："这也正是我担心的。"

齐骁："派人盯着。"

渔夫："我安排。"

齐骁回到金三角，正遇上自己人跟另一方势力火并，他急忙让手下回击，对方很快被退击。

齐骁疲惫地坐在廖爷院落的大堂里，指尖捏着眉心，手下排成几排站在大堂中央，都在等他发话。

他们以为他烦心的是与其他势力纷争，其实他是忧于泰格一事。

他安排下去让手下加强部署，挥挥手让人都散了。

蔺闻修、泰爷、将军、军火，这些像是缠绕在一起的麻绳，越扯越乱，毫无头绪。

夜里，蔺闻修和齐骁几乎同时收到消息，阿吉和渔夫的人看到，有人带走了泰格。

蔺闻修回复阿吉，谨慎盯着，别打草惊蛇。

齐骁也用同样的内容回复渔夫，自从廖爷走后，他跟渔夫的联络便频繁起来。

渔夫回他："不清楚对方打的什么主意，正盯着，你那边也注意动向。"

而南絮也收到了渔夫的信息，她知道阿吉盯着泰格，此时蔺闻修也一定接到了消息。

她隐隐感觉到，泰格要出事，不一定像苗伦那样被灭口，但泰格也有可能从此从金三角消失，她撑着额头，一筹莫展。

次日早上，蔺闻修接到阿吉来报，泰格被带走后，换了两辆车，进入缅甸境内。下午进入一处深山，那边是金三角毒枭的势力范围。

下午齐骁收到消息，说泰格被带入一处武装范围内，无法靠近。

齐骁知道，那是另一个毒贩罗祥的势力范围。

泰格这条线不能断，他们要想办法拿下泰格。

他们开始部署，准备近日行动。

次日，渔夫来信息，说泰格跑了，带着几个手下，可能要出事。

齐骁急忙交代桑杰处理生意上的事，说他这两日休息，不出门。

而另一边，蔺闻修也已经行动。南絮偷偷发信息告知齐骁，不确定蔺闻修去哪儿，但肯定与泰格有关。

齐骁回了条“已知”。

蔺闻修和他想法一致，都是担心泰格出事，线索断掉。看来，他也等不及了。

两个小时后，缅甸一处小镇，齐骁打电话给泰格，泰格开始没接，他打了两次，那边终于接通。

“泰爷，我在木拉镇。”他直接挑明。

泰格一听：“骁爷，你什么意思？”

“这件事因我而起，我不能袖手旁观。”

“骁爷，我信得过你吗？”

“你信也得信，不信也得信。你现在只能信我。”

泰格已是孤注一掷，将军随时会对他灭口，他不想成为第二个苗伦，蔺闻修，这个人成了最大的导火索，他发现不止一股势力在追他。齐骁，可信吗？

齐骁没给他太多时间思考：“四周全是杀手，你没时间了。”

泰格说："骁爷，谁都不安全，谁都不可信。"

"不想死，也许你可以信我。"齐骁笃定道。

泰格正在思考，外面响起枪声，他咆哮着让手下快点回击，快点开车冲出包围圈，而这边齐骁说："想要活命，就听我的。"

"你说。"泰格四周全是杀手，他不想死。

"我在木拉广场。"

而这时，阿吉带着精英，直接拦住泰格的车，泰格让手下快点冲过去，手里拿起 AK 扫射，三方阵营，一方来路不明，另一方是将军的人，自己夹在中间，他一咬牙："快点去木拉广场。"

阿吉带着的精英手下，拿着最精锐的武器，分工明确，几人解决追击兵，三个人抓泰格。

泰格的车没冲出包围圈，人便被阿吉拿下。

他后悔，不如早一点儿听信齐骁的话，也许还有一线生机。眼前的男人，是蔺闻修的人，他暗叫不好，可为时已晚，枪已抵在他额头上，他只能下车，被眼前的人塞进另一辆车里，阿吉在对讲机喊话："人抓到，撤。"

第十一章

是我的命

齐骁很快接到消息，泰格被阿吉抓走，南絮并未传来任何消息，他无法确定蔺闻修身在何处，南絮一直跟在蔺闻修身边，她未发来消息，一定是脱不开身。

渔夫很快传来消息，通知他找到了蔺闻修的位置，他们要进行包围，准备行动。

齐骁不能跟蔺闻修打照面，只能跟过去隐藏在暗处。

而此时，南絮正坐在蔺闻修的车上，等阿吉抓到人，一起离开这里。

很快，阿吉汇报，人已抓到，正赶过来。

按照渔夫的部署，蔺闻修与泰格只要碰面，便能一举拿下。他们前后紧盯着，到达一处酒店门外，阿吉下车，要把泰格押到蔺闻修车上。这时，子弹突然从四周射过来，他们无法从普通的服装上分辨对方身份，对方武器精良、火力之猛，绝非普通人，而对方的子弹打来，明显不是要泰格的命，从这一点可以判断，他们不是泰格上家派来的人。

阿威坐在驾驶位，抄起枪回击，蔺闻修眉头一锁，让人感觉到他沉沉的怒意。

南絮坐在蔺闻修旁边，不敢轻举妄动。

枪声中突然传来莉亚的声音，她在喊阿吉，阿吉身上中枪，莉亚冲过去把他推进车里，而那些人正围上来。蔺闻修发话："撤离。"

蔺闻修手下有五名特级保镖、十几名精干手下，却也难敌渔夫的精密部署，他们火速撤离，齐骁看着蔺闻修的车子离开，也没办法露面。

如果他一露面，南絮必定危险。

精英小组来报，说蔺闻修和手下逃离，他们抓到了泰格。

抓到泰格，那批军火将进一步揭开面纱，那位将军也保不住。

阿吉重伤，子弹穿过他胸下侧肋骨，莉亚拿干净的布按着那处不让血流出来，她的眼泪已经模糊了眼睛，却强忍着。

车子快速行驶，向他们的地界驶去，来到一处南絮未见过的庭院，里面有人迎了出来。

这里是蔺闻修熟悉的私人医院，医生急忙出来接人，话没多说把阿吉就推进手术室。

南絮第一次看到蔺闻修脸色沉如黑云，他带着一贯温和笑意的眼睛盯着阿吉被推走的方向，她感觉到从他周身散发出来的冰冷气息，没人敢上前多说一言，任务失败，阿吉重伤，南絮跟着他到豪华休息室，默默地站在他身后不远处。

两个小时后，医生出来：“幸好子弹没打中要害，但失血过多，要恢复些时日。”

过了会儿，室内只有他们两个人，南絮看到蔺闻修起身，一步步走到她跟前。

他站定在她身前，伸出手，大掌直接扣上她的下颌，指尖用力捏着她：“你说，如何让骁爷知道他做错事了呢？”

南絮没说话，被迫抬起的眸光回视着他。

他勾起薄唇一角，眼底的笑却冰冷一片：“我现在要是把他卧底的身份透露出去，骁爷怕是见不到明天的太阳了。”

南絮的瞳孔一缩，她强迫自己冷静，不能承认也不能否认，无论说什么都是错。蔺闻修是个极其聪明之人，她玩不过他，只能回以最直接的方式，也是最简单的方式——沉默。

“南絮，你当初出现在我面前，我就猜到了你的用意，知道我为什么留下你吗？我想知道齐骁的身份，你们很谨慎，没有露出任何破绽。可是迪卡、道陀、赛拉、安婀娜，最后是廖爷，他的每一步棋都下得很漂亮。我之前只是猜测，现在确定了。这些都与我无关，只是泰格他不该动。”

南絮越发心惊，紧握着双拳，告诫自己，不能慌。

南絮周身肌肉紧绷得几近僵硬，蔺闻修是如此精明，她早该料到，可他到底站在什么立场？如果他们不截断泰格，便丢了线索，蔺闻修呢，他会不会做出对齐骁不利的事？危险，她脑中拉响警报，她该怎么办？

蔺闻修看着她倔强的眼底，嘴角轻轻勾起一抹毫无温度的弧度：“你处心积虑到我身边，想知道什么？”他的手从她脸上渐渐滑到肩头，指尖在她肩上细细摩擦，她身子紧绷得厉害，强迫自己冷静，别让慌乱的心跳出卖自己：“我不知道你在说什么。”

他的手顺着她的肩一点点下滑，转到她背上，让她贴近自己，唇贴近她耳边：“军火？嗯？”南絮的呼吸都快停止了，她感觉他的手落在她腰间，再往下……

她下意识地后退，却被他有力的手紧紧扣住，他手臂力道加重，以她的身手却没挣开，他冷笑着，手探下去，从她兜里拿出一样东西。

他拿着她的手机，递到她面前，然后在她的注视下，指尖一松，手机瞬间落入旁边的红酒杯中，暗红的液体溅在透明的杯壁上，印上的却是血腥一般的暗潮。他淡淡开口，却有着强悍的威慑力：“乖一点儿，否则我的心情会变得更糟。”

他的威胁，南絮听进去了。她不敢轻举妄动，在他眼皮子底下，她什么也做不了。齐骁，怎么办？如果蔺闻修真的把风声让人透出去，她会拼尽性命去阻止。

盯着蔺闻修冷漠的背影，南絮的心狠狠地揪在一起。

而另一边，泰格被劫走后，引来大批追击者，炮火声霎时冲天，硝烟弥漫，路上行人惊慌躲避。齐骁赶过去接应，子弹密集而下，火箭筒轰向押着泰格的那辆车，司机快速闪避，车子疯狂向前行驶。

迫击炮发出，车子闪躲，炮弹炸在前面疯狂行驶的车辆身上，大卡车瞬间被拦腰斩断，车身横躺在路中间，拦住押着泰格逃离车辆的去路。

齐骁隐在暗处，对方火力极猛，目的不言而喻——抓不住泰格，便直接射杀，不会让他逃离控制范围，更不能让他被军方抓获。

泰格躲在车上，根本不知道这都是哪方的人在追击他，三方、四方，还是有更多追击者想要抓他，灭他口？蔺闻修，他到底是什么人物，会引来将军强制压迫他，甚至想要灭他口。他此时已经快要被逼疯了，他被扣在车上，双手绑在身后，无论是生是死，他都不想被任何一方抓住。

齐骁找寻着对方火力最猛的攻击点，进行射击。

华方人员打着暗语，排兵布阵，阻挡对方火力攻击，眼看华方人员倒下去，齐骁跑过去掩在暗处，快速解决对手。

目测华方不出十个人，而对方是几十名带着重型武器的武装兵精英，齐骁知道远水救不了近火，找渔夫救援已经来不及，他贴着墙壁前进，碰到华方人员，枪口对过来时，他急忙打手势，确定是自己人，华方人员才快速向另一方回击。

一边回击一边撤离，华方人员已经倒下三个，押着泰格的车辆冲破被轰炸的路段，喊着快撤，齐骁暗中替他们狙击追击者。

双方损失惨重，齐骁看着华方仅剩的五人撤离后，才悄悄闪进胡同，在路边拦了辆车离开现场。

他坐在车上，沉沉地叹了一声，发信息告诉渔夫人已经撤离。

渔夫回信息，有进展会第一时间通知他。

齐骁乘坐出租车绕行几圈，才回到自己车边，他开门上车，第一个想到的是南絮，不知道她此时怎样，她在蔺闻修身边，他不敢轻易发信息给她，担心露出破绽。

今日一事，他已经无法确定他的身份是否被蔺闻修怀疑，以蔺闻修的精明谨慎，在出现拦截泰格的人时，他很可能已经猜测到他是军方人员。

军方人员的出现，加上蔺闻修对他之前也早有猜忌，此时又在泰格一事上失手，以他想抓住泰格的迫切心理，那么……齐骁预感不妙。南絮，会不会有危险？

他急忙联络渔夫："跟踪得到蔺闻修的位置吗？"

"人跟丢了，他的手下重伤逃离后不知道去向何处，我方人员抓捕泰格，已经顾不上蔺闻修了。"

"我担心南絮。"

渔夫听闻，沉默了下："你联络不上？"

"不敢联络，今日之事，以蔺闻修的精明一定猜出半路拦截泰格的人是军方人员，我担心身份暴露，南絮会有危险。"

"你等等，南絮的手机上有定位系统，是她自己设置的，我让人去查。"渔夫说完，立马对身边的人员吩咐。很快渔夫对他说，"电话没信号，跟踪信号也断了。"

南絮自己设置的定位系统，却查不到，齐骁霎时警铃大作："一定出事了。"

他说着，启动车子："我给蔺闻修打电话。"

"如果蔺闻修真的是军火贩，你去只会送命。"渔夫的分析是站在齐骁的安全立场上，他不希望他布下几年、最得力的这条线断掉。

齐骁吼道："那怎么办，南絮有危险！"

他很少用冷硬的语气跟他的上线这样讲话，连续几次，都是因为南絮，渔夫已经猜测到，他们的关系绝非一般："齐骁，我们会想办法找出她的位置，但在此之前，你不能涉险。"

"别跟我讲危险，她现在就身在最危险的地方。"

渔夫一掌拍在面前的桌子上，语气冷到极致："白鹰，这是命令。"

"别跟我讲命令，我的命我自己说了算。"

"白鹰，你不应该带着感情色彩来执行任务！"这是卧底的大忌，有感情便有弱点。

齐骁直接挂断电话，渔夫再打来，他也无视，他可以为国家付出生命，却无法眼见南絮涉险却什么都不做。这次就不该让她回到蔺闻修身边。他不清楚蔺闻修那边的情况，即使冒险，也要试一试。

以齐骁对蔺闻修的了解，他不是个嗜杀之人，而且做事很有原则，齐骁此时也分析不到那么多，启动车子，电话拨给蔺闻修。他赌一次，赌蔺闻修不是军火贩，他只与这起案件有着千丝万缕的联系。

蔺闻修的手机响时，他转头看过去，淡漠的唇瓣微微勾起一抹笑，他没接电话，而是冲南絮招了招手。

南絮下意识的反应，这通电话，是齐骁打来的。

她走到他身边，看向手机上的来电号码，果然，"齐骁"两字赫然映入眼底。她双手垂在身侧，她猜测，齐骁定是发觉事态趋于恶劣，担心她。

她希望蔺闻修不接这通电话，可不是她想他就不接，看着他的手缓缓抬起，指尖摁下那个绿色的按键，她的祈祷没人听得到。电话接通了。

他开着扬声器，齐骁的声音瞬间传来："蔺兄，我在木拉镇。"

蔺闻修盯着南絮，他的唇角依旧噙着温和的笑，她却觉得那笑让人胆战。

“骁爷，你也来了。”蔺闻修说。

“泰格出事了，我安排去盯着的人说看到阿吉，便知道你也在这儿。”跟聪明人就不能玩太多套路，他越讲越坦诚，即使蔺闻修猜到他的身份，也只是猜测，没有确凿证据，他眼下急于确定南絮的安危，只要确定就好。

“骁爷，你要过来吗？”齐骁越是担心南絮，蔺闻修便更加确定他的猜测，齐骁的身份，让他产生兴趣。

南絮急忙开口：“骁爷要来？”

她是想让齐骁听到自己的声音，确定她安全后，他应该会打消来的念头。她话一出口，蔺闻修眼底的笑意更深了，男人微眯着眼：“南南，我该怎么惩罚你呢？”

两人的对话都听在齐骁耳里，南絮在跟他报平安，但蔺闻修的话让他再次提起担忧的心。

南絮莞尔一笑：“抱歉，我说错话了？”

“把你宠坏了。”蔺闻修的手滑上她的腰，指尖用力一掐，南絮感觉腰间传来闷闷的痛感，她微微蹙眉，小声说：“对不起，下次不会了。”

蔺闻修对她乖顺的道歉还算满意：“骁爷，我在木拉庄园十号。”

齐骁挂断电话，直接开车过去。他要想办法带南絮离开，不能让她再留在他身边，随时都会有危险。

南絮听到齐骁要来，心惊胆战却又无法阻挠。

十几分钟后齐骁到达木拉庄园十号，车子拐进大门，就看到二楼阳台前，一男一女站在那儿。

南絮眸光沉沉地望着驶进来的车辆，蔺闻修嘴角噙着笑，双手撑着栏杆，把她困在身前："英雄难过美人关，他来了。"

南絮紧抿着薄唇，目光盯着面前的人，蔺闻修扣住她的下颌："别用这种眼神看着我，人不犯我，我不犯人，是骁爷先不厚道。乖，笑一笑，笑起来能让人心情变好。"

他说着，指尖推着她的唇角上扬，他摇了摇头："听话。"

南絮强迫自己勾起唇角，她笑了下，他说："再深一点儿，你这性子太冷，真不适合做这种工作，你的上线怎么会选你，我一直怀疑他那脑子是不是当时犯糊涂了。"

"蔺先生您误会了，我说过我退役了。"显然，这样的辩解苍白无力。

"是吗？"他轻挑唇角。南絮笑了，笑意很深，眼底有粼粼波光。

齐骁坐在车上，看着二楼阳台处，南絮的笑很清晰，他亲眼见到她平安，才让提到喉咙的心落回一半。

他缓了缓情绪，推门下车，蔺闻修放开南絮，双手撑着阳台栏杆："来了。"

齐骁点头，大步上楼。

齐骁进来时，蔺闻修拍了拍南絮的小脑袋："回房间去，我跟骁爷有事要谈。"

南絮点头，在所有人的注视下，回到自己的房间，窗户安装了防护栏，门口有人把守，她没有武器，走不出这里。她在房间里焦急地徘徊着，祈祷蔺闻修别对齐骁动手，齐骁只身前来，只要蔺闻修一声令下，他只有束手就擒的分儿。

齐骁感觉到紧张的气氛，蔺闻修却一如往常，气定神闲地端着红酒杯轻轻晃动："骁爷，你知道我要什么。"

他越是直接，齐骁越不能拐弯抹角："蔺兄直爽。"

"给吗？"

齐骁保持一贯的洒脱："如果我能办到。"

"骁爷知道，我要泰格，活的。"蔺闻修放下酒杯，敛去脸上的笑意，严肃、笃定，没有任何商讨的余地。

南絮在二楼窗口，看着齐骁驾车离开。她如果想逃，蔺闻修的人是控制不住她的，可她不能走，她走了，便坐实了齐骁的身份。

无论是否坐实他的身份，只要蔺闻修一句话，这个风声透出去，便不会有人放过齐骁。

南絮双手扣着窗台，抓紧的力道让指甲变得发白。齐骁开车出来，回头望过去，看到窗边的身影，他紧抿着薄唇，加速冲了出去。

"渔夫，南絮被蔺闻修控制了。"他出来，第一时间打电话给渔夫。

渔夫沉默了："你的身份被识破了？"

齐骁没接他的话，因为他不确定，但隐隐有感知："蔺闻修要泰格，活的。"

"人马上押到，那边审问结果出来之后我会联络你。"

齐骁不知道蔺闻修会不会对南絮动手，但他不敢也不能有一丝一毫的侥幸心理，赌的是命，还是南絮的，他不敢赌。

夜里，泰格被带到华方管辖范围内，被安置在隐秘的审讯室。

有人提前审问过，可泰格一直闭口不言，持续一个小时，他还是什么也不说。

后来，门口进来一位穿着军装的中年男人，挺拔着脊背，迈着稳健的步伐。

来人坐在他对面的椅子上："知道你为什么会在这儿吗？"

泰格没说话。

"将军是谁？"

泰格把眼睛闭上，不听不看不说话。

"你认为这样就能躲过？你逃出来，为的就是活命，你能活多久，取决于将军是否放过你。你认为他会放过你？"

泰格睁开眼睛，笑了出来，说了句缅甸语，旁边人翻译，说的是："我的事，不劳您费心。"

"你知道今晚有几路人在抓捕你吗？有两方要抓到你，还有一方，也就是你的所属方，将军，他要的是你的命，你只有坦白，才有活路。"

泰格看得出来，两方抓他，但都没有要他的命，而另一方，也就是将军，下重火力想置他于死地，要把他当成第二个苗伦一样处置。

泰格知道，自己被军方抓到，这些人不会杀他。

他认准这一点，便有恃无恐地说："我什么也不知道，我不知道你们在说什么，你们要以贩卖军火罪扣押我，也要提交到国际法庭，你们说了不算。"

中年男子无奈一笑，摇了摇头，他起身往外走，泰格哈哈大笑："你杀了我，杀了我你们就触犯了国际法，不敢吧，哈哈哈哈。"

翻译把话原封不动地翻译出来，中年男人冷笑了下，走出审讯室大门。

"关灯，然后把风透出去，天放亮，把人放出去，盯紧了。"中年男子交代完，转身离开。

审讯室的灯瞬间黑了下来，密不透风的室内，暗得伸手不见五指，没有窗户，没有灯光，黑得骇人。

泰格闭了会儿眼睛，再次睁开时，依旧黑得毫无落目点，暗无天日，没有一丝光亮。

他开始还能保持淡定，过了会儿，谩骂声响起，他暴躁地开骂："别跟老子玩这套！"

他的谩骂声不停地传出，可依旧没人理会他。

在黑暗之下，人心会变得惶恐不安，常人难以承受。生理和心理的双重压力之下，泰格粗重的喘息声在密不透风的室内格外清晰，他终于放软："我说，我说，开灯……"

"唰"的一下，瞬间灯光通亮，泰格咧嘴猖狂大笑。

门被打开，刚才那个男人进来，泰格头上沁着大滴汗珠，眼神却十分狡黠，不见半分服软。男人开口："说吧。"

"说什么？我让你开灯，还真听话。"

男人蹙眉："我好心提醒你，反抗的下场，只会让你送命。"

"送命，你敢吗？杀了我，来呀，来呀。"

泰格只是事件关联者，那位将军才是他们的目的。男人没再理会泰格，灯瞬间再次关闭。

室外，天空灰蒙蒙一片，繁星退去，露出灰白的肚皮，审讯室的门打开，两人持枪上前，押着泰格往外走。

走出戒备森严的大院，大门一开，泰格被推了出去。

而此时，门外不远处，已经埋伏了多方持枪人员，有华方人员，有将军的人，齐骁通知了蔺闻修，他的人也已经到位。

泰格一出来，没走几步，便传来枪声，子弹密集而下，泰格狂奔到石柱后方躲避。

可他哪逃得过那些追击者。他知道，把他放出来，就是把他置于枪口之下。

阿吉受伤，藺闻修派了阿威和莉亚他们，四个人一起出发，他坐在木拉庄园十号，南絮就在他对面。南絮知道，藺闻修支开最得力的几个保镖，并不怕她逃跑，因为清楚她不会、她不能，他手里捏着齐骁的秘密，她也不敢轻举妄动。

而另一边，密集的子弹照着泰格射来，华方人员暗中保护，泰格是这条线最有利的证人，不能让他真的有闪失，放他出来，是要让他明白，将军，不会保他，只会要他命。

泰格疯狂逃窜，子弹打中了他的腿，他一个踉跄，号叫着拖着受伤的腿向前奔行。阿威知道有多方人员暗中拦截，他让同伴狙击，带着两人去抓泰格。

就在泰格几乎要落在阿威手里时，子弹射来，阿威带着的两名手下中弹倒下，他闪躲及时，幸免于难。

齐骁坐在远处的车里，一直盯着泰格的方向，泰格再次中弹，直接倒在地上，爬不起来。

华方人员与将军的人火力胶着，有一辆车冲来，停在倒在地上的人旁边，车门一开，一只手伸出来，直接把泰格提起拽到车里。

泰格身上、腿上，连中四枪，被车子紧急拉往医院。

泰格手术清醒过来后，华方人员走进去："你替他守住秘密，换来的是什么？"

泰格不说话，脸色沉得吓人。

"你现在出了我们的范围，只有死这一个结局。"

“你们故意的。”泰格说。

那人笑了笑：“是，让你看清，你只有配合，才有一条活路。”

泰格明知道他们是故意设局，却说不出一句反驳的话：“我玩不过你们。”

“你错了，我们是在保护你的安全，你要搞清楚这一点，只有信我，你才能活。”

“活着，一辈子在监狱，这跟死有区别吗？”他们这种人，亡命天涯惯了，被拘一辈子失去自由，等同于死。

“如果我现在放出风声，说你已招，你觉得他会留你命？不，他会抓到你，你只会生不如死，你比我们更清楚他们的手段。”

这句话，让泰格的瞳孔一紧，男人知道他动摇了，没有人比他们更清楚那些非常人能承受的折磨手段，没人不胆战。

十分钟后，男人出来，快速安排接下来的行动。

渔夫打电话给齐骁，通知他事情已办妥，让他可以透风声给蔺闻修。

齐骁打电话给蔺闻修：“蔺兄，泰格重伤，在塞卡医院四号病房，我替你引开人，过了今晚，我也无能为力。”

“骁爷，我能信你吗？”

“蔺兄，我能信你吗？”

蔺闻修轻笑了下，齐骁也笑了，说：“我接应你。”

不到半个小时，蔺闻修出现，齐骁替他“引开”人。

蔺闻修走进四号病房。泰格睁开眼睛，看到是他，咧开嘴角露着嗜血的笑：“果然与你有关。”

“你知道我来问你什么，说吧。”

“你与他们不是一路的？”泰格被将军扣押后，一直以为蔺闻修是军方的人。

蔺闻修没答他的疑惑：“说吧，将军是谁？”

泰格冷笑出来：“你不是，那么谁是？”

“这些不是你该问的，别做无意义的反抗。”

“你能救我出去吗？你能保我命吗？”

“别跟我谈条件。”他语气极沉，手放到呼吸机管上，泰格胸部中弹，上了呼吸机，他这一掐，泰格觉得肺部炸裂般地疼。

齐骁让人引开蔺闻修安排在门口守卫中的两个，南絮看到他在暗处，冲他摇头。

齐骁招手示意她过去，南絮跟旁边的人说去下洗手间，便快速走向齐骁。

南絮快步到他身边，小声道：“快走，危险。”

“你跟我走。”他拽着她往偏僻的角落走去。

南絮拉住他，贴近他说：“他猜到你的身份了，如果他把风声透出去，你就没活路了，我不能走，如果我走了，我无法确定他会不会对你下手。”

齐骁之前已经猜测到：“泰格招了，军火案接近落幕。”

“我走了，你怎么办？”

“离开这里再说。”

齐骁拽着南絮，从楼梯间快速跑下去，南絮还在担心：“万一他要把这个消息放出去，你就没办法再回去了。”

“我猜他不会。”

南絮一愣："为什么？"

齐骁把她推到车上，自己坐上驾驶位，启动车子快速驶出去。他一边开车一边说："我分析，蔺闻修在这起军火案中的角色，是受害者。"

南絮被这一推论震惊到，但他的分析也不无道理，蔺闻修一直在找人，却不杀，他要查的是泰格的上家，如果他是这件军火案的主谋，不需如此大费周章，直接弄死泰格，将军的所有线索便断了。

"希望你的猜测是正确的。"

南絮离开蔺闻修的控制范围，他提着的心终于可以放下，齐骁从没觉得如此轻松，他笑了出来："我也希望。"

"如果蔺闻修是受害者，我在他身边就不会有危险，还能进一步打探到他的下一步行动。"

"你确定他不会杀你？即使不是军火案，他也与这件事情有密不可分的关联，他那边不安全。"

南絮点头，认同他的话。

"安全最重要，我今天一直在想整件事情的来龙去脉，我赌一把，赌他不会对我下手，我说过，我命硬，老天不收。"

南絮见他还在笑，她回握住他的手，笑着点头："我信你。"

这时，电话响起，是渔夫："白鹰，这边你熟悉，需要你协助部队去探将军的据点。我们暂时无法拿到逮捕令，必须盯紧，给我们争取时间逮捕他。"

"好，我先送南絮去跟大部队会合。"蔺闻修身边，南絮已经不能再回去。

南絮听闻："你还不能离开？"

他只说："我先送你走。"

"你呢？"

南絮看着他的侧脸，阴影下他的脸颊轮廓刚毅，眼神笃定，对未知的危险毫无畏惧，甚至在以轻松的心态进入最危险的境地。她紧抿着唇瓣："那我也不走。"

"舍不得我？"他半开玩笑，坦然道，"缉毒就是一个战场，且是个持久战。南南，相信我，老天不收我的。"

南絮垂眸，心里难受得要命，却也越发笃定："我不走，我留在你身边，可以跟你互相照应。"他自己潜伏，太难了，身边无数双眼睛盯着他，每一步都万分艰难，没有一个真正的自己人做内应，他很难施展拳脚，要到何时才能回归？有她在，起码可以陪着他。

"最困难的几年都过来了，廖爷倒下，虽然内斗不断，但眼下我还可以周旋一下。"他轻叹一声，"听话，走吧。"

"你身边杀机四伏，说不定哪一枪就打在身上，要了你的命。"

他嘴角噙着笑："爷不怕死。"

"我怕，我怕你死。"她焦急的眼底染上浓浓的担忧和悲凉。卧底工作不能怕死，要有胆有谋，临危不惧，可他们都是人，有血有肉，是活生生的生命。

"听话，我现在可以应对。"他握着她的手，紧紧逼视着她。

"我陪你一起去探将军的据点，之后我再离开。"

"还说不是舍不得我，一天也要跟着。"他挑眉，故意揶揄她，"走吧。"

她明白，她在，会分他心，一咬牙："好。"

这时手机响起，齐骁从兜里拿出电话，来电显示是桑杰："骁爷，有人要对你不利。”

“谁？”

桑杰锁紧眉头：“孟猜。”

齐骁闻言，眸光一凛，孟猜，跟随廖爷多年，是瘳爷众多手下当中非常得力的一位。廖爷出事后，孟猜毫无动作，齐骁让桑杰盯着他，就怕他生事。

“他人呢？”

“他已经知道你在木拉广场。”齐骁走之前说这两日不出门，桑杰此刻不想跟他打哑谜。

齐骁的眉间越蹙越深，渐渐锁成一个疙瘩，孟猜一定是来找他，他说：“我知道了。”

桑杰说：“我带人已经赶来接应你……”

话未落，一颗子弹“砰”地打在前挡风玻璃上，齐骁眸光一凛，急忙转动方向盘，南絮快速从他腰间拔出枪，对面的子弹密集而下，她要回击时被齐骁按下身子：“快躲起来。”

“你不用管我，开好车，我来。”南絮落下车窗，枪口探出去，照着前方开枪。他们只有两人，对面无数子弹射来，车身顷刻间被数颗子弹击中，齐骁开着车闪避，突然车身一歪，轮胎中弹，车子偏离方向，齐骁打转方向盘，砰的一下撞上路边的墙面。

齐骁回手从后座抽出枪支，扔给南絮两把，自己快速拿了两把，开门下车，子弹越来越快，对方人员越靠越近，齐骁掩护，南絮从主驾驶位置跳下车，两人一边向胡同里跑，一边回击。

南絮和齐骁躲在暗处，对方人马快速追击而来，从脚步声判断，至少是二十人的队伍，两人相视一眼，齐骁锁着眉头，探出枪口对准前方开枪。

对方人数众多，孟猜定是集结了廖爷手下最能干的那些武装分子。南絮的子弹很快打完，齐骁从兜里拿出军工爪子刀扔给她，这是她的刀，救化学专家那次她用过，之后被他拿了回去，美其名曰是他的，她知道他喜欢留在身边，那时心里还暖暖的，此时再接过此刀，却是为了拼命。

“你先跑，我来殿后。”齐骁推开她，南絮摇头：“你一个人肯定不行，他们人太多。”

“我能应对，快跑。”他用力推开南絮，她站在那儿，摇头。

“快走！”他低吼着，眼底似在喷出炽烈的火焰，他可以死，但不能看到她在他身边出事，这是齐骁这几年内，第一次迫切想要的，她安全，他才心安。

齐骁冲着前面开枪，子弹所剩无几，他留了几颗护命，转头见南絮还站在那儿，拉着她向另一侧跑去。

后面追兵很快上来，两人闪进一个小矮房下，齐骁把她推到身后，他站在外侧，紧盯着对面的人。

此时的天空已经大亮，远处传来嘈杂的车流和鸣笛声，这边在枪战，行人早已经闪躲回屋，紧闭着大门，生怕被流弹所伤。

追击的人站在胡同的十字路口，有人指挥四处分散去追，有人向这边走来，他们端着枪，枪口正对前方，如果稍有异动，便开枪射杀。

南絮屏息着，然后把手里的刀递到齐骁面前，他摇头，小声说：“你留着。”

“你在外面，我在里面，有事也是你冲出去。”

“一双手足以解决他们。”

“你是觉得我身手不过关，解决不了他们？”南絮问他。

齐骁勾了下唇角：“男人保护自己的女人，天经地义。”

她把头轻轻贴在他的脊背上，用极小的声音说道：“既然你要护我周全，就不能只是一时。”

齐骁点头“嗯”了一声算是应她的话，他躲在暗处盯着外面的动静，很快，脚步声越来越近，南絮也进入警戒状态。从脚步声判断，有四五个人正往这边走来，脚步声不重，显然是在警惕恐有埋伏。

逼仄的胡同里出现几道拉长的身影，齐骁辨别来人，直到身影出现，是孟猜。孟猜一直在廖爷身边做保镖，之前行动廖爷没叫上他，却叫上了齐骁。

廖爷留下孟猜，防的就是他。

两人挤在隐蔽处，空间仅够藏身，南絮尽量让自己缩小，让他靠里边一点，可是还是被人发现了。枪口对过来时，齐骁抬手，瞬间子弹射了出去。

子弹打中了最前面的人，连续三枪，倒下两个，已经暴露，无处可藏。齐骁从地上捡起一根棍子照着前面的人砸过去，子弹打过来时，南絮拽了他一把，否则子弹便落在了他身上。

齐骁瞬间拽过隐蔽处上方搭的石棉瓦片，一米左右的石棉瓦便飞了出去，他小声说：“藏好，不许出来。”

南絮应声，他跑了出去，最后一颗子弹打在前面的人身上，再扣扳机时，弹夹已空，对面站着的男人枪口对准他，噙着冷笑。

“骁爷。”

齐骁站定没动:“孟猜，你想造反？”

“造反的是你，是你黑了廖爷。”

“你信那些传言？”

孟猜不是个只有武力没脑子的人:“你回来后我一直暗中不动，为的就是给廖爷报仇。现在你落在我手里。骁爷，你不该对廖爷下手。”

“孟猜，我一直认为你有脑子，传言就是为了让我们内乱。”

“与传言无关，是廖爷离开前交代的。”廖爷出发之前，告诉孟猜，如果他回不来，见到齐骁必须解决掉他，孟猜那时便明白，廖爷已经彻底失去了对齐骁的信任，也直接表明——齐骁，不可信。

当只有齐骁回来时，他便明白廖爷定是毁在了齐骁手里，他黑了廖爷，坐上老大的位置，手下几千武装军队，一呼百应。

他不敢轻举妄动，只能暗中与同为廖爷心腹之人一起密谋，加强防备齐骁，待他落单，一举击杀，给廖爷报仇。

齐骁冷笑出声，他知道再多话也无法改变孟猜此时要杀他的心。他暗暗想着如何才能化解此时的危机，孟猜手中的枪已经上膛，只差扣动扳机。

“骁爷，你到廖爷面前好好忏悔吧。”他说着，直接扣动扳机。

齐骁紧盯着枪口的方向，待扣动扳机的刹那，他身子一跃躲开，下一枪再次补上来，他直接把枪砸向孟猜，而这时，一把锋利的军工刀从他身后飞射而出，正中毫无防备的孟猜的胸口。

南絮速度之快，刀落人已冲出来，飞步跃到孟猜面前，一把扣住刀柄狠狠插进他的胸膛，然后再猛然拔出。

孟猜手里的枪向四周扫射着，齐骁上前一脚踢开，南絮拔出刀，再次狠狠落下……

听到枪声，其他人也跑过来，枪口对准这边时，齐骁一把抓起南絮闪躲，枪声持续不下，人越来越近，两人只有一把刀，没了武器。

就在这时，他听到另一边有枪声响起，然后听到声音——是桑杰。

齐骁没时间多想桑杰居然跟到这儿，只清楚一点，桑杰是来接应他的。他贴着墙壁看过去，桑杰带着手下出现在不远处，正跟孟猜带来的人火并。

他快速捡起地上孟猜的枪扔给南絮，桑杰扫清前面的人，冲过来扔给他一把枪，他抬手稳稳接住。

胡同两条路全被孟猜的人堵住，桑杰带着十几人前来接应他，齐骁举枪射击……

对方突然架起长枪扫射，齐骁一转头，桑杰摇摇欲坠的身子站在他身后，手臂已经无法支撑枪的重量。“桑杰！”齐骁大喊一声。

南絮闻声，转头惊呼出来，一把拽过桑杰躲在矮房下，齐骁拿过桑杰的枪，双枪对准前面的人射击，加上带来的人一起，最后对方的人所剩无几，地上全是尸体。

齐骁矮身按住桑杰胸前喷血的伤口：“挺住，送你去医院。”

南絮撕下衣服上的干净布料，按住他的伤口：“桑杰，你撑住，一定要撑住。”

齐骁和南絮架着桑杰起身，可桑杰的腿已经站不稳，他说：“骁爷，别费力气了。”

“我送你去医院，这附近有医院，找最好的医生……”他的声音冷到极点，却又有着沉重的悲凉，桑杰是他唯一信得过的人，他来救他，他不能眼睁睁看着他命丧于此。

“骁……骁爷……”桑杰体力不支，已经无法迈动一步，他说着，嘴里喷出鲜红的血液，齐骁弯腰背上桑杰，向前方跑去。

桑杰血越流越多，顺着齐骁的背淌了一路，南絮眼底已经模糊一片：“齐骁，你放下他，不能再动了。”

齐骁眼底已经猩红一片，她知道他心里定是悲痛万分，轻轻摇头：“放下，快放下。”

他们都知道，桑杰，撑不住了。

齐骁喉咙像塞了把稻草，吐不出来咽不下去。他向前狂奔几步，然后蓦地停下。

南絮急忙接过桑杰放到地上让他平躺着，桑杰刚要开口，又是一股鲜血涌出，南絮强迫自己冷静，微微颤抖的双手扶着他的肩：“有什么想说的，你说。”

桑杰出身虽不好，却几次救他们于危难，这样的人，能说他是坏人吗？不，好与坏的定义，已经不单单是站在道德的制高点，而是人心所至。

桑杰暗如沉灰的眸子动了动，慢慢转向齐骁，齐骁蹲在他身边，握上他的手，齐骁紧握的力道，道出他心底的沉重。

“骁爷……很……很遗憾，我不能一直跟着你，做……做一番顶天立地的大事。”

齐骁薄唇抿成一条线，眼底的猩红是那样骇人，他微哑着嗓子开口：“桑杰，你是顶天立地的汉子，我什么都明白。”

“我是罪恶之身，手上沾……沾满了血，我不……不配做一个好人，不配顶天立地……”桑杰对出身没有怨言，因为改变不了上天给予的命运，也没因社会环境造就他此时的罪恶身份而愤慨。

他只是遗憾，他不想手上染血，来生他希望可以做一个干净的人。

“你是好人，我知道。”桑杰不知道齐骁到底是什么人，廖爷从未停止过对齐骁的怀疑，齐骁来路不明，桑杰也猜测过。桑杰在齐骁身边五年了，齐骁的为人，桑杰一目了然。不管齐骁是什么人，桑杰只要知道，齐骁是好人便可，桑杰愿意跟齐骁一起出生入死。只可惜，玉恩，桑杰眼前浮现出玉恩娇笑可爱的模样，善良的女孩子，似能洗涤桑杰心灵上最令人憎恨的罪恶。

“玉……玉恩，骁爷，帮……帮我照顾她，带……带她离开……离开这罪恶之城……”桑杰说着，一口鲜血直接喷了出来，南絮捂着他胸口流血的位置，眼泪布满脸颊。

南絮知道，桑杰改变不了身处的环境，但内心却比那些身处良好环境却心怀险恶之人还要干净。

“我会送玉恩回家。”齐骁答应他，以前留下玉恩，是不能让廖爷或是迪卡起疑。后来没送她走，是因为玉恩与桑杰情投意合，这么甜蜜的一对，谁也离不开谁。

“回家，真好。”桑杰笑了，骁爷答应他，必会做到。他总听玉恩提起她的家乡，虽然贫瘠却有着令人向往的温馨，阿爹阿妈，哥哥和妹妹，她能回去，一定会开心。“玉恩是个好女孩子，遗憾……遗憾我……我不能……永远陪……着她。”他眼底的亮渐渐变成不甘心的深灰。

“玉恩……”桑杰呢喃着这两个字，脸上露出眷恋的笑意，齐骁猛地抓住从掌心滑落的手，南絮紧咬着唇瓣，把所有声音都掩在喉咙里。

齐骁布满青筋的大掌扣住桑杰的身子，直接把人背起："走，兄弟带你回家。"

齐骁背起已经没了呼吸的桑杰，身后跟着仅剩的两名手下，找到他们来时的车辆，齐骁要开车，被南絮推开。她开车，齐骁坐在后座，让桑杰靠在他身上。

南絮通过后视镜，看到齐骁紧咬着牙关。她能感受到他周身的寒意，他此时会有多难过，桑杰是他唯一信得过的人，却因救他们而丧命。

她加快行驶速度，从木拉广场到廖爷院落，仅用了不到两个小时，玉恩接到电话，被齐骁的手下带来，她还不知道发生了什么事，只说骁爷让她来。

她还挺开心的，因为可以见到桑杰哥哥了，好几日没见，真想他。她抿着唇瓣，眼底明亮的光透尽愉悦。

她站在大堂门口，双手交握着，探头探脑望向院门外，直到看到有车过来，她雀跃地跑出去。

车门打开，齐骁的身影出现，她笑着跑向他："骁爷回来了。"

她没注意到齐骁森冷的眸色，一心想着桑杰，她跑近些，看到南絮推门下来，她眼前一亮，兴奋道："南絮姐姐。"

南絮紧抿着唇瓣，不敢说，甚至不敢去打扰她仅有的一点儿快乐。

玉恩有些不解，却也不好意思问，只是站在那儿，看着两人，然后她发现，他们的情绪紧绷得骇人，眼底哀凉一片，她脸上的笑容渐渐凝滞:“骁爷，桑杰哥哥呢？”

后面的车上下来两个人，一个身上挂彩，另一个受了严重的伤，这两人她认识，一直跟在桑杰身边，一起为骁爷办事。

玉恩的目光从两人身上转到齐骁身上，又转向南絮，南絮刚要上前开口，玉恩眸子里闪着惊慌，扑向车子，暗色的玻璃窗在阳光下反着光，她看到后车座上靠坐的男人。

她拽开车门，桑杰坐在那儿，满身的血染透了他的衣衫，那件墨绿色的 T 恤还是上次她来时，两人随处逛逛，她买给他的。

车上的人闭着眼睛，她僵在当下，张了张嘴巴，颤抖着叫了一声:“桑杰哥哥。”玉恩盯着车上的人，却没得到他的回应。

“桑杰哥哥。”玉恩伸手去拽桑杰的胳膊，已经没了呼吸的人身子一歪，她扑上前接住他，“桑杰哥哥，你别吓我，你别吓我，桑杰哥哥……”

撕心裂肺的悲痛呼声，让院落里的其他人都沉默了。

齐骁手搭着车门，眸子转向别处，硬如石头般的心此时像被人剁碎一般。南絮眼睛模糊一片，定定地看着车里的人，她心里难受极了，虽然与桑杰没有什么交集，但他救过齐骁，此次要不是他来接应，她跟齐骁不可能轻松逃离孟猜的枪口。他救了他们的命，这是救命的恩情，让她心痛难忍。

玉恩抱着桑杰的尸体，哭声悲切，响彻所有人心，她的手不停地替他抹着脸上的血，可那干涸的血迹怎么抹都抹不掉。

齐骁吩咐手下，给桑杰按管理者的身份厚葬，玉恩坐在大堂里，桑杰的尸体停放在地上，她拿着毛巾，一下一下替他擦着脸上的血，她拿来衣服，给他换，不让任何人帮忙。

齐骁让手下召集所有元老和管理者，他手里握着枪，子弹已经上膛，指着面前那些暗地里四处挑事的人："还有谁跟孟猜沆瀣一气，都当我不知道你们私下里做些什么？"

他的语气冷到极点，没有人敢吭一声，他狠戾的目光在众人脸上扫过，"砰"的一声，子弹打在一位元老脚尖前几厘米的地方，那人身子一个趔趄，吓得下意识地要逃窜，结果发现子弹并没有打在他身上。

他急忙解释："骁爷，我跟孟猜没有任何私下接触，他造反，我们真的不知情。"

齐骁冷笑："孟猜死了，死无对证，我齐骁向来做事讲原则、讲证据，你们祈祷别被我找到任何线索。"

那些心怀鬼胎之人心有戚戚般惶恐不安，低着头，生怕被齐骁瞧出端倪，也怕一枪打在他们身上给桑杰赔命。

南絮站在不远处，看着那个往日笑逐颜开的女孩悲痛欲绝，她无能为力。

"玉恩！"玉恩哭晕过去，南絮惊呼一声，急忙上前接住她倒下的身子，旁边有人过来搭手，帮忙把玉恩扶到里间的床上。齐骁听闻，急忙过来。

齐骁看了会儿玉恩，然后转向一边，盯着外面，挺拔的脊背尽是落寞悲凉。

南絮走到他身边，回来的路上他未置一言，心里难受，却说不出口。她缓缓抬手，触上他紧握的拳头，一双小手，慢慢将他满是伤痕的拳头包裹住。

"我知道你很难过，我懂你的无能为力，不能替桑杰报仇，我们有我们的事要做，还有玉恩，一定要好好照顾她，这是对桑杰最好的回报。”

南絮与渔夫联络，把事情经过讲明，渔夫也是一声叹息，让他们两人一定要注意安全。我方人员已经准备与他们会合，向将军据点出发。

南絮知道任务紧急，齐骁此时定是不想离开一步，他想安葬桑杰后才出发。

可是时间不等人，齐骁只好吩咐手下盯着这边的事，一定要照顾好玉恩，才驱车离开。

从木拉广场回来是下午，此时天色已近黄昏，车子按照渔夫给的路线快速前行。

“一定赶得上给桑杰安葬。”南絮说。

齐骁没说话，薄唇抿成一条生硬的线，眼睛紧盯着前方，飞驰的车子快速钻进山间小路。

吴将军，当地政府内核人员，如果能够拿下吴将军，不管他是不是军火案主谋，这条线都能彻底明朗。

蔺闻修那边不知有何动向，南絮离开，他没有打来电话询问，想必是心里清楚一切，并没有为难齐骁。也许，齐骁的猜测是正确的，那么蔺闻修此刻应该跟他一样，想要拿下吴将军。

但事情并没有那么简单，他们要走法律程序，逮捕他国政府官员必须经过当地政府机关出面，华方只能等他们的消息。

所以渔夫才让华方人员盯守，怕生事端。将军即使不是军火案主谋，也是核心人员，决不能生出意外。

齐骁和南絮与华方人员在途中会合，一行十几人，暗夜前行。

到达那位吴将军所属的院落外围时，大家分散隐匿，有人给南絮带来电子设备，她打开电脑，放出极其隐匿的小型飞行器，高高飞于上空。

她探测到院落里有很强的防御信号，屏蔽了她的信号，飞行器传不回任何内容。

“不行吗？”齐骁见她收回飞行器，便问她。

“信号被拦截，我要破译。”南絮灵活的手指在键盘上敲击，齐骁和其他人隐于暗处盯紧对面的行动。

狙击手在远处找到有利狙击点，派来的精英小组只能等，等南絮的消息，等渔夫的消息。

齐骁发现南絮眉头越收越紧：“怎么了？”

“他们用了最高级别的加密系统，我需要时间。”

“不急，我们不负责抓人，只负责盯紧就好。”他说着，拧开一瓶水递给她。南絮一边继续破译，一边对他说：“桑杰的事，我知道你自责，我没办法宽慰你，你比我更明白，你所处的环境有多恶劣。”

“不用担心我，你忙你的，别分心。”齐骁说。

南絮点头。

而这时，蔺闻修在路上遇袭，对方火力极猛。他的手下架起机关枪回击，蔺闻修坐在中间的车子里，紧锁着眉头，那位吴将军对他下手了，看来对他十分了解，猜到他会出现在此，因为此路是通往他那边的必经之路。

阿威用最猛的火力回击，他们出来前已经备上最新最大的火力，几十名手下，对付面前的攻击，游刃有余。

蔺闻修捏着眉心，拿出手机拨电话：“将军对我出手了。”

“闻修，一定要注意安全。”电话那端的人语气沉稳，带着一丝无奈。

“华国那边赶在我们前面，鹿死谁手不好说。”

“尽力而为吧。”

挂断电话时，炮火已经停止，车子启动继续前行。

一个半小时后，齐骁在南絮脸上终于见到一丝轻松：“破解了？”

她点头，发出飞行器，很快屏幕上出现院内结构图，守卫、安保、武装、枪支，一切清晰可见。

精英小组队长过来，跟大家一起商讨计策，这里守卫森严，重兵把守。如果逮捕令下来，肯定会有人过来带走吴将军，他们以防途中有变，要时刻盯紧，不能让他脱离视线范围。

天蒙蒙亮时，有重型车辆行驶过来，他们躲藏在暗处，车辆行驶进大院，没一会儿，院子里传来密集的枪声，吴将军拒捕了。

齐骁急忙联络渔夫：“将军拒捕。”

渔夫听闻，紧急联络上级，在得到反馈后，通知齐骁：“已经得到指令，全力追击，逮捕吴将军。”

“收到。”齐骁挂断电话，十几名精英小组人员瞬间按计划分头行事，齐骁拍了拍换上防弹衣的南絮：“注意安全。”

南絮点头：“你也是。”

人员迅速下车，四散开来展开行动。

齐骁跟南絮一组，从右侧快步前行到高墙外，齐骁单腿点地，双掌合于膝盖处，南絮借步踏在他掌心，他借力一送，南絮便跃上高墙。

观察后，南絮冲他比了个手势。

齐骁跳上来，两人稳稳落入院墙内，院内双方几十名持枪人员正在火力交锋，已经无暇顾及他处。两人贴墙前行，之前院中人员的分布他们已经掌握，此时灯火通亮的大堂，门大敞着，里面端着枪的人还在往外冲。他们看不到将军，但确定将军就在这间三层小楼里。

南絮贴行上前，齐骁在她身后，两人绕到后排，与战友比着作战手势，齐骁便扣住外围窗台跳上去。

翻进二楼大堂，走廊里空空如也，前院枪声不断传来，南絮矮身快速前行，突然某个屋子的门被打开，走出一个人，她急忙掩住身形，那人快步跑出去，齐骁见状推开她，自己走在前面。

南絮看着齐骁的背影，他永远都在她面前，替她遮挡所有威胁，她突然想起在他的地盘那次，他站在迪卡对准她的枪口前，那时，他在想什么？

南絮勾了下唇角，抛开旧事。吴将军的位置他们摸不清，眼见来逮捕吴将军的人接二连三地倒下，他们还不清楚这里的武力还有多少。

战友已经潜行到三楼找寻吴将军。齐骁冲南絮使了个眼色，两人站在有人出来的那扇房门前。

齐骁冲她打着手势，她点头应下。齐骁轻扣下门板，嘭嘭嘭三声，里面没有回应。他又敲了三下，依旧没有回应。

他拧动门把手，门开了，南絮举枪看过去，里面绑着一个人，穿着外军制式的军服，那人见到他们，叽里呱啦说了一堆，南絮听不懂，齐骁快速闪进去，用枪把手铐打断。

齐骁听懂了他的话，他说他是来逮捕吴将军的，结果被拒捕，让他们放开他。

这时，楼下传来车辆声，发动机轰鸣着，齐骁从楼上望下去，旁边那人急忙说道：“吴将军挟持炳将军逃跑了。”

齐骁一听，用对讲机对话，让外围的人追击。

他跟南絮从楼上翻下去，快步跑到外围找到自己的车辆追出去。前方几辆车掩护吴将军逃跑。齐骁一边用对讲机跟战友分配任务，一边快速行驶着。

南絮盯着前方，精英小组已经有两组人员追出去，她手里握着枪，齐骁突然对她说：“逮捕吴将军后，你跟他们一起走。”

南絮盯着他的侧脸，昏暗的车厢内，他的轮廓如刀削般棱角分明，漆黑的眸子里洒下坚毅果敢的光。她紧抿着薄唇，目光一瞬不错地想要看他更久一些，过了许久，她应声：“好。”

齐骁得到她的回应，冰冷的面容上，唇角微微勾起一个不深的弧度。

对讲机里传来我方人员的声音，距离不远处，有人开出一枪，然后对讲机里传来一句提醒：“防弹玻璃。”

狙击手快速赶上来，架起枪射过去，吴将军的人开始回击，双方瞬间交火，宁静的拂晓，枪声、炮火声冲天。

吴将军有备而战，几辆车掩护他往深山逃窜，他手下有重兵，且贩卖军火，手里武器与华方人员的火力不相上下，交火之后，武器上双方都讨不到好处。

华方人员车辆被打中，车上人员推门跳车，“砰”的一声，车辆爆炸，熊熊烈火冲天弥漫。齐骁的车赶上后，接应小组人员上车。

齐骁与渔夫通话：“对方火力极猛，我方人员太少，他们往深山逃窜，行驶方向是去金三角地带，很可能有武装军接应他。”

“势必在他进入金三角前逮住他，我方已经再次派遣人员去接应。”

南絮也担心，如果进入金三角地带，遇上接应武装，他们十几个人，毫无胜算。

前方人员已经快速逼近，吴将军的掩护兵损失一辆车，炸开后把他们的路堵住，齐骁握紧方向盘，猛地踩下油门，从大火中冲了出去。

南絮握着枪的手沁出了冷汗，如果刚才那辆车再出现一次爆炸，他们就交代在这儿了。

她想说他，以往执行任务都这么不要命吗，可她又不能去责怪他不顾生命，每一次的任务都无法保证谁能平安而归，就像他以前说过的话，他没想过活着回去，只想用生命捍卫自己的使命，保一方平安。

南絮深吸一口气，举枪射击对方车辆的轮胎，她的手枪打不透防弹玻璃，破坏轮胎是阻止车辆行驶的最好方式。

连续三枪，前方轮胎“砰”的一声爆开，车上人举出枪对准他们的车，齐骁一手开车，一手握枪还击。

不出半个小时，前面的车终于无法行驶，车上下来几个人，被其他手下包围着。下车的第一个人，脑袋上抵着一把枪，这人便是带着逮捕令的炳将军。

他身后的五十多岁的握枪男人，便是吴将军。

手下端枪掩护吴将军撤退，吴将军挟持人质，往深山里撤去。

渔夫下来指令，抓住吴将军，还要救出炳将军，他们国家已经派人前来支援，我方人员也正在赶来，让大家一定要拖延时间，无论如何不能让吴将军逃走。

双方僵持中，很快前方传来车辆的轰鸣声，齐骁蹙眉，这个方向绝对不是我方人员，有可能是金三角扎据的某一个武装部队。

不出他所料，果然是对方的人，炮火再次响彻云端，对方六七辆车赶来，车上架着枪对准我方扫射。

齐骁和南絮快速掩到车后方躲避流弹，狙击手解决了两个开车的人，又打中对方的最猛火力，交火中，又出现另一波枪声。

南絮看过去，对着齐骁喊话：“是蔺闻修的人。”

蔺闻修的目的是吴将军，但也不会是他们的援军，只是目的相同，共同对抗对方武装。南絮和齐骁相视一眼，潜到一侧开枪。

有了蔺闻修的出现，对方便讨不到好。

吴将军被手下掩护往深山中逃离，南絮跟齐骁和精英小组的人一起追了出去。

追击持续了一刻钟的时间，火力渐弱，子弹基本都打空了，南絮从兜里拔出军工刀握在手里：“你去抓人，我殿后。”

“小心。”齐骁说着快速解决掉一个眼前的人，向深山里追去。

南絮握着刀，几个武装小兵不是她的对手，一连解决掉几个人后，南絮循着枪声辨别方向，借着晨曦，看到前方对战的人，奋力奔过去。

齐骁面前是一个身材魁梧的男人，挥着重重的拳头，拳拳到肉，一时胶着难分上下。吴将军被人掩护着越跑越远，南絮和精英小组的人冲过来，她对齐骁喊道："你快去追，我们来解决。"

齐骁见状，便转身向暗中跑去。后方追赶上的人，跟着齐骁一起追向吴将军。

南絮握着刀，眼前的人明显不是普通武装兵，比他们的武力值要高，从他的身手判断，绝对是上等兵，应该是派来接应吴将军的雇佣兵。

那人重重一拳，直接打在精英小组一人的身上，这一拳的重量，使人身子一个踉跄，嘴里直接喷出大口鲜血。

南絮握刀，手法灵活，刀刀直冲那人身体软肋，手臂、脖颈，当锋利的刀划上魁梧男人的手臂时，他眼底猛然迸射出凶光。

当她猛地一刀插在他胸口时，那人非但没躲，居然捏住她的手腕，指节扣紧的力道让南絮承受不住，手一松，那人生生地从胸口拔出刀，反手握刀，刺向她的脖颈……

齐骁与华方人员追上吴将军后赶回来，正看到这一幕，心脏猛地一缩，惊呼一声："南絮……"

"齐骁。"她小声叫着他的名字，声音弱如呢喃。

齐骁冲过来，手里的枪已经没了子弹，他只有拳头，像是把生命的力量都注在拳头上，他快狠准地出拳，最后一个回旋踢，那个男人晃动几下后，身子一歪倒在地上。

齐骁转身扑到南絮身上，双手不知该放在哪里，只是不停叫着她："南南，南南……"

南絮张着嘴，却难以发出声音，看着他惊慌失措的样子，有些心疼："别……别难过……这……这样……我就可以留在这儿……一直陪着你。”

“我不要你陪，你给我好好活着回去，我这辈子都不想再在这里看到你！”齐骁吼着，把南絮抱在怀里，尽量平稳地让她上身不要移动，这里无法救助她，已经没有多余时间去想其他，只能送医院，送医院……

南絮醒来时，浑身疼痛难忍，紧咬着牙，微微睁开沉重的眼皮，目光模糊了几秒钟，才有了焦距。

放眼一片亮白，这白刺进她的眼底，头都跟着痛，她环视，目光落在窗边的人身上，那人嘴里咬着根烟，却没有点火，只是咬着，狠狠地咬着。他身上全是血，后背干涸的大片血迹还没处理，她有些生气:“你怎么不去包扎？”她的声音极小。

齐骁闻声抬起头看了她一眼，然后跑出去，很快有医生进来，检查询问情况，南絮吃力地小声回答。

医生说南絮已经脱离生命危险，幸好她躲闪及时，这一刀并不深，否则根本等不到送进医院。

医生走后，南絮看着一直不说话的齐骁，他脸色沉得像北极的雪，终年不化，能冻结人的血液。她张了张嘴:“齐骁。”

齐骁没开口，拿了毛巾走到她身边，替她轻轻擦拭脸上的血迹。他的手在颤抖，即使他控制得很好，可她还是感觉得到。

南絮想跟他说话，却因药力控制不住打架的眼皮，沉沉地睡去。

再次醒来时，窗外已经亮起霓虹，室内昏暗一片，南絮看到窗边隐下的身影，她在睡梦中都在想他，所以迫切地醒来，想要看他一眼。

齐骁见她醒了，拿着水杯，轻碰到她唇边，她浅抿了一小口，他才放下。他还是不跟她说话，南絮明白他心情沉重，她冲他勾起唇角，惨白的脸上露出一抹笑：“我没事。”

一整天的昏睡，醒来时，确实感觉好了许多，加上药力作用，也没那么疼了，她说：“我想坐起来。”

齐骁把病床摇起四十度左右，然后捞起旁边的衣服便走了，从始至终，一句话没说。南絮靠在床上，看着合实的门板，久久没有回神。

过了许久，门被推开，齐骁走到她床前，他眼底猩红，从兜里拿出支烟放到嘴边，想点却没点着，末了扔到一边：“跟着我，你只会受罪。”

南絮眼睛已经模糊，泪水在眼底打转：“齐骁。”

“南南，我想抱你，可我怕你疼。”

南絮的眼泪唰的一下尽数涌出。

“南南，离开我吧。我以前不怕死，可是以后不一样，你是我的命。”

她从未见过齐骁这样无助，他一直是强悍的、无所畏惧的，即使身受重伤，也能玩世不恭地勾起唇角，满是不屑地说这点伤算得了什么。可此时，他第一次在她身边坦露出无助，让她心痛不已。

他让她离开，不敢再让她留在身边，这意味着什么？

她的眼泪湿了他的衣襟，无声的泪蜂拥而出，心底的痛重过身体千万倍。他孤身一人，在这魔窟与魔谋皮，与鬼周旋，她想陪伴他，同生共死。

可他却不允。

南絮受伤，是给齐骁致命的重击，亲眼看到自己的女人倒在地上，那一刻，他感觉自己已经死去，他从未感受过这种痛，死去也不过如此。

他可以死，她却不能。她是他的命，她活着，他才能活着。

吴将军被捕，华方人员已经随部队离开，渔夫说南絮养好可离开时，会派人来接应。

桑杰已经安葬，用最高级别的礼数厚葬，齐骁派了最信得过的人保护南絮，自己参加完桑杰的葬礼，便一直留在南絮身边照顾。

这两日，齐骁的话极少，南絮也没怎么开口，配合医生，让身体尽快恢复。

吴将军被捕后，案件审理并不轻松，他一直不承认，强调自己没参与任何违法行为，可他的回答漏洞百出，那日拒捕、金三角武装接应，都坐实了他的不法行为。

泰格已经没了反抗的筹码，指证吴将军是他军火买卖的上家。只能怪他先不仁，别怪他不义。

昏黄的灯光把素白的病房印上一层暗光，刺鼻的消毒水直冲脑仁，床边放着一大束康乃馨，花色鲜艳，枝叶朝气蓬勃。

窗边站着的人一动不动，轮廓隐在暗影里，他周身盛着浓烈沉重的气息，灯光倾泻而下，在他身上萦绕，忽明忽暗，若即若离。这样的齐骁总让南絮心头泛酸，像是下一刻他就会消失在她面前，想抓却抓不住，想碰也碰不到，她从未有过这种想念，连睡梦中都充满惊慌，强迫自己醒来。

南絮和他这两日很少说话，她懂他的悲凉与压力，她入院三天，伤口恢复得很好。按照她的恢复状况，不出几日便会被他送走。

“齐骁。”她叫他，声音小如蚊蚋，在静逸的病房里，像是虚幻。

他回头，撞上她的眸光：“醒了？”

他的嗓音嘶哑低沉，似许久未开口，带着划破空气的飞沙走石，传进耳底有些刺刺啦啦的痛。

齐骁迈开长腿走到她身边，拿过水杯，加了一些温水回来：“喝一点儿润润嗓子。”

南絮摇头：“你喝吧。”

他放下杯子，两人一时无话，他就在她旁边坐着，目光在她脸上流连。

他们就这样看着彼此，谁也不开口，过了许久，南絮缓缓抬手，落在他置于床边、布满血痂的铁拳上。

柔软的小手轻轻摩挲着他拳上的伤处，她感觉到他握拳的手越收越紧。“对不起。”她说。是她让他如此不安，失了冷静，卧底忌讳有情感牵绊，特别是他这样在生死前线的隐秘身份，感情是大忌，是她，破坏了他坚如磐石的意志。

对不起？齐骁硬冷的面容上，唇角微微勾起一抹弧度后很快敛去：“说什么傻话。”

“能不能别让我走？”她想争取一点儿陪他同生共死的机会。

齐骁盯着外面的朦胧夜色，抽出一支烟点着：“五年前，我亲眼看见战友被毒枭残害致死，我永远忘不了那个画面。”齐骁在那一刻便知道——卧底，就是不见光明的潜行者。

“有阴影吗？”她问他。

齐骁吸了一口烟，微微抬首，吐出的烟雾缭绕于眼前，透过烟雾想要去看清这个世界，可是看不清，不是烟雾遮挡，而是那些人心被蒙上了厚厚的腐烂的罪恶。

过了许久，他缓缓开口：“如果我没成功，那我也是死在了这儿。”

南絮紧咬着唇瓣，不让自己发出声音，可还是无法阻止身体的颤抖，眼泪不受控地从眼底蕴出，很快便承载不住滚落下来。

她想强迫自己把眼泪控制住，太难了，他说她是他的命，他何尝不是。

她抓住他的手，他无法开口，只能任由她用眼泪浸泡他的心。

他轻轻抱着她，下巴搁在她头顶：“南南，对不起。”

她摇头，不住地摇头，眼泪决堤：“如果你非让我走，我一辈子也不会原谅你。”

齐骁替她擦着脸上的泪，她很少哭，见过几次大多是为他而流泪。她看似瘦弱，却有着强悍的内心，不娇不弱，是因为他，才让她有了如此牵绊。

他的唇，轻轻落在她苍白的唇瓣上，细细地研磨，轻柔却带着厚重的情感，他吻着她越来越多的泪，亲吻她的眉眼，这样的亲吻是圣洁的，是来自灵魂的。

他抚摸过她每一寸肌肤、每一处骨骼，纤细柔软的身体，却蕴着巨大的能量。她只是个二十多岁的女孩，应该过着快乐潇洒的生活，却甘愿放弃这些，把自己置身于险境，在这魔鬼的地狱里拼搏。这是多么震撼人心的魄力和意志力。

他握着她的手，执于唇边亲吻，南絮紧紧地抓着他的手指，很怕下一刻就再也触碰不到他。

玉恩捧着一束花进来，穿着一身黑色服装，在见到南絮时，才表露出无助，眼睛登时泛起水汽。

南絮替她擦眼泪，再多言语也无法宽慰沉痛的伤，这样的打击，对一个年轻的女孩来讲，是致命的。

玉恩哭了好一会儿，两人互相宽慰对方，玉恩让她好好养伤，然后跟她说："南絮姐姐，等你伤好了，可以教我打枪吗？"

她在玉恩眼底看到笃定的神情，坚韧得像一颗小小的顽石，不强大却让人无法忽视她的倔强："想给桑杰报仇？"

玉恩没说话，但目的不言而喻。她太软弱，什么都做不了，除了哭。桑杰的死，让她久久无法从悲痛中走出来。

"你好好活着，这是他留下的唯一心愿。"南絮握着玉恩的手，"你看，这么柔软干净的小手，不适合拿枪。"

她举起自己的手，手背上的伤疤触目惊心："面对生死，不是所有人都能够坦然的，好好活着，玉恩。"她的目光落在站在门口的齐骁身上。以前，他面对生死是坦然的，这是什么样的意志才能无惧生死，面不改色。

玉恩发现齐骁和南絮两人的不寻常，他俩交流很少，连目光交汇时都带着闪躲。她不知道他们出了什么问题，南絮的身份她是清楚的，骁爷爱南絮，她看得出来。

"南絮姐姐，骁爷身处的环境是不好，但他在玉恩心中是大英雄，他真的很爱你，只有在你身边，我才看得到他眼睛里的笑，平时也有，但和你在一起时不一样，你们要珍惜在一起的每一分钟。"

珍惜，她会珍惜和他的每一分钟。

"好好活着，玉恩，一定要活着。"南絮说。

这是两人最后一次见面，最后一次对话。好好活着，比起报仇更重要，因为有人会替你们把那些不法之人绳之以法。

经过多方不懈努力，吴将军终于招认军火案，却牵扯出巨大的阴谋，吴将军所在的党派与另一党派竞争政治内核，对方无懈可击，功绩及民意都有优势。这是鲜少有人知晓的内情，只有内部才清楚，蔺闻修与另一派有着极其隐秘的关联，吴将军制造出军火案，把各项证据引到蔺闻修身上，如果能坐实蔺闻修参与了军火案，另一派定会被牵扯其中，定会一举扳倒这样强劲的对手。

可惜，因为蔺闻修的谨慎与精明，虽然没洗清嫌疑，却没有实据，国际刑警及各国警方盯着他，没能给吴将军派系争取到有利条件，最终在这场政斗中，吴将军以失败告终。

五年之后，因一起毒品交易被截获，军火案再次浮出水面，掀起腥风血雨。

一时间，风云变幻，暗潮翻涌，空气中弥漫着紧张的气氛，阴沉席卷而来，那些参与者惶恐不安，战战兢兢。惊弓之鸟高飞，漏网之鱼猖狂逃窜。

渔夫让齐骁查几个人，齐骁让渔夫派人来接南絮离开。

南絮抬眼，两人交汇的目光划破空气。

南絮的身体素质较强韧，仅住了一周的院，便可以自由行动。

她换了衣服跟着齐骁走出医院，他让她走，她只能离开。

越到临近离别之时，两人话越少，他提着她的行李走在前面，她低着头踩着他的身影跟在他身后。她有时希望自己能够踏着他的脚步，跟随他的步伐蹚过荆棘，走过坎坷，一同迎接辉煌。可她也懂得，她留下，只会束缚住他的手脚。

她走出医院大门，刚要上车，就看到有人过来。

来人找齐骁，南絮不认识，这人是金三角毒枭泰坤的得力副将。

“骁爷，坤爷请您过去一趟。”

“坤爷找我？什么事？”

“具体的事，他要当面跟您说。”

“我这边有事，办完抽时间再跟坤爷碰个面吧。”

“与最近发生的案件有关，情况紧迫，坤爷麻烦您去一趟，不会耽搁您多少时间。”来人态度有礼，没有任何强迫。

“最近发生的事，我不太感兴趣。”

那人说了一个名字，齐骁一怔，这个名字正是与军火案有关的其中一位，渔夫让他盯着，却不想此人被泰坤扣下。

齐骁点头说好，把南絮拽到一边：“我不能送你了。”

南絮没说话，齐骁把车钥匙放到她手里：“路上小心。”

南絮担心齐骁，他即使身份没被蔺闻修揭穿，此时也是孤身一人，她没听到便罢了，听到就不可能全然不顾。

齐骁上了车，南絮开车跟在他们后面，直到他们转乘直升机时，南絮跳下车走过来，齐骁蹙眉，冷声道：“你跟来干什么？”

南絮不说话，只是看着他。

旁边人笑了下：“骁爷，人都来了，一起去吧，坤爷与您谈完事后，便会送您回来。”

螺旋桨的轰鸣声震得耳膜作响，南絮坐在他身边，两人目光交汇，谁也没开口。

直升机飞到空中，下面是茂密丛林，南絮看着窗外，突然察觉有人在看她，她看过去，只觉得那人眼熟，却一时想不起来。

那人盯着她，突然抬起枪，南絮一惊，与此同时齐骁也看到了，本能地推开南絮，而她已经扔出手里的刀，枪身被刀打落。

见此情形，双方瞬间动起手来，齐骁拔枪射击，泰坤的副手躲在挡板后方，“骁爷，坤爷客气请您过去……”

齐骁没听他多话，枪口照着先动手的人射过去，有人从后面扑过来，南絮抓起身边可移动的物件，纷纷砸过去。

直升机里加上他们一共七个人，齐骁快速解决几个，子弹打空之后，双方只能拼起拳脚，南絮受伤还未痊愈，齐骁一边护着她，一边对付泰坤的副手。

泰坤的副手拳脚功夫非同一般，跟随泰坤身边多年的人，身手绝对上乘，齐骁与他一时难分高下。南絮抓过长枪，甩枪柄砸向扑过来的男人，直到机舱里只剩泰坤副手，还有一个驾驶员。

泰坤的副手喊着话，南絮听不懂，很快驾驶室里的男人跳出来，南絮扑过去，她的飞身动作牵扯到伤口，她顾不上疼，抄起枪柄狠砸下去，解决了那人。

她爬起来，枪的长带钩住泰坤副手的胳膊，用力一拽，那人身子向后倒去，瞬间跌出直升机敞开的舱门，却在跌出去的刹那抓住了南絮的衣服。

齐骁猛地扑上去拽住南絮的胳膊，南絮顾不上被拉扯的疼，回脚照着泰坤副手的脑袋踢过去，狠踢几下，那人终于跌落下去。

“抓住！”齐骁冲她喊话。

南絮点头，齐骁用力往上拉，只见南絮受伤的位置已经渗出大片血迹，染红了她月白色的衣衫，此时直升机没有驾驶员，机身开始摇晃，齐骁扣着舱门，用腿钩住绳梯扔到下面，然后一手抓住绳梯，瞬间跳下去。

南絮突然快速下坠，风刮得刺目，她抬眼猛然惊慌："齐骁，你……"

齐骁下坠的速度快于南絮，等两人离近时，一把钩住她的身子扣在怀里，绳梯挂在直升机上，机身下坠至树冠高度，齐骁松开绳梯，紧抱着她跌在树顶，滚落下去。

落地时南絮闷哼一声，感觉胸腔闷闷地疼，她缓了好久，从他身上爬起来："齐骁。"

齐骁咬着牙关，紧锁眉头，南絮见他不说话，焦急地查看他的伤势，不停地叫他："齐骁，齐骁，你怎么样了？"

过了半晌，齐骁猛地大口抽气，肺部终于得了空气。

"怎么样了？哪儿伤着了？"南絮替他胸口顺着气。

缓了半晌，齐骁才能正常呼吸，但脸色惨白得吓人，唇瓣发青。南絮惊慌道："还有哪儿伤了，你告诉我。"

这时她发现，他的右手横放在地上，只有左手抱着她，齐骁咬牙坐起来，他的右手脱臼，晃荡在身侧。

"躲开。"齐骁从牙缝里挤出两个字。

南絮急忙错开一点儿位置，齐骁左手抓住右臂，咔咔两声，骨头摩擦的声音惊骇得瘆人。他咬紧牙关，闷哼一声，瞬间，额间沁出豆大的汗珠，他长出一口气，身子向后倒去。

脱臼的疼痛不亚于骨头折断，南絮不敢碰他，跪坐在他身边，替他擦着额头上的汗。齐骁脸色苍白，喘着粗气问她："你伤口流血了，能坚持住吗？"

“能，我没事。”她说着，从身上扯下一块布，按在伤口处，伤口再次撕裂，疼痛难忍，她咬牙忍着，“你呢？”

“缓一会儿。”他说着，用另一只手拿出手机，幸好没摔坏，他用手机查询此处的地理位置，然后发坐标给渔夫，告诉他来这边接应。

“砰”的一声剧烈撞击声，山体跟着晃动。直升机撞在远处的山壁，瞬间爆炸，火光顿时漫天……

两人透过茂密的树林，望着那边。“飞机上那个人，我觉得眼熟，只是一时想不起来在哪里见过。”南絮识人本领极高，不说过目不忘也能记个七八分，那个人到底是谁。

“泰坤的人你不可能见过，我见得都少，他与我素来没有纠纷，他拉拢过我几次……”齐骁沉思片刻，“除非，他就是接应吴将军的那个人。”

“有可能。”南絮扶着他站起来。

他目光盯在她伤处，眼底黝黯一片，南絮轻笑了下，佯装轻松：“没事，能坚持住。”

两人走着，天空传来闷雷，很快，大颗的雨点落下来，两人穿行于树林中，雨势越来越大，齐骁拉着她，小跑到山边的岩洞处。

他把外套披在她身上，包裹住浑身湿透的她，她的鼻息间是他外套的味道，即使血腥味弥漫，她也感到一丝心安。

她和他并肩望着漫天大雨：“你胳膊还疼吗？”

“不疼了。”他说。

哪能不疼，只不过疼也得忍着罢了。她深吸一口气：“我不期盼所有，只盼你好好活着。”

“嗯。”他闷闷应了一声。

她没再说话，望着突如其来的暴雨，齐骁突然站在她面前，抬手，指尖轻轻落在她的伤处旁：“回去好好养伤，别落下病根，不是小事，病根是要跟一辈子的。”

她点头。

“南南。”他叫她。

他们的目光交织，眸子里蕴着浓烈的情绪，纠缠在一起，他捧起她的脸，深深地吻上她。

他的吻很深，炙热、浓烈，恨不能想要用这一个吻，把她吞进肚子，融进血液，她抬起胳膊，全然忘记身上被拉扯的痛，只想抱着他，紧紧地抱着。

他用力地吻她，唇齿间饱含着万般的不舍与无奈，他的吻太过炽烈，掏空她所有的力气，直到她身子发软，靠在他怀里，他才放开她。

他额头抵着她的额头，呼吸近在咫尺，唇在她小巧的鼻尖上亲吻，吻上她的眼、她的眉，最后把她轻轻搂在怀里。

她靠在他胸口，聆听他心脏传来强而有力的跳动，眼底泛起酸意，即将分离令她周身像被拉扯似的疼。这种疼，已经淹没了伤处的痛感，她以前不懂这种感觉，遇到他之后，她才真正体会。

雨势来得快去得也快，不到半个小时，乌云向西边撤离，只余下树叶上滴落着淅淅沥沥的雨滴。

两人徒步走出山林，来到蜿蜒却平整的山路上，走了十分钟左右，看到停在路边等待的车辆。

黄莺坐在车上，看着两人过来，冲他们招招手。

两人上车，黄莺开了几分钟，停下车扔给齐骁一把枪，齐骁接过枪别在腰间，拉开车门下车，南絮也跟着下来。

“你说过要给我洗衣服，别忘了。”

齐骁轻笑一声：“记着呢。”

“走吧。”他说。

南絮冲着他笑，这笑容盛着难言的苦涩，齐骁抬手触碰她的脸颊，粗粝的指腹温热，南絮眼底有笑，眼眶却是红红的。

她上前，紧紧抱了他一下，然后快速钻进车里。

车子驶离，南絮回头望过去，那个挺拔的身影矗立在那里，他没有动，像尊不朽的石像，毅然决然，坚不可摧。

第十二章

生死徘徊

南絮与队伍会合，救护小队替她处理伤口，缝合的伤处再次撕裂，医生交代她必须谨慎小心，不能再有大动作。

包扎完，南絮便坐在车上休息，黄莺拉开车门进来。“两次看你俩分别，我可是你们感情的见证者。”她轻撞下南絮的肩头，“唉，别担心，他会回到你身边的。”

南絮低垂着头，长长的睫毛微微颤动，唇瓣微张想要开口说些什么，末了只是换来一声叹息：“我明白。”

他说过，他命硬，老天不收。

次日，南絮跟随先行部队，一同回国。

南絮归来，南父看着受伤而归的孩子，瘦了，黑了，眼底的担忧之情浓得化不开，眼眶泛起泪水，想要说什么，可终归什么也说不出来，最后只是轻轻抚上她的肩膀：“回来就好，回来就好。”

看着父亲苍老的神色，南絮心底愧疚难当。父亲年纪不轻了，长时间的心气郁结对身体伤害很大，她要让自己尽快恢复伤势，按医嘱吃药休养身体，不能再让父亲因她而整日提心吊胆。

齐骁怀疑泰坤就是吴将军的接应者，他暗中去查泰坤，连续两日隐于暗处，渔夫让他盯紧的人很快被他查出线索。那人根本不是被泰坤扣下，而是以宾礼待遇留在泰坤的住处。泰坤狡诈成性，知道事情不妙，加派人手守卫在自己四周，齐骁目测判断，有不少于百人的武装戒备。

泰坤也怀疑齐骁，却没有证据，他是个极其聪明之人，廖爷一事，加上他给蔺闻修牵线泰格，露出军火一事的端倪，之后泰格反水吐出吴将军，这些事看似与齐骁没有实质关联，却又有着紧密的联系。

他派副手去请齐骁前来，也只是心存疑窦，他想探一探齐骁的底，结果副手未归，派人去查，发现派去的人全部丧命，齐骁不见踪迹。

齐骁已经两日未露面，手下打电话给他，说泰坤的人在他们地盘上鬼鬼祟祟，齐骁告诉他们加强防守，泰坤要对他下手。

对齐骁下手，就是觊觎他们的地盘，于是齐骁的手下碰到泰坤的人就开枪，两方的虚假友谊彻底决裂。

金三角各方势力已经发现泰坤与齐骁两股势力交火，大家看的是热闹，死一个少一个，死一对，更是乐见其成。

齐骁查到人后，把消息传给渔夫，回了一趟自己的地界，把玉恩叫了出来。

玉恩问他有什么事，他没说，只是让玉恩上车，玉恩不解骁爷要带她去哪儿，她也无所谓，她信骁爷便跟着他走。

齐骁开车载着玉恩，走了一半，突然掉转车头回到山里自己的院落，他让手下把金刚带出来。

行驶了三个多小时，他们扔下车子，潜进深山，玉恩知道这是边境："骁爷，我们要去哪儿？"

"桑杰离开前，我答应过要送你回家。"他走在前面，谨慎地盯着四周，他信不过别人，要亲自送玉恩离开，保证她安全，这是他对桑杰许下的诺言，也是桑杰唯一的愿望。

玉恩拎着装着金刚的笼子，金刚仰着高傲的头特别神气，她并不想走，因为她还有事想要去做："我不想走。"

"又一个倔强的丫头。"南絮这样，玉恩也这样，他虽然明白她们想些什么，但还是希望她们都平安。

齐骁大步走在前面，玉恩小跑着跟上他："骁爷，那你怎么办，南絮姐姐呢？"

"她走了。"

玉恩不懂他们之间的事，以为南絮离开了骁爷，桑杰死了，她也要离开。她看着齐骁的侧脸，眉骨轮廓清晰硬冷，他的眉间始终锁成一个疙瘩，她有些心疼，骁爷一定很孤独。

"你们总觉得我是小孩子，其实我都懂，南絮姐姐是爱你的，骁爷，你别难过。"

齐骁听闻小丫头的话，南絮爱他，是的，爱，很爱，他们视对方如生命，只要她活着，他就是活着的，他轻笑了下："你说得对。"

玉恩见骁爷终于露出一抹笑意，即使不深，即使不达眼底，他此时也稍稍放下疲惫，近日与泰坤势力冲突，骁爷一定很累，身心俱疲："骁爷，我会向佛祖许愿，你和南絮姐姐一定会在一起。"

进入边境内，有人来接应，送来一辆车，齐骁按照地址，把玉恩直接送到家。玉恩被拐到金三角三年时间，与家人断了联系，此时再回来，阿爹阿妈抱着她不停掉眼泪，玉恩也是哭得不能自已。

齐骁要离开时，交代玉恩：“金刚暂时由你替我养着。”

她点头：“我会照顾好它。”

“玉恩，好好活着，幸福快乐地活着，这才是桑杰愿意看到的。”玉恩近日跟手下人学打枪，目的是什么不言而喻。

玉恩想替桑杰报仇，她恨那些害死桑杰的人，恨那些对骁爷有威胁的人，她想让自己变强，这样可以帮助骁爷。她空有一腔热血，可她终究太弱，什么也做不了。

齐骁驱车离开，直到夜里十一点钟，才回到金三角。

他与渔夫联络，商讨准备一举拿下泰坤。军火案还在审理当中，吴将军只是军火案的参与者之一，还有其他人他未吐露。大家都知道，只要吴将军自己担下罪行，其他人依然会逍遥法外。

连续一个月，齐骁以雷霆手段打击泰坤势力，两方水火不容，乌云密布的金三角，狂风暴雨再次席卷，小盘口的人纷纷躲避，唯恐避之不及，人人自危，惶恐不安。大势力暗中窥视，想要一探究竟。

一个月来，南絮的伤势痊愈，只是不能有太大的动作。她可以正常上下班后，便正式回军区报到。这些日子来，她与齐骁仅联络过两次，齐骁在打击泰坤势力，查与那批军火案有关的余党，她只是关心几句，得到他回应，她也心安下来。

只要他平安，她便无惧。

她打开电脑，脑子里却盘旋那日在直升机上见到的人。一个月了，她也没想起那人是谁，不是泰坤的人，泰坤的人她没见过。是谁，是谁?

她撑着额头，进入程序，黑黑的屏幕上，只有代码进程在闪进，突然，她眸光一暗，急忙发信息给齐骁：我想到了，是蔺闻修的人。

齐骁盯着手机上的消息，蔺闻修的人？他回复：收到。

联络的信息阅读后，自动被删除。

夕阳消失殆尽，黑夜降临，齐骁抬手捏了捏突突跳的太阳穴，指尖力度让他混沌的脑仁清醒一些。

泰坤近来行动隐蔽，一个月的时间才探到今日与他要查找的某人碰面。

凌晨一点，炮火冲天，齐骁与华方人员一同狙击泰坤。泰坤手下快速回击，炮火漫天，子弹密集而下，泰坤逃窜进深山丛林，齐骁等人一同追击。

双方不停有人倒下，齐骁追击而上，身后的冷枪打过来，他闷哼一声，举枪照着泰坤射过去，泰坤的子弹也打了过来。

弹壳不停剥落，泰坤倒下，齐骁旋身照着身后开枪，子弹一颗颗打在身上，已经没了痛感，弹夹已空，齐骁一口血吐了出来，身子不受控地跪在地上，手撑着地面，缓缓倒了下去……

混沌的眸子望向如水的夜空，繁星闪烁点缀着山林，微风缓缓吹起身旁的小草扫在满身是血的男人身上。

他有一个愿望，想拉着南絮的手，一起晒太阳，直到生命殆尽的那一刻……

黑眸里浮现出的脸庞，坚毅、美丽、冷静、聪明、勇敢。“南南……”他轻声呢喃，“对不起……我……没机会给……你洗衣……服了……南南……”

南絮猛然从床上坐起，惊呼道：“齐骁！”她大口大口喘着气，“齐骁，齐骁……”

她梦到他中枪，浑身是血，急忙拿过手机，第一次拨出他的电话，她等不及回信息，只是不停地拨打他的电话，她紧紧提着心，一次次地拨打，却没听到他的声音。

南絮撑着额头，眼泪大滴大滴往下滚落：齐骁，你接电话，接电话，我只想听听你的声音。

电话始终无人接听，她顾不上其他，打给了渔夫，渔夫说齐骁正在执行任务，不可能接电话，让她别担心。

南絮一夜未眠，站在窗边，望着熟悉的夜色、熟悉的景致，心脏突突跳得厉害，惊慌、不安。

过了几天，她打给渔夫，渔夫说此次行动成功，但他们也联络不上齐骁。

之后的几日，南絮始终心神不宁。她尽量掩饰不被爸爸发现，可她整个人瘦了一圈，神情憔悴，眼底黯淡无光。

一个月后，南絮收到一封加密邮件，是渔夫传给她的。

她打开后，上面赫然显示此次行动的成功，国际新闻报上，罗列着国际军警界的功绩。

南絮握着鼠标的手不停在抖，周身血液凝固，她的目光落在一张照片上，一个男人的侧脸，脸上的血迹模糊了他半张脸……

黑体大字报上，赫然写着——金三角毒枭，齐骁，被击毙身亡。

“砰”的一声，南絮手里的玻璃杯应声落地，溅起的玻璃碎片如同她的人，彻底被粉碎。

一年后，宁海。

九月，潮湿的空气异常闷热，南絮却穿着与众人不同的长袖衣衫、长腿裤，把自己包裹得严严实实，她像感觉不到一丝热气，这个夏季，她连胳膊都没露过一次。

她很瘦，高挑的个子却连一百斤都不到，去年住院一个月后，她就吃不下任何东西，亲朋好友送来各种补身子的营养品和方法，对她都起不到效果，也导致她体寒于正常人。

没人知道是什么原因，当时有同事看到南絮晕倒，把人送进医院，医生说她心气瘀滞，堵在胸口，整整昏迷两天才醒过来。

南絮开车去接时雨，时雨是她跟齐骁在金三角执行任务时救出来的小女孩，她的父亲就是已逝的化学专家。

十岁的时雨，个子小小的，她第一次见到时雨，她穿着粉色的棉服，头发过肩，现在她剪掉头发，短短的发，像个小男生。

渔夫给她找了一个可安置的人家收养她。那家人对她悉心照顾，把她当成自己亲生的一样，可时雨却不说话，总是缩在一个角落里，用警惕的眼神看待这个世界。

父亲死在自己怀里，对一个当时才八岁多的小女孩来讲，是致命的打击。她变得很孤僻，与任何人都不交流，她偷跑出去过，躲在桥底下，像个无家可归的流浪孩童。

南絮回来，伤好后见过一次时雨，时雨对所有人排斥，却唯独对南絮没那么警惕，因为在她的潜意识里，南絮是救她出来的人，抱过她，握过她的手，她清晰记得，就像那场灭顶的灾难，她永远都忘不了。

南絮下车，时雨站在门口看着她，脸上毫无表情，她已经习惯了时雨别样的冷漠神情。她进门，对迎面走来的女人说道：“嫂子，我来接时雨了。”

“南絮，麻烦你了，这孩子就跟你亲。”领养时雨的是一对军人夫妻，他们没有孩子，得知时雨身世可怜就领养过来，细心呵护照料，却不想，一年半过去了，这孩子跟他们还是不亲。夫妻俩也无奈，但依旧保持着善意，希望时雨早日摆脱阴影，变得快乐起来。

时雨穿着牛仔裤、白色 T 恤，头发短短的，走路时发梢一颤一颤，她自己上车，自己系上安全带，目光淡漠地落在前方，不开口，没表情。

南絮坐上车子，掉转方向盘开出去：“小雨，今天是你的生日，有什么愿望跟阿姨说说。”

“我想回家。”这个家指的是哪里南絮清楚，这孩子想去看爸爸和妈妈的墓地，想看他们的照片，想看看曾经的家，可两地相距太远，南絮一时没办法答应她。

“等有机会了，我一定带你去看望他们。我看网上介绍，上映了一部动画片，要不要去看？”

“可以。”不能回家看爸妈，去哪儿都一样。相较于其他人，她比较喜欢跟南絮待在一起，这种依赖感很明显，但她也不强求。

南絮从后座上拿过一个精美包装的礼盒：“生日礼物。”

看着放在腿上的绑着彩带的粉色盒子，她不关心这是什么，但还是有礼貌地对南絮说了声“谢谢”。

南絮看着旁边毫无生气的小女孩，轻而又轻地叹了一声。

她带时雨去看电影，电影院里笑声不断，只有她们两人，面无表情地看完整场电影。电影结束后去吃饭，她有想过带时雨去游乐场，这个年纪的孩子都喜欢那些，可她真的有心无力，也提不起精神。

时雨住过她家，她买过几件衣服留在这边，只要时雨想来，她随时欢迎。

“今天不开心？”南絮替她找出睡衣，向浴室门口走去。

“没有不开心。”时雨的声音没有起伏，一如既往的冷淡。

“也没有开心是吗？”南絮把睡衣放到她手里。

时雨点头，没有开心，也没有不开心，没感觉而已。南絮叹息一声，这个孩子要怎么办，她才十岁，往后余生这样不是办法。

洗澡后，时雨便回了房间，今天是她的生日，无论是看电影，还是吃东西，或是做什么，这孩子都毫无兴致。她有着不同年龄的成熟，亦可以说是冷漠，不是这个年纪该有的思绪。

缉毒，这个战场死了多少人，坑害了多少家庭，不法之人却甘之如饴地为之痴迷。他们是踏着缉毒者的血肉之躯，与魔狂欢。

南絮坐在客厅里，电视开着，她的目光盯在宽大的电视屏幕上，却毫无焦距，甚至演了什么她都不清楚。

对时雨来说是一年半，对她来讲，是整整一年。

这一年，南絮不知道自己是怎么过来的，开始浑浑噩噩，像是丢了灵魂失了血肉，她看到父亲瞬间苍老的脸庞，挺拔的脊背变得弯曲，看她的眼神是那样忧心。

客厅西南角的架子上，放着一个鸟笼，金刚平日里很安静，最闹的时候便是她在家，却对它不理不睬。

金刚迈着高傲的步子，在栖杠上来回踱步：“南南，南南……”

金刚见背对着它的人还是没理它，扑棱了几下翅膀，从栖杠上飞过来，落在南絮旁边的沙发扶手上，雪白的翅膀扑棱了几下，尖尖的嘴巴啄上她的头发上，揪得头皮生疼。

她从不斥责金刚，因为舍不得。

“爸爸，爸爸……”金刚叫着，因为它发现，叫爸爸，南南很高兴，会理它，甚至还会笑，金刚像是找到她身上的电源开关，只要不理它，它就叫爸爸。

南絮终于把目光落在金刚身上，微微笑了下：“金刚想爸爸吗？”

“爸爸，饶命。”

南絮抬手触碰金刚的翅膀，眼底有笑，这笑意很深，深得眼窝里已经盛满浓浓的水汽，南絮依旧在笑，眼眶终于承载不住过多的泪水，滚落出来。

半年前，玉恩突然联络上她，玉恩来到宁海，把金刚带来给她。

玉恩说，这是骁爷之前的吩咐，如果他半年内不去找她拿回金刚，便让她联络南絮，把金刚给她送来。

他把后续的事安排妥当，送走了玉恩，金刚也已安排好，唯独少了他自己。

这一年，南絮很少回房间睡，她喜欢窝在沙发一角，把自己蜷缩在角落里，她睡梦中也不安稳，几乎没有一个好觉。

她额头上沁出豆大的汗珠，双手抓着被子不停地摇头，最后惊吼一声：“齐骁。”

她猛地坐起来，大口大口喘着气，眼泪和着额头上的汗，大颗大颗往下掉。她咬上自己的手臂，哭声隐忍，在寂静的深夜里，是那么悲凉。

时雨走过来，小小的身子坐在她旁边："你又做梦了。"她住过南絮家几次，知道她夜里总是噩梦连连。

南絮急忙止住哭声，可眼泪却无法控制，时雨毫无波澜的眸子盯着她："你想他是吗？我也想我的爸爸妈妈。"停顿几秒，她又说，"他也死了是吗？我爸那时跟我讲，妈妈在天上看着我，不让我哭。如果他死了，一定不希望看到你哭。"

南絮紧咬着唇瓣，全身颤抖，血腥蔓延口腔，闭上眼睛，掌心遮住眼睑，摇头，只当他在执行任务，永远都回不来的任务。

开始跟父亲住在一起时，她尽量保持一个良好的心态，直到今年六月，父亲才同意她回到自己的住处。

转眼国庆，单位放假，南絮没有假期概念，依旧两点一线，天天往单位跑。

她抽出一个傍晚，从单位出来，开车去家里跟爸爸吃晚饭。

南父见她情绪不错，两人喝了一点儿小酒。

"最近工作那么忙，都见不到你的人，又瘦了，多吃点。"南父不停地给南絮夹菜，为人父母的，都希望孩子好，父母之爱，不求子女大富大贵，只求他们平安健康。

南絮吃不下多少，满满的一碗菜，只能拣几口意思意思。

"这事要怪就怪江离，我们不是一起研究项目吗，他把工作都推我身上，自己只知道赚钱，江大 boss 压榨人的功夫我是见着了，怨不得牟阳整日抱怨。”

南父笑了下，江离的用意大家都明白，把工作量都压在南絮身上，是为了让她忙起来无暇分心顾及其他，南絮也明白，因为他们是最佳拍档，知道他的用意。

“吃完饭别回去了。”

南絮搬回自己家后，没再回来住过。她不想回来，因为她知道自己晚上总会做梦，她不想让父亲担忧。

“回去吧，明天还要上班。”她夹了一点儿碗里的菜，小口吃着。

南父给她碗里盛汤：“这是国庆小长假，适当让自己放松一下。”

“您懂的，我现在身肩重任。”南絮挑眉，眼底有笑。

南父知道她当着他的面就哄他开心，转过身去，脸上就没了笑。

齐骁，他在南絮夜晚的噩梦里听到过太多次这个名字，他查过齐骁是什么人，得知却是金三角毒枭，南絮落入魔窟时被齐骁救过，可这个人，已经被国际刑警通报——被击毙。

自己孩子的心性他了解，南絮头脑极其冷静，不可能对一个毒贩产生感情，即使他救过她，她也不会悲痛到那种地步。可他又不能多问，不想提她的伤心事。

吃完饭，南父泡了茶，递给她一杯，南絮接过来捧在手心，齐骁很少喝茶，蔺闻修送他的茶叶皆为上品，连不喝茶的齐骁也称赞不已。她每次沏好茶给他，他都会让她喝一口。

南父看到南絮盯着茶杯，脸上有着神往的笑意，无奈地摇了摇头。

南絮喝了酒，就没开车，她步行出大门，夜晚微风吹来，掺杂着少许凉意。风一吹，酒劲就散了些，她走出大院大门，没有打车，而是漫步在街边。

夜晚街上车流川息，霓虹闪烁照亮城市的夜晚，行人惬意地迈着步子，有牵着手的，有遛狗的，有行色匆匆的。

交通岗处红灯闪烁亮了绿灯，南絮跟随人群穿过人行横道，她走了很久，街上行人越来越少，晚风的凉意越发明显，她紧了紧身上的衣服，依旧低头走着。

直到她感觉双腿机械运动之后变得麻木，这才准备去拦出租车。

就在她转头的瞬间，整个人都震住了。

身后不远处，那个男人双手抄兜，嘴角噙着痞痞的笑。

南絮怔怔地盯着他，她不敢眨眼，怕，怕这是她的幻觉，她就这样看着他，一瞬不落地看着他。

过了许久，她缓缓迈开已经僵了的双腿，机械地走过去，那人的面容毫无变化，如同往日时光里，轮廓分明的棱角，眼底炽烈如火。

她想叫他，可她只是张了张嘴，喉咙哽咽得发不出一丝声音，她抬起颤抖的手，轻轻触碰过去，当指尖触上温热的肌肤时，眼眶里的泪水唰的一下瞬间滚落。

“重新认识一下，我叫陈湛北。”他说着，抬手扣住她的手腕，猛地把人带进怀里，紧紧抱住，“南南，我回来了。”

虚幻，却又那么真实，紧抱的温度是炽热的，熨帖着她冰凉的心。南絮紧紧地抱着面前的人：“不要走，不要离开我，不要死……”

“对不起，对不起南南，南南我回来了。”

七年前，陈湛北以齐骁之名，卧底金三角，齐骁死了一年，他终于回归了本来的身份，用陈湛北的名字，走到她身边。

南絮的眼泪模糊了眼眶，手掌抚上他刚毅的侧脸，指尖滑过他的眉眼，滑过高挺的鼻峰、紧抿的薄唇，眼泪不停涌出，她抽回手，狠狠咬上自己的手。

“南南。”陈湛北抓过她的手，阻止她伤害自己。

伴随着蜂拥而出的眼泪，南絮笑了：“疼，好疼，是真的，回来了，终于回来了。”

她句句呢喃，似对面前的人说，又似在对自己陈述，她的齐骁回来了，不，他是陈湛北，终于回归本来的身份，回来了。

他捧起她的脸颊，粗粝的指腹抹着她脸上的泪水：“回来了，真的回来了。”他知道，他的死讯对她来讲是怎样的打击，但他相信，她是坚强的，一定能挺过来。

他把她揽在怀里，大掌扣着她的后脑，薄唇在她耳边轻吻：“对不起，对不起南南，吓到你了。”

南絮额头抵在他厚实的肩膀上：“你没事，平安回来，真好……”

南絮攥着他的手，紧紧攥着，生怕这是幻觉，是泡沫，怕一松手，人就不见了。坐上车时，她也是紧紧盯着他看，他还是那样，一点儿也没变，只是瘦了些，不知道这一年他都经历了什么，是做卧底，还是什么？

国际通报上的相片是那样真实，他的侧脸清晰可见，即使她不信，也无法忽视那张真真切切的相片和大字报道，国际通报是无法做假的，即使她无法相信，也无法反驳。

南絮攥着他的手，走进她所住的大院，又一步步走到自家楼下，陈湛北见她一直盯着自己，连路都顾不得看，便握着她的手，替她带路，看清前面的障碍。

他冲她笑："是真的。"

她点头："是真的。"

电梯上行，南絮站在他面前，目光一瞬不落地把他望进眼底，像是弥补这一年的缺憾，抑或是对于他重新归来，有着探究和不真切。

南絮从包里拿出钥匙，递给他："你开门。"

陈湛北从她手里接过钥匙，插进门锁，眼里满是她的目光，胆战、心焦、不安、不确定，他拧转钥匙，门打开，南絮推他进门，像是怕他下一刻就跑了一样。

南絮踢开鞋柜："自己找鞋。"

陈湛北找出拖鞋，又拿了她的鞋，蹲下来替她解开鞋带、脱下鞋子并把拖鞋套在她脚上。他的掌心贴着她的脚踝，温度是真的，眼前的人也是真的。

他也换了鞋，南絮推他走到沙发前坐下，陈湛北坐下后，南絮不坐，就蹲在他面前，仰着脑袋看他。"陈湛北。"她叫他的名字，很陌生的名字，但叫出口时，心尖上火热一片。

他勾起唇角，点点头。

"这样叫你，会陌生吗？"

他咂了下舌："有一点儿。"他拉过她的手放在胸口，"听你叫出这个名字，心里热热的。"

她就这样望着他，望着望着，眼睛又湿了，陈湛北身子前倾，捧起她的脸："南南，别哭了。你知不知道你一哭，我就觉得自己有多浑蛋，害你这样伤心。"

她摇头："我明白你身不由己，你一定吃了很多苦，受了很多罪。我想知道，可我现在不想聊那些，我就想这样看着你。陈湛北，真好，你的名字真好听，和齐骁一样好听。"

"南南，你这是爱屋及乌。"他倾身靠近，在她唇上浅浅落下一吻，又吻上她的眼睑，吻去咸湿的泪，额头抵着她的额头，在她鼻尖上亲了下，"以后再也不会离开你了。"

她点头，猛地抬手环上他的肩："不要离开我，齐骁，永远都不要，那种感觉太要命，比死还难受。"她神色慌乱，语调颤抖，甚至连名字都叫错，不，不是错，在她心里，齐骁和陈湛北，别无二致，都是英雄，她心中的大英雄。

陈湛北知道她一时难以改口，甚至连他自己听到都有瞬间的诧异，七年了，没有人叫过陈湛北的名字，他用齐骁的名字活了七年。

他把她抱在怀里，双手紧紧地拥着她颤抖的身子："别怕，我真的回来了。"

"我看到相片了，是你的侧脸，太真实了，是真的吗？"

"是真的，当时差一点死了，是蔺闻修救了我。"

"蔺闻修？"南絮惊讶于蔺闻修的出手相助。

"追捕泰坤的时候，双方交火，我身上中枪昏迷不醒，被蔺闻修的人带走。南南，我不是不想回来，是因为昏迷太久，后来还有一些事，现在回来了，再也不走了。"他昏迷三个月，才从鬼门关里逃回一条命，醒来后，他一直在恢复健康，等一切尘埃落定，齐骁的身份已死，他才回归于陈湛北。

听他说中枪昏迷许久，南絮挣脱他环在她身上的手，急迫的目光落在他身上，上上下下不错过任何一个角度地打量："现在呢？好了吗？”

陈湛北站起身，摊开双手：“不好也不敢站在你面前啊。”

金刚被忽视好久，扑棱着飞过来：“南南，南南……”

陈湛北向金刚伸出手，以前金刚看到他的手势便会飞落在他掌心，阔别一年之久，金刚这不认人的鸟，对陈湛北十分陌生。

金刚来回踱着步子，就是不往他掌心落爪。“小东西，一会儿就把你拔毛炖汤。”

南絮看着他，晶亮的眸子中满满全是他：“还这样恐吓它。”她转头对金刚说，“金刚，这是爸爸，爸爸。”

金刚对“爸爸”一词十分熟悉，它徘徊着，叫了声“爸爸”。

陈湛北还算满意地点点头：“这才乖，再敢忘了老子，炖汤后再红烧。”

“爸爸，爸爸……”金刚这鸟，看起来十分懂得察言观色。

时间已经很晚了，南絮进厨房给他煮面，陈湛北就站在她身后，看着她细心地择菜洗菜，她说家里没什么吃的，先对付煮点小白菜汤面，明天他们一起去吃好的。

吃什么好的，只要看到她，美食都黯淡无光。

南絮把小白菜切成几厘米的小段，他的手在她腰间轻轻揉捏着，南絮有些怕痒：“别闹。”

话音刚落，他的吻已经落了下来。

这一吻，直到锅里的水沸腾起来。

南絮盛出面，陈湛北把碗端到餐桌上，南絮拉了把椅子在他对面坐下，她托着腮，就这样看着他吃面。

“宝贝，你这样看我，是想让我把你吃掉吗？”

“随时欢迎。”她突然靠近，在他唇上亲了一下，快速撤开，“快吃吧。”

南絮这一夜睡得不深，浅眠没一会儿就醒来，睁着眼睛看着身边的人，她总觉得不真实，怕一眨眼他就不见踪影。

天蒙蒙亮时，南絮才沉沉入睡。

她做了一个梦，梦里全是他，他穿过枪林弹雨，惊呼着她的名字，南絮冲他笑，然后他的身影越来越远，她想办法去抓，却落了个空。

南絮猛地惊醒过来，床边的人早已不在，她一个翻身下床跑出去，那个男人站在厨房的窗边抽烟，炉台上的小锅冒着腾腾热气，听到声音，陈湛北转头看过来：“醒了。”

她赤着脚踩在大理石地面上，跑向他，直接冲进他怀里紧紧搂住。

陈湛北急忙把烟掐灭，回手环住她瘦弱的脊背：“南南，我在。”

她的头靠在他胸口，小脑袋如捣蒜般猛点着：“我知道，就是醒了看不见你，有点害怕。”

“下次等你一起。”他揉了揉她的头发，下巴搁在她头顶上，轻轻吻着。

吃过早餐，陈湛北逗弄金刚，金刚对他还是有些印象，小半天，便找回当初的状态，时不时叫声爸爸，如果两人谁也不理它，它就飞过来，落在他们身边，存在感十足。

陈湛北刚回来，与渔夫已经通过电话，渔夫说安排他回原单位，或是进缉毒大队，陈湛北提出自己的想法，留在宁海。

渔夫知道是因为南絮，他说会给他安排，他回来之后，会对他曾经立下的功绩进行嘉奖，但不能公开陈湛北的名字，对外，只能说他是空降兵。

他并不在乎这些，如果不是因为南絮，如果不是因为他的身份已死，他也许会把这份卧底工作做一辈子，直到生命终结的那一刻。

他简明扼要地讲明他之后的打算，告诉她，他会留在宁海，留在她身边。

南絮私心里是喜悦的，如果不是因为齐骁身份已死，他有可能永远不会回来。按大义上讲，他的工作做到了许多人无法达到的高度。金三角势力瓦解了一部分，但还会再起，缉毒的脚步永远不能停歇。他回来，必定还有人像他一样，踏进那个无底深渊。

电视开着，随便放着节目，南絮道："这几年，你没看过电视吧？"他那边没有电视，住酒店有电视，都是国外的频道，她几乎没看他打开过电视机。

"哪有那闲情看电视。"他瞟了眼电视上的综艺节目，一个眼熟的都没有。

"别急着去工作，先熟悉一下环境，明天我们出去转转。"

"好。"

南絮突然想到："你家在哪儿？"之前他们从未聊过这件事，基本不会谈论破案之外的话题。她不知道他家在哪儿，甚至连名字，都是才知道，他家有什么人，在做什么？

"北都，父母多年没见了，南南，陪我回去看看他们吧。"他苦笑了下，"不知道我爸妈会不会把我撵出家门。"

"我明白，不过你带我回去，是不是要先去我家一趟？"

陈湛北挑眉："那当然好，要见未来的岳父，啧，我得准备点礼物，你说拿什么好？”

南絮抿唇笑着，眼睑弯弯，眼底尽是明亮的光晕：“拿军功章吧，我爸是军人，这个在他那儿比较好使，倍儿有面儿。”

次日，南絮带着陈湛北，回到父亲这边。

南父打开门，看到南絮身边站着一个男人，他微微愣了下，随即让开一些，让他们进来。

南絮又是拿鞋，又是说话，眼睛看着那个男人，满是柔情，南父看着这俩人，南絮这一年没一刻快乐过，因为什么他清楚，可这个男人？

高大，结实，眉目凛然，眸光正义。

南絮抿着唇笑得欢喜，大眼睛在他和那个男人脸上来回流连：“爸，我给您介绍一下，他是陈湛北。”她又对陈湛北说，“这是我爸。”

陈湛北礼貌开口，态度恭敬：“伯父您好。”

南父点点头，心里纳闷这个陈湛北是什么人，不过面上还是很有礼谦和：“你好，进来坐吧。”

南絮冲他使了个眼色，陈湛北在南父转身的时候，冲她挑眉。

两人坐下后，南父坐在对面沙发上，南絮第一次带男人回来，看这两人的神情，感情好得溢出蜜来。

“小陈，做什么工作的？”

陈湛北突然不知该如何回答，南絮第一次见他语塞的模样，“扑哧”乐了出来，以前能贫的劲呢。“爸，他工作暂时没落定呢。”

“哦，没落定，那以前是做什么的？”

陈湛北开口回答南父的话：“在部队待了几年。”

“退了？”不怪南父多问，这两人的态度已经明显，他自然希望南絮能有一个好的感情归宿，必须问清未来女婿的底细。

“没退，人事调动，暂时工作没落实，不过快了。”

南絮说：“你们先聊，我去沏壶茶。”

南父和陈湛北相对而坐，一时都不知道要说些什么，对南父来讲太突然，陈湛北呢，见未来岳父，头一遭。

南絮泡茶回来，客厅里的两个人，谁也没说话，好尴尬。她倒了茶，把杯子推到爸爸面前，又倒了一杯给陈湛北。

“爸，我这辈子，就认定这个人了，您想问什么尽管问。”她又说，“陈湛北，对我爸可以知无不言。”

“伯父，我家在北都，父亲搞科研，母亲是大学教授，我在津宁当的兵，前天刚到宁海。您放心，我会留在宁海，不会带南南离开您。”

家世不错，人看起来也不错，只是南父还是不解，满脑子疑惑，南絮怎么突然跟这个人在一起，看起来感情已经是浓得化不开了。

“你们怎么认识的？”南父看着两人。

“金三角。”陈湛北回答，他的身份是隐蔽的，能不对外提及便不会提及，只是有些人不是外人，而且他已经回来，必定要让南父放心，否则怎么会把南南交给他。

南父一听，端着茶杯的手停滞在半空中，探究的目光落在陈湛北的脸上，金三角，南絮曾经经历过生死的地方。

“爸，他就是齐骁。”南絮看出爸爸的疑惑，此时没了生命威胁，她也不想对爸爸隐瞒，这一年爸爸替她担忧，她要让他安心。

齐骁？他原来是卧底？在金三角魔窟里救下南南，这样的身份令南父震惊。齐骁的身份太过扎眼，国际刑警把他列为重要通缉对象，他是怎样才能坐到那个位置，又是怎样在魔窟里打转，获取那么多情况，立下如此丰功伟绩。

南父连说三声“好”，心底对陈湛北已经升起佩服和敬重之情，在生死边缘打转，这份勇气不是谁都会有的。

南絮去厨房弄些吃的，南父看陈湛北的眼神，充满了疼惜和喜爱，还有敬佩，他已经不需要再多问其他，这个男人，值得南南托付终身。

“父母知道你的身份吗？”

陈湛北扬着的眸光渐渐低沉：“不知道，七年，我没回过家。伯父，我想带南南一起回家，去看望我的父母。”

南父点头：“回去吧，你的父母一定很担心你，这么多年……”他重重叹息，理解陈湛北在国家情怀上的大义，也理解为人父母的担忧。七年，对于上了年纪的人来说，孩子突然离开，杳无音讯，定是度日如年。“把事情讲清楚，他们会理解你的，小陈，他们会以你为荣。”

在家吃完晚饭，南絮和陈湛北漫步出来，南絮知道爸爸很喜欢陈湛北，她也开心。“你跟我爸说什么了，我爸简直要热泪盈眶了。”

“提到我家人，伯父感同身受吧，你离开的那段时间，他一定非常煎熬。”陈湛北揽着她的肩，两人在街边走着。

她环着他的腰，头靠在他肩头：“以前看别人这样腻歪，觉得没眼看，现在，真香。”

绿灯亮起，陈湛北牵着她的手过马路，十指交握，布满枪茧的大掌粗粝却温柔，指腹在她手背上轻轻滑动：“这小手，只有小爷能牵，看谁不要命敢动一下试试。”

南絮眸子眯起，第一次在大马路上，蹦跳着得意地迈开大步。

翌日，南絮收拾几件衣服，和陈湛北一起回北都。

下了飞机，打车往家去时，陈湛北看着七年间已经翻天覆地变化的城市，怅然若失。一切都变了，熟悉的街道变得拥挤，车流湍急，乌泱泱的人群奔波于偌大的城市中央。南絮工作上没少与这边对接，偶尔也会过来，不过最近一次也是两年前，她一直清楚这些年国内发展迅猛，正在变成世界瞩目的经济大国。

她转头看向旁边的人，七年的变化，七年的未归，对城市的陌生感，对家的憧憬，以及对亲人的愧疚，她能感同身受。她覆上他的手，陈湛北把目光从窗外转向她，她冲他笑了下，他摊开紧握的拳头，与她十指交握。

到了一处园区门口，南絮发现陈湛北站在那儿不动。他在金三角几年，步步惊险却也步步为营，他一直都是意气风发、冷静睿智，凡事坦然处之。此时，他紧抿着薄唇，目光定定地盯着这里，她第一次看到他如此忐忑不安，愧疚蕴满心间。

原本他们进不去这样严密的园区大门，却不想，门口的保卫居然认出陈湛北来，这位保卫已经坐上队长的位置，这个工作一干就是十几年。

他跟陈湛北聊了几句，便让他们进去。

联排别墅前，陈湛北望着自家大门，怔怔出神，南絮拍了拍他的肩：“按门铃吧，他们会理解你的。”

陈湛北抬手，按下门旁边的按钮，丁零零的响声，院内外听得真切，他按了两次，便放下手，耐心等待。

过了几分钟，大门打开，一位穿着米色针织衫的中年女人出现在门口，女人望着门口的人，怔住了……

南絮看出她与自己当时看到陈湛北时是一样的诧异，不敢相信自己的眼睛，甚至怕自己看错，只是做了一场梦。

陈湛北张了张嘴，却发现喉咙里像堵着一堆锋利的石子，划得血淋淋，他叫了两次，才叫出一声："妈。"

这一声妈，让女人脚下一软，她急忙扶住门框。

她的手在颤抖，回头朝院内喊着："老陈，老陈……"

陈湛北握上母亲的手，重重喊了一声："妈！"

陈母此时已经泪流满面，甚至说不出一句话，这时门里走出一个高大的中年男人，眉宇间与陈湛北有几分相似，这人便是陈湛北的父亲——陈和。

陈和看到门外的人，也怔住了，急忙走到门口，陈母颤抖的双手紧紧抓住陈湛北："湛北、湛北，是你吗？我没有看错？老陈，你告诉我，我没有看错。"

陈湛北眼底红了一片："妈，对不起，我回来了。"

陈母紧紧地抱着他："我的孩子，我的孩子，你怎么忍心丢下爸妈一走就是七年，音讯全无，你怎么这么狠心，湛北，妈想你啊……"

南絮的眼睛已经湿了，眼泪从眼眶滚下来，她看着这一幕，难受得像被刀戳了千万遍。七年，对任何人都是难熬的漫长时光，何况，还是他的父母。

陈爸眼底闪过惊讶，见到七年未归家的儿子时，心底涌出浓浓情感，他压抑着内心的波澜，沉声道："进来吧。"

陈母拉着陈湛北，脸上全是泪，眼睛一瞬不错地落在他脸上，忘了他身后还有一个女孩，陈爸让了让南絮，南絮跟在陈湛北和他母亲身后走进别墅。

大厅里，陈母抱着陈湛北，这七年，眼泪都快流干了，此时却像能再哭一个七年。陈爸抽出纸巾替她擦拭眼泪："别哭了，对眼睛不好。"

陈母这几年眼睛越来越不好，视力差，看东西模糊，哭了几年，落下的病根，医院跑了无数家。

陈爸看着陈湛北，有心痛，有责备，还有不舍和期盼，儿子什么性情他了解，突然吵了一架，一声不吭就跑了，这一跑就是七年。

陈湛北看向父亲，他走到一边，扑通一声跪在二老面前："爸、妈，儿子不孝，对不起你们。"

陈爸没开口，陈母哪舍得，扑过去拉他起来："回来就好，回来就好，让妈好好看看，你别跪着。"

陈湛北拉着母亲的手，眼睛已经湿了："妈，对不起。"

他不知该说什么，只是不停地道歉，只能不停地道歉，不管他出于何目的，对父母造成的伤害都是不可挽回的。

陈爸再坚强，眼睛也泛起泪光，走过来，拉住儿子的胳膊，把人扶起来："在咱们这个家，用不上这个。"

南絮抬手轻轻拭了拭脸颊上的眼泪，看着他终于回到家，回归父母身边，她替他高兴，也替他的父母欣慰，她在心底说，他没有对不起任何人，只是愧对了父母，他是英雄，他是荣光。

陈母把他拉到沙发上坐下，手一直握着他的大掌，目光落在他手心手背无数的伤上，本有些止住的眼泪又涌了出来："湛北，怎么这么多伤？是不是打架了？"她颤抖的指尖细细摩擦着他的伤口，她心疼，又担忧。

"妈，我没有。"他可以告诉父母他的工作，可眼下不是最好的时机，母亲情绪不稳，如果此时告诉她，她一定承受不住。

陈爸目光落在他的伤处，又在他身上打量，能露出来的地方，手和颈间，都有伤，但他的眉宇间，还是陈爸所熟悉的刚毅，陈爸了解自己的孩子，他不会轻易误入歧途，但也无法保证这七年间到底发生了什么。

既然回来，也不差这一时，他目光转向沙发另一端，安静地坐在那儿的女孩，她一身正气。"云秋，儿子回来可以慢慢再聊，带客人来了。"

南絮见大家把目光落在自己身上，她有一瞬间的紧张，她坐姿端正，脊背挺拔，脸上挂着泪，勾起一抹有礼的浅笑："伯父、伯母，你们好，我叫南絮。"

陈湛北拿着纸巾给母亲擦了眼泪，回手向南絮伸手，南絮起身走到他身边，他站了起来，面对爸妈说："爸、妈，我女朋友，南絮。"

陈母突然见到陈湛北回来，情绪失控，根本没多余心思放在旁边人的身上，此时擦着眼泪，才细细打量面前的女孩，长得漂亮，气质出挑："刚刚有些失态，小南，你别介意。"

陈母是大学教授，性格温柔，有涵养，语气也温温柔柔的，刚刚的事南絮特别理解，她没有被忽视的感觉，而是感受到了他们团聚的氛围。南絮摇了摇头："伯父伯母与湛北阔别七年，一定有许多话想说，我冒昧前来，也怕打扰到您。"

陈母轻叹一声："一走就是七年，一点儿消息都没有，这孩子真够狠心。小南，你们认识多久了？"

"伯母，我们认识两年了。"

陈爸见南絮气质出众，便问了句："小南啊，冒昧问一句，你是做什么工作的？"

"伯父，我在宁海军区工作。"

军人？陈爸诧异，那么陈湛北能跟军人在一起，他当年到底做了什么？

陈母见南絮言谈举止绝对不是一般女孩子，又是军人，既然这样的女孩子成了儿子的女朋友，是不是证明陈湛北没做坏事？

"小南是军人，那么你们怎么认识的？"

"他救过我。"南絮说出这句话时，内心是骄傲的，为他骄傲，也替他的父母骄傲。

陈湛北握着妈妈的手："妈，您别担心，我保证，我没做过坏事，南南也可以替我做证，以后慢慢告诉您。"

陈母眼底的母爱浓且烈，她双手抚上他的脸颊："让妈好好看看，黑了，瘦了，成熟了，样子没什么变化，就是额头上有伤。"她轻抚上去，眼泪又掉下来。

陈湛北脸上的伤不多，如果让母亲看到身上的伤，她一定心痛万分，陈母说了些近年的事。这一聊，从中午便到了黄昏。

家里的保姆煮了一桌子晚饭，陈母不停给他夹菜，目光紧盯着他，偶尔会看南絮一眼，眼底温和有笑意，是对未来儿媳妇的满意。

吃过晚饭，陈爸把陈湛北叫到楼上书房，门一关，陈爸问他，这几年去哪儿了？

陈湛北简明扼要，去掉凶险部分，讲给父亲。

卧底，金三角，七年，他的儿子是怎么过来的，他抓过儿子的衣服看到儿子背上触目惊心的伤痕，一句话都说不出来。

他红了眼睛，过了许久，拍了拍儿子的肩膀："爸以你为荣。"

陈湛北笔直地站在父亲面前："爸，对不起。"

陈爸摇了摇头："这事以后我慢慢跟你妈说，现在提了她受不了，回来就好，回来就好……"

"回来了，以后再也不让您和妈担心。"

楼下，陈母和南絮聊天，问她工作忙不忙，工作的性质是什么，一听是专家，很高兴。南絮没说凶险的那部分，她出任务都是极其保密的，有时连父亲都不知道，爸妈那一辈的人，见不得子女冒险，她明白的。

陈湛北的卧室在三楼，这里还和他走之前一样，床上换了新的被单，旁边的书桌上摆着一张一家三口的合照，还有一张陈湛北穿着军装的照片。

陈湛北冲澡出来，见南絮拿着他的相片在看，他走过去在她旁边坐下，手环上她的腰："以前是不是很帅，和你们说的那些小鲜肉不差吧。"

"小鲜肉哪有你帅，咱骁爷玉树临风，英俊潇洒，风流倜傥，惊才风逸，气质超凡……"

陈湛北低低地笑着："干吗，真要给爷当捧哏的？"

"才貌双全，气宇轩昂，神勇威武，天下无敌，唯我独尊，笑傲江湖……"南絮挑眉，"还要吗？"

陈湛北笑着咬了她肩膀一口，南絮"扑哧"一声乐了出来，手搭在他的手背上，轻轻摩擦着，指尖下是他的伤处，她轻而又轻地叹了一声：“父爱母爱最难回报，你让他们伤心这么久，好好陪陪他们。”

他点头：“我用七年报效国家，用余生回报爸妈和你。南南，我从没像现在这样，心是这么满足。我有爸妈，还有你。”

陈湛北从抽屉里找出他以前的一些相片，南絮看着相片，仿佛跟随他回到他的过去，她看到其中一张相片上画着一个漫画人物。

“这是什么人物？”

“不知道。”他指着自己的脑袋，“小时候的思维容易天马行空，我也不知道这是什么，做梦梦到就画下来了。”类似机甲战士，长了犄角，身穿铠甲，手握双刀，画得有模有样。

“没想到你还有这天赋，挺像那么回事，如果你不当兵，说不定能成为漫画作者。”

“就是个爱好，男孩子就喜欢这种，你让我画娃娃，我可不会。”

第二天，陈爸起得早，父子俩在院里的凉亭下喝茶，聊着近年身边人的变化，对于这些变化，陈湛北心底有一些惆怅，却也无悔，只是愧疚于舅舅去世他未能出现。

他说，以后会安稳工作，让爸妈少操心。提到南絮，陈爸很满意这个女孩，只是有少许担心，南絮的工作会不会还像以前那样危险。

陈湛北说了些宽慰爸爸的话，至于以后是否出任务，这要看上级安排，如果有需要，还是无法避免。他们都是经历过生死的人，有了感情便会产生牵绊。

八点多，陈湛北上楼，南絮听到开门声便醒了，微微睁开眼睛，看着他走向她，南絮勾起唇角："早啊。"

"吵醒你了。"他趴到床上，单手揽住她的腰，"再睡一会儿？"

她翻了个身，背贴着他的胸膛："几点了？"

"才八点半。"

南絮一听，急忙坐了起来："你怎么不叫我，都八点半了，第一次来你家就赖床，多不好。"

陈湛北"扑哧"一乐，扣住她肩膀把人按在怀里："我妈还没起，我跟我爸在外面聊了会儿，你安心再睡会儿。"

南絮没再睡，两人说了会儿话，她起来洗漱，下楼。

陈母也已经起了，脸色比昨日见到时明显好了许多，儿子回来了，心里甭提多高兴，脸上一直挂着喜悦的笑。

她的目光一直没从陈湛北脸上挪开，南絮特别理解陈母的心情，看到陈母开心，她也替他们一家子团聚而开心。

中午的时候，门外有人来，保姆去开门，进来一男一女，二十七八岁的样子，那个女孩看到陈湛北，瞬间呆滞住了，然后突然像点到身体开关一样，嗷的一声："啊啊啊啊啊啊，北哥，北哥回来啦……"

后面的男孩子直接冲了上来，扣住陈湛北的肩膀猛劲晃着："我没看错？"

陈湛北乐了出来："你没看错，是你哥我回来了。"

面前的人是陈湛北的发小，方远辉，两人从小一起长大，每次回来必定要喝个痛快，然后数落他把自己扔到军队里，撇下这帮哥们儿。

那个女孩子是另一位哥们儿厉染的妹妹，厉瑶，从小跟在他们屁股后面跑，没人爱带小丫头一起玩，但谁要敢欺负她，绝没好果子吃。

厉瑶推开方远辉，抱着陈湛北的胳膊噼里啪啦掉眼泪："北哥，你去哪儿了，你都不回来，婶婶一直哭，我也哭。"

陈湛北瞅着眼前这两人："你们？"

方远辉把厉瑶往怀里一带："去年结婚了。"

陈湛北突然凑近厉瑶耳边小声说："辉子咋把你追到手的？"

厉瑶哼了一声："你没看到我还在掉眼泪吗？净问些无关紧要的。"

陈湛北"扑哧"一乐，向南絮使了个眼色，他走向她，南絮站了起来，陈湛北介绍："南絮。"又介绍两人，"方远辉和厉瑶，我们从小一起长大，现在俩人结婚了。"然后对两人扬了扬下巴，"叫嫂子。"

厉瑶吸着鼻子乐了出来，夫妻俩异口同声："嫂子好。"

这声嫂子，叫得南絮稍有些羞赧，她急忙打招呼："你们好。"

方远辉和厉瑶是因为假期休息，过来看望陈家二老，陈湛北不在这些年，兄弟们时常过来陪二老聊天，没人知道北哥去了哪儿，他们对陈湛北是了解的，无法相信他会做什么出格的事。

哥们儿都得到了消息，没一会儿，陈家拥来无数人，陈湛北在陈母不舍的眼神中，被兄弟们拽了出去。

酒店包厢里，二十几个人围在桌边叙起旧，数落陈湛北这些年不与兄弟们联络，罚他喝了无数杯，陈湛北来者不拒，无论是罚酒还是敬酒，他一杯杯灌进肚子里，南絮看到他脸上出现从未有过的轻松惬意。

她看过齐骁喝酒，可谓千杯不醉，陈湛北喝酒，有醉意，却醉得开怀，醉得肆意，醉得幸福。

大家一口一个“嫂子”叫着，南絮开始是硬着头皮应下，叫着叫着就听习惯了。陈湛北小时候就是他们这一拨孩子中的小霸王，大家愿意跟他一起疯，长大后，陈湛北收敛起小霸王心性，变成了大家心中敬佩的哥哥。他们聊着儿时，聊青春，聊成长，聊这几年，聊到大家眼睛泛红。

陈湛北拿过一瓶酒，仰头就喝，直到一瓶见底，他说：“兄弟们，哥们儿有错，跟这儿对大家认了，谢谢你们这些年对我爸妈的照顾和关心，这些哥们儿都记在心里。”

“我们拿叔叔阿姨当亲人，别往自个儿身上揽功，为的不是你。”大家红着眼睛，有人偷偷抹眼泪。

南絮感受到这份浓浓的兄弟情，真挚、热烈，不分彼此，陈湛北有这一群好哥们儿，真好。

她以前总觉得他孤独，金三角那七年，他孤身一人勇闯毒窝，每一次见到他落寞的神情时，她都心疼，但他又是那样坚毅，打碎了牙和着血咽到肚子里，不说一句痛。

直到半夜一点钟才散了局，两人回去，他揽着她的肩，眼底一直在笑。

“醉了吗？”她问他。

“没有。”他说。

“只有喝醉的人才说自己没醉，如果不是我，你已经上马路牙子了，再一步就要栽进花坛里。”南絮搂着他的腰，带他走直线。

陈湛北低低地笑着，眺望着繁华都市的夜晚，灯火通明，亮如白昼，灯都是一样，但在他心底，与金三角的灯，不一样。

“回来的感觉，真好。”

南絮停下脚步，抬首看他：“湛北，我也以你为荣，你是我的骄傲。”

他低首，在她唇上啄了一口：“是不是更爱我了。”

南絮嘴角一抽：“醉成这样也不忘贫嘴。”

走到家门口，陈湛北没进门，而是在院子里的凉亭坐下，他把她揽在怀里，望着夜空：“这里看不见星星，那些闪烁的全是灯光，但我还是喜欢这里。”

“我也喜欢。”金三角的天一眼望去，繁星耀眼，“虽然我们不喜欢那里，但我还是会怀念我们曾经在一起的那些时光，都是我们的点滴回忆。”

“南南，我一直有个愿望。”陈湛北把头靠在凉亭的柱子上，“我想和你一起晒太阳。”

之前他活在阴暗无光的世界里，“阳光”对他是奢侈的，她什么都明白。

漆黑的眸子望进她眼底，他说：“南南，你就是我的阳光。”

南絮暖暖的笑意缓缓漾开，露出洁白的皓齿，她点头，不住地点头。

南絮把陈湛北扶到床上，他睡得很沉，她费了半天力才把他衣服扒下来，拧一条干净的毛巾给他擦脸和手，之后自己冲了个澡，才上床休息。

她没什么睡意，他回来后，她心情格外放松，感觉不到一丝疲倦，甚至有些亢奋。

她侧着身子看着身旁的男人，他说想与她一起晒太阳，他说完她就在想去哪里合适。去宁海最高的山，爬到顶峰，观日落看日出，晒最美的太阳。她想着想着就笑了出来，对，就这样决定，等回去就去做。

两人睡得很沉，他们不早起，却有人来了，昨日那一拨去了，早上又来一拨，站在门口敲门，吵得陈湛北一脸愠色："这帮损人一大早折腾什么。"

门外传来嘈杂的声音，一声声"北哥"叫着，七年没见，早上睁开眼睛都听说北哥回来了，脸都顾不上洗便跑来了。

南絮听到后，急忙翻身下床，拢了下乱了的发，把门打开。

门外站着七八个人，一水的男士，外面的人见到南絮，已经知道是陈湛北带回来的女朋友，有的礼貌一笑，有的直接开口叫嫂子。

陈湛北一脸倦容地坐了起来："这么早。"

"早个屁，七年杳无音讯，你还是人吗？"其中一人说着，直接扑上床，后面拥上三个人，把陈湛北按床上，又是揍又是拿被子蒙住，南絮站在门口，唇角微微上扬一个暖暖的弧度，看到他跟兄弟们打闹，真好。

旁边倚着门的男人看着床上乱哄哄一顿闹腾，轻笑了下，转头看向南絮："你好，我是厉染，湛北的发小。"

"你好，我是南絮。"

"厉瑶昨天通知我，我在外地，连夜赶了回来。"他无奈摇了摇头，"七年了，这帮兄弟都想他。"

南絮微微一笑："他也想你们。"

床上几个人终于放过陈湛北，把他拽下来推向洗手间，陈湛北走到南絮旁边，冲她嘿嘿一笑，南絮“扑哧”一声乐了出来，他那乱糟糟的头发，背心都被扯变形，松垮地搭在身上。

她找了身换洗的衣服给他，大家看向她：“嫂子，你俩在一起多久了？”

“两年。”她说。

“北哥这几年哪儿去了？”

南絮怔了下，这件事情是不可能告诉他们的，至于后面如何修复兄弟情，如何让大家原谅他，这事得靠陈湛北用那三寸不烂之舌圆回来。

真正的兄弟，只在乎情谊，七年没见，有着说不完的话，唠不完的嗑。吃早饭时围了一桌子人，吃完饭客厅里坐了一群人，沙发上坐不下，就搬个椅子，大家数落他、揶揄他，但都想他。

午饭在外面吃，晚饭继续喝，陈湛北连续一整天，被酒灌了个饱，南絮替他夹菜，让他多吃一点儿，垫垫肚子再喝，陈湛北靠在她耳边小声说，这点酒算不上什么。

他在金三角时，酒烈得一般人受不住，他喝了六年。

晚上这顿饭，来了几个女孩子，都是他们的发小，或是哥们儿的妹妹以及要好的同学。南絮余光瞟见一个穿着黄色衬衫的女孩子时不时看向她，接着又盯向陈湛北，她看回去，那人又错开目光，似在闪躲。

然后那女孩子旁边的人跟她小声说话，目光偶尔会落在陈湛北身上。这样的举动，南絮便猜出七八分，她其实并不在意这些，即使他以前有过情史她也不会介意，谁都有过去，虽然她没有。

这局散时比昨日还晚，凌晨两点半出来打车，到家不到三点，陈家父母早已睡下，南絮挽着他的胳膊上楼，陈湛北推开卧室门，便吻上她。

南絮推他，一股酒味，烦死了。陈湛北一脸受伤，表示被嫌弃。南絮觉得醉酒后的男人像个孩子似的，她帮他把外套脱下挂好，又拿了干净的衣服让他去洗澡。

陈湛北环着她的腰："一起洗。"

"各洗各的。"

南絮推他进洗手间，把门关上。

里面很快传来哗哗的水流声，南絮算着日子，最多再待一日就要回去上班了。

两人回来几日，假期即将结束，南絮看得出陈母的不舍，七年未见，刚刚回来，她哪忍心让儿子跟她离开。

吃早饭的时候，南絮说："伯父伯母，假期结束，明日要上班，我一点的飞机回去。"

"哎，这么快就要走。"陈母说着，把目光转向陈湛北。

陈湛北冲着母亲笑了下："妈，别看我啊，快吃饭。"

大家没再提这茬儿，南絮明白陈母的担忧，也理解陈湛北的不舍。

她上楼收拾东西，陈湛北靠着门板看她忙碌的背影，过了好一会儿，才开口叫她的名字："南南。"

南絮把衣服叠好放进皮箱，扣上后锁好，走到他面前，双手捧住他的脸："七年没见，伯父伯母很想你，你留下陪陪他们，我不会让你跟我走的，那样太残忍了。"

“你越懂事，越让我心疼。”他把她揽进怀里，下巴搁在她发顶，“南南，我对不起爸妈，让他们伤心了七年，我陪陪他们就去找你。”

“你知道我以前想你的时候，最多是什么吗？我只求你平安，其他一切都不重要，只要平安。”她抬头，情深的眸子蕴着无尽的光芒，“既然你平安归来，等一等又有什么，我现在很满足。”她踮起脚尖在他唇上落下一吻，“好好的。”

陈湛北揉搓着她柔软的发丝，指尖轻捏着她的脸颊：“宝贝儿，你也要好好的，别太想我。”

“放心，回头忙起来，没空想你。”南絮笑着推开他，两人下楼，与陈家父母道别，陈湛北开车送她去机场。

“等你回去后，我们一起去晒太阳。”她从他手里接过皮箱说。

“好。”

“回去吧，我进去了。”她握拳，在他胸口非常哥们儿地轻砸一拳，“走了。”

他点头：“路上小心，落地打电话。”

“宁海见。”她说。

“宁海见。”

第十三章

南渡北归

回到宁海，南絮就投入工作当中，大家发现，南絮的状态与之前有了巨大的反差，脸上带着笑，走路生风，意气风发。七天假期，到底发生了什么，转变这么大。

南絮心情很好，虽然与陈湛北短暂分别，他留在北都，她回宁海，但她心间被填得满满当当的，愉悦、兴奋。

南絮平日里是个偶尔开玩笑但性格清冷的女人，假期回来后，她张扬了，对，就是张扬。大家聚餐她也去，以前聚餐想找她，得全员出动去“请”，为的是逗她一乐，她却神情怏怏，凡事提不起精神。现在不用找，她自告奋勇地来，喝酒也好，侃天侃地也好，绝对不落下乘。格斗时，她第一个冲上去，挑衅一众男队员，那张清冷的小脸上，写着流光溢彩的兴奋。

郑磊在基地训练，看着队友们练拳脚功夫，一对一、二对二、三对三小组对抗，旁边的副队周凯见他若有所思：“磊哥，想什么呢？”

“你发现没，南絮这些天有点不一样了。”

“何止不一样，都快上天了。啧，有什么好事吗？你不知道？”

郑磊咂舌，舌尖抵着后槽牙，摇了摇头。

周凯余光瞟了眼郑磊的神色，故意道：“不会是谈恋爱了吧？”

郑磊一怔，没说话。

“喜欢就主动，又不会掉层皮，近水楼台天时地利的优势再让人捷足先登，磊哥，别怪兄弟们鄙视你。”

郑磊喜欢南絮，以前就喜欢，但没那么明显，自从她两年前被金三角毒枭抓去后，他的心就一直落不下。这时他知道，自己对她的喜欢，不想停留在表面，可他表示过，南絮并没在意，或是，那次她醉了，根本没听到他讲什么。

郑磊有些烦躁地咂了下舌，刚要开口，就听到汽车声，他们同时转头，车上下来穿着军装的女孩子——南絮。

“哟，说曹操曹操就到。”周凯嘿嘿一乐，跑过去，“今儿怎么有时间过来，不鼓捣你的小发明了？”

南絮从车上拿过一个袋子，扔给周凯：“做出来了，大家看看。”

“这么快，你最近的工作效率明显提高，怎么着，有喜事？”周凯半开玩笑地揶揄她。

南絮挑眉：“不告诉你。”

郑磊站在那儿没动，定定地看着南絮，南絮正跟周凯研究那把设有新型定位系统芯片的军工爪子刀，感觉到目光，抬头看过去，扬了扬唇角：“磊哥，过来瞧瞧啊。”

“咱磊哥装矜持呢。”周凯上前两步，把刀扔过去。郑磊抬手接住，没说什么。

“磊哥，这个给咱们队员配发下去，如果你觉得没问题，再给其他队配备。”

“队里有个技术员就是好，有好东西都优先。”郑磊还在想刚才和周凯的对话，笑得有些尴尬。

南絮眼神警告：“什么表情，郑队是说我以权谋私？”

“夸你呢。”郑磊这次是真笑了，笑意很深。

“搁你这儿，你们慢慢上手，有问题随时找我。”

南絮在训练基地停留几分钟便撤了，周凯一拳砸在郑磊肩上：“磊哥，㞞啊。”

郑磊狠瞪周凯一眼：“别触我霉头。”

周凯耸肩：“㞞还不让说。”郑磊大事上绝对不㞞，两年前那次重伤，昏迷好久差一点醒不过来，醒来后养好伤，继续投入作战，只是遇到感情上的事，遇上南絮，才㞞。

陈湛北留在北都陪家人，跟哥们儿大聚小聚不断，母亲每日上班，他都开车送她到学校，下班后去接，母亲乐得开怀，逢人就说这是我儿子，开心得不得了。

陈湛北看到母亲开怀地笑，他也高兴，尽力去弥补这几年的亏欠，他明白，这七年时光，不是弥补就能一笔勾销的。

渔夫打电话给他，问他确定要留在宁海吗？渔夫知道他回家了，也明白南絮在宁海，这样的两难抉择，渔夫也替他为难。

陈湛北说等等，忙了这么多年，该歇歇了，现在首要任务是陪家人。

渔夫说宁海缉毒大队随时欢迎他。

陈湛北道了谢。

临近母亲下班时，陈湛北把车停在门口等，拿过手机给南絮打电话。

南絮听到电话响，冲江离喊了句：“帮我看看是谁？”

江离瞟了一眼放在桌子上的手机：“你北哥。”

南絮一听到名字，急忙扔下手上的事，快步走过来接电话，江离嘴角一抽，南絮这状态明显有问题。假期过后，这是两人第一次见面，南絮的唇角一直上扬着，眸光蕴着笑且很深。有问题，一定有问题。江离推着无框眼镜，老谋深算地想要一探好友老底。

南絮接起电话：“这么闲打电话给我？”

“在学校门口等我妈下课。你忙吗？”

“还行，跟江离弄点东西，下班后江大 boss 要请我吃饭，吃大餐。”南絮用肩膀和脸颊夹着电话，拧开水龙头洗手。她跟陈湛北提过江离，虽没见过，这名字他并不陌生。

“我妈最近状态不错，周末我准备开车带她出去转转，让她开心开心。”

“好好陪他们，别担心我，我一切都好，如果哪个周末没事，我过去看你。”

陈湛北点了根烟，吸了一口，耍贫道：“想我了？”

“送你俩字，呵呵。”

陈湛北低沉地笑着：“那我想你，总成了吧。”

“还是俩字，呵呵。”南絮擦干手出来，见江离一身西装，抱怀倚在沙盘旁盯着她。

南絮瞥他一眼，继续跟陈湛北煲电话粥，语气甜腻得不行。

过了会儿，陈湛北看到母亲从楼门里出来，才挂断电话。

江离挑眉："是哥们儿吗？是兄弟吗？坦白从宽，你还有改正的机会。"

南絮秀眉上扬："等他回来，咱们一起吃饭，介绍你们认识。"

"啧，不对啊南絮，七天假期，你就认识一个男人，还快速进入恋爱期，不是你的性格。"江离和南絮搭档多年，熟悉彼此的秉性，是真真正正的纯洁的革命友谊。

"到时你就知道了，现在不许多问，反正姐姐我心情好，叫上安安，你请客。"

陈湛北下车，揽着母亲的肩膀把人送上车，又贴心地扣好安全带："妈，这周末你想去哪儿，咱们一家三口出去转转吧，周边也好，远点也成。"

"哪儿也不想去，就在家休息，妈看你就够了。"陈母是真的太开心了，前几日她家老陈告诉她，湛北这些年去做卧底，很艰辛很危险，所以不能与家人联络，他没有做坏事，没当逃兵，他们应该为他感到骄傲。

她当时就吓傻了。

陈爸并未提金三角，如果提了，估计陈母当时能晕过去，所有的荣光，对父母来讲，都不及他平平安安。

"妈，您随便看，想咋看咋看，天天在您眼皮子底下转悠，您早晚得烦我。"年少时，男孩子性子皮，陈湛北又是能闹腾的小霸王，陈母拿他没辙时，就让他哪儿凉快哪儿待着去。

“湛北，答应妈妈，以后不要再做危险工作了。”

“嗯，答应您，以后再也不让您担心了。”安慰的话得说，至于以后的工作，回归部队也好，去缉毒队也罢，都会有一定的危险系数，只是多与少的概率罢了。

“你别回队里了，找个轻松的工作，不求赚多少钱，安稳过日子就好，妈年纪大了，这胆战心惊的日子，过不了。”

“妈，当年当兵是您促成的，现在反悔了？晚喽！”

陈湛北去当兵，完全是因为他的痞性，他舅舅在部队，陈母想让他到部队磨炼一下，收收性子，后来他从部队逃跑，所有人都说他是个逃兵，却不想，他不是逃兵，只是去做了卧底，做了最危险的工作。

“你二舅现在还不知道，要不要告诉他？”

“以后有机会我自己跟二舅坦白，不急，反正骂名背了七年，不差这一时。”

“这周末，我们一起过去吧。”

“也成。”

陈湛北在北都停留了一个月，没与南絮碰面，然后又是一个月，便到了十二月，陈母在家里天天盯着陈湛北两个多月，他没有一点儿要离开的意思，她才放心了。

十二月中旬，陈湛北被一群哥们儿叫出去，喝了不少酒回来。

他回来后，在三楼客厅的躺椅上跟南絮视频。

南絮看出他喝酒了，她刚洗完澡，穿着睡衣坐在客厅里擦头发，头发乱糟糟的，还挺可爱。

陈湛北看着她，心里贼痒痒："你那边天气正冷着呢，多穿点别着凉。"

"开空调了，不冷。"她扔下毛巾，扒拉了几下乱发，就摆正坐姿，扶着下巴看着视频这边的人。

陈湛北从烟盒里抽出支烟点上："今儿个跟他们喝酒，都带着媳妇，搞得我跟狗一样被虐，我也是有媳妇的人，却只能自己睡一张大床。"

"你可以换成一张单人床。"

陈湛北嘴角一抽："……翅膀硬了是吧。"

"金刚。"南絮叫着，很快金刚落在南絮手边，她调整摄像头，让金刚进入屏幕里，她用指尖钩着金刚的翅膀："这翅膀，是挺硬的。"

"南南，南南，爸爸……"金刚叫着。

陈湛北突然道："南南是你叫的吗？叫妈妈。"

南絮脸颊蓦地一热："别乱教金刚。"

"金刚，听爸爸话，叫妈妈，乖，不然把你炖汤喝，快，叫妈妈，别光会乱叫。"

陈湛北坚持不懈地教金刚叫妈妈，陈母上楼时，就听到陈湛北在教谁叫妈妈，对面确实传来声音，声音听着挺脆，发音还挺标准，她根本没想到是鹦鹉。

"好啦，别数落金刚，我给金刚弄点吃的，你早点休息。"

"成，你也早点休息。"

陈母噔噔噔快步跑上楼，却没赶上视频最末："儿子，你有孩子了？"

陈湛北一怔。

“你都有孩子了？南南给你生的？天哪，这事你瞒着我们干什么？”

“妈，你误会了。我们哪有孩子啊？”

“你不是在教孩子叫妈妈吗？又是妈妈又是爸爸的，湛北，咱们家条件不差吧，南南跟你是真心相爱，有了孩子就结婚啊，妈是开明的人，先有孩子也没什么，你这个小子，绝对不能亏待了南南呀。”

陈湛北急忙站起来，把母亲按到椅子上：“妈、妈、妈，您听我说，没有孩子，是只鹦鹉，两年前我弄来给南南解闷的。”

陈母脸上的表情凝滞了，过了许久，一巴掌打在陈湛北腰上：“服了你，我的血压啊，大起大落，受不了你。”

陈母起身要走，陈湛北跟上，笑着说：“妈，您可别真生气，孩子也不是一下子就能生出来的，我跟南南分开一年，也是刚刚见面，哪那么快生孩子，您别气，以后肯定生。”

“哪儿凉快哪儿待着去。”陈母瞪他一眼，陈湛北哪能一边凉快去，恭敬地把母亲大人送回房间，还颠颠地倒了杯温水放在床头柜上，再跟母亲大人道了个晚安，才离开。

砰砰的枪声、炮火声，逃跑、追击，刀、子弹，蜂拥向他袭来，南絮猛地惊叫出来：“齐骁……”

挣扎中惊醒过来，南絮周身布满一层冷汗，她慌忙去找手机，颤抖的手打翻了床头柜上的水杯，手机掉落在地板上。

手机铃声在宁静的深夜里响起，陈湛北猛地睁开眼睛，转头看过去，是南南的来电。

他急忙接起，还没等开口，南絮的声音便传来，慌张、不安，带着明显的颤音：“齐骁，齐骁……”

陈湛北一听，便知道她一定是做噩梦了：“南南，我在，我在。”

南絮听到他的回应，惊慌失措的眸子蕴出一汪水汽，她轻声叫他：“湛北。”

“我在，你做梦了？”

“嗯。”南絮手撑着额头，听到他的声音，僵紧的身子渐渐放松下来。

“梦到什么了？”他尽量放柔语调，让她心安。

她长长叹了一口气：“你回来后我已经没再做这种梦了，不知道今天怎么又梦到那些画面。”

他知道是什么，心狠狠地揪起来，只能放轻声音安抚她：“别担心，没事了，一切都过去了。”

她知道，一切都过去了，那些忐忑惊恐不安的日子过去了，可梦里的画面清晰可见，就像在眼前一样，他就在她眼前，中枪、中刀，每一颗子弹像打在她身上一样疼得真切，不，比打在她身上还疼，她脑子里乱得很，心难受得似被千刀万箭刺穿：“湛北，我想你。”

陈湛北轻抿的薄唇渐渐绷成一条线：“我也想你，很想。”

南絮吸了下发酸的鼻子，有些尴尬地笑出来：“哎呀，真酸。”

陈湛北一听，提着的心稍稍放下一些，却也心有愧疚：“还睡吗？”

“不想睡。”

“那你等下。”

陈湛北翻身下床，拉开抽屉翻了翻，没找到东西后，又悄声开门出去，在三楼客厅的斗柜里找到空白的本子。

南絮在电话那头听到响动：“你在干什么？”

“找东西。要视频吗？”

“嗯。”她想看他，很想。

陈湛北关了客厅的灯回房间，挂断电话，连接视频。

两人的面容在屏幕上显示出来，她落寞的神情尽收他眼底，陈湛北冲她笑了下：“你等下。”

南絮就等着，也不知道他在做什么，他低着头，有画笔的声音，过了会儿，他起身出去，在外面翻找东西，过了许久才回来。

两人偶尔说上一句，陈湛北一直低头在做什么，大概半个小时过去了，陈湛北说发东西给她看，两人挂了视频。

很快，一连几条消息传了过来，南絮点开信息上的图片。

“扑哧”一声乐了出来，陈湛北画了四个Q版人物形象，还上了色。

第一张：小小的Q版人物手里拿着枪，枪是简笔勾勒，却能看得出来，指着对面。

配字：老子天下无敌。

第二张：人物中枪，嘴上、身上有血，却耍帅地撑着树干。

配字：老子受伤也是天下第一帅。

第三张：人物倒地，却放大了人脸，皮皮地眨着眼睛。

配字：老子装的，老子打不死。

第四张：两个小人儿，Q版男孩耍帅站在Q版女孩面前，手里拿着一把看不出来的什么植物。

配字：南南，老子稀罕你。

南絮眼底尽是笑意，却感动得笑眼中蕴起了泪。

次日陈湛北送母亲去上班的路上，母亲问他："昨晚你在找什么，我听到你轻声上楼下楼。"

"吵到您了。"

"没，年纪大了，醒得早。你后半夜不睡，找什么呢？"

"找彩笔。"

"画画？你现在还喜欢呢？"她当然知道陈湛北小时候喜欢画画，没想到这么多年过去了，他还有这爱好。

"给南南，这丫头做噩梦了，哄哄她。"

陈母一听，这是小情侣间的感情："哎，湛北，你跟南南这样分着也不是个事，要不，想办法让南南把工作调到咱们这边。"

陈湛北回来两个多月，陈母发现这小情侣俩人天天通视频，南南真是个不错的姑娘，懂事又体贴，按理说，他们分开那么久，一般小女孩早就哭着让他去找她，可这两个多月，陈湛北在家待得沉得住气，视频里南南还让他安心。

陈母不是有意听到的，是无意间听到他们电话或是视频。

"她的工作哪是说调就能调动的，她上级不可能放人。"

"这孩子我是真喜欢，你们这样两地分着总不是办法，为以后考虑，结婚生孩子，总是得在一起生活。”陈母私心当然不希望儿子离开家，刚回来两个多月，她还没看够。

“妈您放心好了，我俩感情好着呢，别说两个月，之前也是一年没见，当时……”他话到嘴边急忙收住，把话题岔开，“您放心，您的儿媳妇跑不了。”

陈母听出他话说一半，明白是有意为之，不想说给她听：“你都回来了，还瞒我什么？”

“母亲大人，我哪敢啊。”陈湛北拍了拍母亲的手背，“您安心啦。”

过了几日，陈湛北在接母亲回来的路上，接到渔夫电话，问他什么时候回去报到，陈湛北说过段时间再说，渔夫的意思是他休息时间不短了，不过并未直接下命令催促他。

陈母听到他们的对话，开始并未说什么，直到晚上吃饭，一家三口坐在餐桌前，餐桌上摆着精美的晚餐，陈母却有些食不知味。

陈爸问她怎么了，她说没什么，可能有点累。

晚上睡觉时，她对陈爸谈了关于陈湛北和南絮的事，还有他的工作。陈爸说，孩子大了，有他们自己的事业，也要有自己的家庭，咱们不能一直把他捏在手里。

陈母明白，却也舍不得。

虽然两人分隔两地，但南絮的心情还是很高涨的，工作时一头扎进去，忙起来也是没日没夜。她自从出事后，这一年没再执行过任务，有两次行动，她请示过，可是上级没批准，任务等级不到 A 级，就让其他组员参与，就算有 A 级任务，也是把江大 boss 叫来。

南絮心里说不出什么滋味，甚至对自己的工作能力开始怀疑。她跟陈湛北聊起这事，陈湛北让她不要想太多，上级有上级的安排，他们只需服从命令便可。

他又逗她几句，让她想他就好，甭想其他的。

陈湛北没提回来的事，她知道他一定是不放心家人，她只能安心工作。

十二月末，天气越来越冷，南絮头一晚跟爸爸吃的晚饭，喝了点小酒暖身子，晚上回家没开车，早上打车上的班。

忙了一天，终于到下班的时间，她收拾好，关了电脑，把外套裹在身上，又系上围巾，从单位大楼出来。

遇到熟人，打个招呼，快步向门外走去。

傍晚时分，天空飘起雪花，南絮有些兴奋，宁海一年不见几场雪，因此没打伞，抬头看一眼飘雪的天空，猛吸着新鲜空气。

她大步往门外走，到门口时，听到后面的车声，她让开路，后面的车却没有过去，而是慢慢行驶。

她转头，车窗已经落下，是郑磊。

“没开车？”郑磊说。

“没开。”

“上车，我送你。”郑磊把车子开出大院，在门口停下，南絮摆手，“不用了，我想自己走走，坐车里浪费了这漂亮的雪景。”

“那你也得撑把伞啊，我这车上没有。”雪落在肩上，瞬间化成水，南絮的肩上已经湿了一小片。郑磊打开车门，“上来吧。”

“磊哥，真不用，我想自己走走，今天肯定堵车，你快走吧。”

郑磊叫她不听，就开门下车，绕过车头走到她对面：“天这么冷，我请你吃饭吧。吃点热乎的，火锅怎么样？”

陈湛北的车就停在大院门口不远处，坐在驾驶位的男人，手里夹着根烟，微眯着精明的黑眸，盯着那边的两个人。过了会儿，他咂了下舌，舌尖舔着后槽牙，笑了出来。

他按了一声喇叭，南絮转头看过去，吉普车的车窗是落下的，里面的人手肘支着车窗框，冲她扬了扬下巴。

南絮眸光噌地放亮：“磊哥，我有事先走了。”

她说完，大步向吉普车跑去，站在车窗前，眼底溢出惊喜和兴奋：“你回来怎么不提前告诉我一声？”

“给你个惊喜呗。”陈湛北推门下车，抬手掸了掸她肩上落下的雪，“惊喜不？”

她点头，真的惊喜，“生离死别”一年，刚见面几天又分开三个月，现在见到他南絮真的好开心。

“上车吧。”他揽着她的肩，把她送上副驾驶座，还细心地替她系好安全带。

南絮抿着唇笑，陈湛北走向驾驶位，目光看向那个男人，然后上车，启动车子开了出去。

郑磊看着车子消失在视线里，南絮谈恋爱了，天时地利的优势，几年时间的相处，他感觉心一下子落了空。

回家后，陈湛北在冰箱里翻到两包玉米鲜虾小云吞。

南絮抿唇笑着，迈步上前，从背后环上他的腰。

陈湛北舀出云吞放到碗里，还撒上一层翠绿的香菜末点缀调香，他一手一碗，端到餐桌前：“冰箱都空了，明儿个去超市买些吃的吧。”

“嗯，明天下班后你来接我。”

“我送你上班。”

“要工作了吗？”

“跟渔夫聊聊再说。”

南絮眸光一挑：“那这段时间就麻烦骁爷给我当专职司机了。”

“我的荣幸。”

“贫嘴。”南絮咯咯笑着，吹了吹碗上飘着的热气，“怎么突然回来了，伯母不会难过吗？”

“我妈是个通情达理的人，在家待了三个月，她知道不能留我一辈子，而且啊，她是不忍心看到我俩这样分着，我妈想抱孙子呢。”陈湛北眸光一挑，南絮眸光微闪，脸上有些不自然的羞赧。

“工作要是在这边落定，回去的机会就少了，父母年纪大了，总希望有子女的陪伴，这件事着实让你为难，湛北，要不，你把工作落在家那边吧。”

他握着筷子的手顿了顿，敛起玩世不恭的表情，认真道：“真心话？”

她当然希望他能陪在自己身边，可要说是违心的话，也不是，她点了点头。

陈湛北轻叹一声：“我没想到一个好的解决方法，两家离得太远，我们总归要固定生活在一个地方，你想什么我明白，南南懂事是好，但别委屈自己，跟我在一起，不是让你受委屈的。”

“那怎么办？”

“我妈快退休了，到时接她过来。”

南絮一听，急忙点头：“只要伯母同意，我一定好好照顾她。”

陈湛北抬手越过餐桌，掐了掐她的脸颊："笑了，这样多好，别想那么多，有些事是要我来想的，我答应过你爸爸，不会把你带走，我妈我了解，她会支持我的。"

南絮猛点头："骁爷英明神武。"

次日陈湛北送南絮去上班，之后去找渔夫，两人聊了聊，渔夫的意见是让他进缉毒大队，缉毒最适合他，能让他大展拳脚，施展一身本领。

工作暂时就这样定下来，陈湛北跟渔夫一起吃午饭，其间聊起了蔺闻修，陈湛北是破获军火案的主力，直接洗脱了蔺闻修蒙在身上几年的嫌疑，蔺闻修又救了他的命，算是两清了。

渔夫揶揄他的奖章都能快当饭吃了，还说给他安排了住处，陈湛北挑了挑眉，渔夫乐了，说安排在离南絮家不远的家属大院。

临近下班时间，陈湛北去接南絮下班，他把工作安排跟她说了，南絮看出他情绪高涨，想必是手痒了，以他的性子，哪能闲得住。

周末的时候，两人去了趟南絮爸爸家，南父看到陈湛北回来，三个多月没见，人更精神了，喝酒聊天，有的话他也不好直接问陈湛北，就偷偷问南絮陈湛北家里的情况。南絮把他的想法讲给父亲，南父点点头，暂时先工作，以后的事情以后再说。

转眼就元旦了，他们在南父家一起吃的晚饭，回来后，跟母亲视频。

南絮亲切地跟陈母打招呼，陈母很喜欢南絮，开始叫小南，后来就跟着陈湛北一口一个"南南"，叫得特亲近。

金刚不甘于被忽视，叫个不停，还是没人理它。它就飞过来，通体雪白的鹦鹉，一下子就引起陈母的注意，陈母很喜欢金刚。

金刚存在感十足，尖尖的嘴巴直啄手机屏幕，敲得乱响，影响大家聊天。陈湛北只好把它赶走，金刚扑棱着翅膀，飞回自己的地盘。

元旦过后，陈湛北便正式到缉毒大队报到。

他按照渔夫给的地址开车过去，到了缉毒大队门口，提交证件后放行，一进到里面，他“扑哧”一乐：“怎么，不放心？”

“这里是宁海最高级别的缉毒队，里面全是精英，却也全是刺头。”渔夫不是不放心，陈湛北是他的人，是他一手栽培，为国家效力，破获多起重要案件，对他非常重视。把他送到这儿，就跟送亲儿子上学一样，放心，也不放心，总想亲自来看看。

“成，我手正痒着呢。”刺头，哪儿不是刺头，他毫不在意这些，越刺越好，因为往往这样的人，在行动时最勇猛。

渔夫无奈一笑，这时门外进来几个人，从为首的男人肩上的警衔便看出他是个重要人物，来人见到渔夫：“哟，老杨，我说了我亲自过来，这你都不放心？”

渔夫名为杨军成，与面前的曾局是老战友，他之前便提过给他送来一位得力干将，即使杨军成没说明陈湛北的功绩，但能让老杨重视的人物，绝非泛泛之辈。

渔夫介绍两人认识后，小坐片刻便离开。

曾局跟陈湛北在办公室里聊了会儿，大概也清楚一些，卧底，缉毒卧底，很多功绩都是出自他之手，曾局对眼前的人敬佩且器重。

二十分钟后，两人从办公室出来，曾局亲自带着陈湛北到缉毒大队部，训练场上缉毒精英部队已经到齐，准备训练，副队长洪飞一身黑色作训服，背着手讲话。

众人见曾局过来，齐齐敬了个军礼，曾局回礼走上前，然后把陈湛北介绍给大家，并让洪飞带陈湛北熟悉环境，了解缉毒大队的日常作业流程和训练流程。

以前来新人，都是直接在门口等着被领进来，如果是稍稍厉害的角色，也只是有人介绍一下便可，哪见过曾局亲自带新人来，还当着大家面介绍，又指名让行动时的最高指挥官洪飞亲自带新人。

把这个新人摆到什么位置大家一目了然。

大队长的职位空缺一年，副队洪飞也没转正，多少人盯着这个位置。这人不会是空降吧，想压他们一头？即使是个各项条件好的上等兵，也不是人人都懂缉毒，人人都敢做缉毒这项玩命的工作。

陈湛北把所有人的目光尽收眼底，他知道会出现这种效果，他没警衔没职位，这样才更让人猜忌。面前所有人排斥的目光，他毫不在意。

曾局一走，安静的训练场上瞬间哄闹起来，挑衅、排斥、警惕、不屑，各种眼神盯着他。

刚刚曾局介绍过陈湛北的前单位，津宁军区二十七军。军区的人？调到缉毒大队，空降？玩闹呢？这是家里有人还是有钱？

洪飞还算客气："以前参加过军区实战吗？"

"参加过一些。"

"配合过缉毒吗？"

陈湛北微顿了下，在部队时出过任务，却没参与过配合缉毒大队的任务，所以便摇了摇头。

大家见状，以为是部队来的人"空降"到他们缉毒大队，有人不屑地开口：“缉毒可不是闹着玩的，这可是一线作战，面对毒贩真刀真枪，不是部队里打空爆弹，这是会死人的。”

有人附和着，声音拔高：“咱们缉毒大队，每次任务都是实战，真不打空爆弹。”

说完大家一起哄笑，陈湛北也笑了下，笑得毫无虚假，是真的笑了。

“兄弟，缉毒大队跟军区模拟训练不一样啊。”

有人挑衅：“兄弟，咱们缉毒大队一般人可不收，没本事可不行。”

大家你一言我一语，陈湛北表情淡漠，眼神清冷，当大家以为他这是怒了时，他突然笑了出来，开口道：“不懂，不是可以学吗？”

陈湛北无奈的回应让众人瞬间大笑，洪飞示意大家闭嘴，曾局把人交给他，刚来就这样欺负新人，这话传出去，搞得像他洪飞给新人穿小鞋似的。

洪飞让众人去训练，大家也是平日里相处习惯的，没人闪开，而是调侃着：“兄弟，津宁二十七军出来的，身手一定了得，跟大家切磋切磋。”

陈湛北淡淡一笑，没说话。洪飞蹙眉：“闲得有力气，跑十千米去。”

“洪队，互相切磋一下怕什么，大家还能欺负他？”说话的人叫孟危，一身是胆的猛将，却很刺，爱开玩笑，缉毒大队里，除了洪飞，他还没服过谁。

陈湛北微微勾动下唇角，迎上他挑衅的目光，孟危从他的眼神里看不出情绪，没有惧意，也未见怒意，这人，有点意思。

孟危没出来，而是推出一个人："去，陪新来的兄弟玩玩。"

那人站在陈湛北前方三四米的位置，有些怯怯道："你好，我叫于杰。"

于杰身手一般，陈湛北做做样子陪他玩玩，也没使什么费力气的招式，对方攻击，他只是挡，用巧劲卸了于杰的力，众人看出于杰根本不是陈湛北的对手。

又有人出来，替下于杰，这人拳力比于杰重一些，几个回合下来，陈湛北稍稍示弱一些，一个替一个，车轮战可不好玩。

孟危直接推出三个人，用眼神示意，一起上。

陈湛北被三个人攻击，他随意挡了几下后，便不再还击，直到彻底败下阵来。

孟危咂舌，跟旁边人说："以为是个硬茬儿，也不怎么样吗？"

"三打一，欺负新人，不厚道。"这人虽然嘴上这样说，眼睛里却是幸灾乐祸。

"就他们仨，我让他们一只手。"孟危不屑道，眼神尽是轻蔑。

大家也看出陈湛北没什么实力，这种人敢来他们缉毒大队，还想空降，他们这关都过不了，刺头大队可不是徒有其名的。

陈湛北垂眸，唇角微微挑起，第一天报到，还是很有趣嘛。

他看得出众人对他的排斥和敌意，以及从心底发出的不屑，渔夫和曾局对他的安排他自己也不清楚，只不过已经把他架到火上烤，他也没辙，只能无奈接受。

"你没事吧？"洪飞走过来。

陈湛北盘腿坐在地上，摇摇头："没事。"

众人嬉笑道："兄弟，这是欢迎仪式，别介意呀。"

陈湛北笑笑，没说什么。

洪飞让大家去训练，带他从训练场向办公大楼走。“不管是二十七军，还是缉毒大队，有男人的地方拼的都是实力，只佩服实力过硬的。哎……”洪飞无奈叹了一口气，“你没受伤吧？”

“不碍事。”陈湛北能说什么，洪飞明显也想探他的实力。

途经一些重要部门，洪飞简短给他介绍，洪飞没有像大家说的那样，要“教”他，而是扔给他几本书，让他看。

书里都是些基础东西，陈湛北坐在窗边，捧着书，书上的小黑字看得他两眼冒金星，直想睡觉。

他正晕晕乎乎时，南絮的信息发过来：“第一天，还顺利吗？”

陈湛北见到南南的头像，被书上的黑字搞得烦闷的心情瞬间好转：“不错。”

南絮：“真的不错？”

陈湛北：“不相信我的实力？”

南絮：“当然……信你。”

陈湛北的实力，南絮自然清楚，只是刚到一个地方，要适应环境，适应人群，适应集体，也担心他会受到排挤。

午饭的时候洪飞还算是好心地叫上他，他多年没有集体生活，冷不丁有一些不适应，但还是怀念曾经的部队生活，那些日子训练苦一些，却很开心。

于杰端着餐盘过来：“我能坐吗？”

“可以。”陈湛北大口大口吃着饭，权当旁边没人。

于杰见他不说话，以为他生气了：“我叫于杰。”

“你介绍过了。”他扒着饭，把最后一口汤喝掉。

“你可以叫我阿杰，今天的事，真的很抱歉。”

阿杰，陈湛北站起的身子顿了顿，他看向面前的男孩子，二十来岁，脸上还有些稚嫩，应该是警校刚毕业吧。阿杰，多久没听过这个名字，他心里突然涌进一股酸意。

他看于杰的眼神，渐渐褪去一些冷漠：“没事，我没在意。都是战友，互相切磋很正常，你拳头力量太小，多练练吧。”

下班后，陈湛北去接南絮，南絮很兴奋地问他一天都干了什么，有没有大显身手，有没有发生什么有趣的事。

陈湛北说：“很有趣。”

他说出“有趣”俩字，明显是玩味，她太了解陈湛北了，这是玩心大起了。

晚上，南絮发现陈湛北的肩上有一处瘀青，她急忙把他按住：“这是怎么弄的？”

“不小心撞的。”陈湛北身子往后一靠，直接倒在床上，手却拽住她胳膊，把人扯到怀里。

南絮挣扎着爬起来，美眸里的暗光渐渐冰冷，那处哪能撞到。

“这么美的妞，别搞得冷冰冰的，没事，跟大家切磋切磋，增进友谊嘛。”

南絮重重叹了一口气：“一般人伤不到你，你没还手？”

陈湛北挑眉：“陪他们玩玩。”

南絮双手捧上他脸颊，使劲搓着：“那也不能让自己受伤，我心疼呀。”

“好好好，仅此一次，下不为例。”

陈湛北抱着她，过了会儿才开口：“南南，今天遇到个新同事，他叫阿杰。”

南絮一听，从他胸口爬起，双手支在他身侧，目光盯着他的眼睛：“阿杰是英雄，他永远活在我们心里。”

在缉毒大队的前两天，陈湛北都在看书，大家训练没叫他，开会不叫他，不过他也不急，清闲了几日。第四天下午，陈湛北站在办公大楼的北窗边，望着楼下的训练场，大家正在格斗、擒拿、单兵作战训练、组队配合作战……

曾局来了，洪飞急忙迎上去，敬了个军礼：“曾局来是有事？”

“路过，进来看看。”曾局看着训练场上的队员们，欣慰点头，“不错，不错……”他环视所有人，问，“陈湛北呢？”

洪飞脸上一抹尴尬，急忙派人去叫陈湛北。

陈湛北很快下来，他穿着常服，敬了个军礼。

“这几天怎么样？”

陈湛北看出洪飞脸上的尴尬，说道：“在熟悉环境。”

曾局把他叫到一边，聊了几句。

从这之后，再训练时洪飞就叫上陈湛北，让他以后跟大家一起训练。

队员们都认为洪飞是迫于曾局压力，作为副队长又不能对陈湛北表示不满，便更加对他有意见，他身手差强人意，三打一时连新兵蛋子都打不过，丢他们二十七军的脸。

私下那些不好听的话，陈湛北权当没听到。

这天训练时，于杰因身手太差被要求叫停对战，这孩子很倔强，嘴上都流血了，还咬牙硬上。

有人说："我们不同情菜鸟，想要生存，就得先过兄弟们这一关。"

于杰和几个体力稍差一些的，肯定打不过孟危，孟危是队里格斗技巧最高的。于杰和其他几个最弱的分在一组，跟老兵对决。

他们只有挨打的份，到最后已经毫无还击之力。

洪飞没在场，没人管得住这些人。陈湛北站在外围，背手而立，于杰被人一脚踹趴下，还被嘲讽："弱者还想留在缉毒大队，当我们这里是收容所？"

于杰咬牙，跛着腿站起来，向前走了两步："谁说我不够资格，难道你们天生就够资格？"

孟危双拳一磕："不怕死就过来。"

于杰刚要往上冲，陈湛北快步过来，一把扣住他的肩膀："你受伤了，再打下去也没有意义，不如以后多加训练，有些事靠的是天分，你没必要拼命。"

"北哥，谢谢你，我要证明自己不是弱者。"

"如果今天被打趴下进了医院，你才是真正的弱者，别逞强。"

孟危眼睛一挑："哟，看不过去了？训练就要有训练的样子，此时不刻苦，战场上丢性命，这道理你应该懂。"

这些人明显故意刁难几个资质稍差一些的，陈湛北并不爱管这事，他们爱怎么打就怎么打，但是于杰，他总是想多照顾他一些，可能阿杰这个名字，在他心里成为一个符号，那是他在金三角唯一的兄弟，救过他命的兄弟，却也因为他而丢了性命的兄弟。

"自己是个弱者，还爱出风头。怎么，上头有人就想在缉毒大队说了算？"

“欺负新兵，有意思吗？”

平日里陈湛北不爱说话，也不怎么跟人交流，两人自打第一天发生过摩擦后，孟危基本拿他当空气，却不想陈湛北这话一说出口，语气里的轻蔑让他霎时怒气上涌。

“我就欺负他了。你想给他出头，我成全你。”

孟危话落，拳头已经砸过来，拳风凛冽袭来，陈湛北推开于杰，身形一侧，躲开孟危的攻击。

孟危一击不中，便快速用左拳由下至上冲向他，陈湛北五指握爪猛地钳住他的手腕，借力一扭，孟危被这钳子一般的手抓得手腕刺骨的疼。

他的眼神变得更加狠戾，重拳挥来……

众人看出孟危是真怒了，可不对劲的是，陈湛北上一次被三个新兵打趴下，此时却让孟危落了下乘。

十几个回合，孟危明显不敌陈湛北。

“上！”孟危向后面的人喊话。

没人敢动，却也跃跃欲试，见洪飞出现还点了点头，得到指令，冲上来三个人。

陈湛北冷笑一声：“要不要再来两个？”

陈湛北不跟他们继续玩下去，一对四，他长腿踢出去，一脚把人撂趴下，拳拳到肉，每一拳都不落空，感觉到后方有人袭击，一个回旋踢，“砰”的一声，人被踢出去，倒在地上一时爬不起来。

所有人都屏息着，场上除了打斗声，其他什么声音都没有。

孟危冲上来，他的格斗技巧最高，擒拿手也利落，可惜这些对陈湛北没什么用，他在金三角，战过最猛的雇佣兵团。孟危拿不住他，而且还被他反擒拿，狠狠按在地上。

众人倒抽一口冷气，谁说陈湛北是弱者？本以为他是青铜，谁想到，人家是王者……

陈湛北松开手，看着趴在地上的四个人，他勾着薄唇，玩味地看着孟危因羞辱而露出的凶光：“啧，你是比阿杰强一点儿。”

陈湛北一出手，震惊了所有人，自然也包括副队长洪飞，陈湛北的身手不单单是特种兵的作战手法，还有许多出其不意的手段，包括那个漂亮的反擒拿，洪飞从警校到缉毒大队多年，从未见过。

于杰见陈湛北赢了，还赢得如此漂亮，简直不敢相信自己的眼睛，他咧嘴直笑，扯到嘴角的伤处，疼得直抽气。

孟危第一次当着众兄弟跟前折了面子，陈湛北还拿他跟菜鸟于杰比较，这是对他最大的侮辱。身后有人过来要扶他，被他怒气冲天地甩开。

孟危当然不服：“再来，这次是我大意。”

陈湛北没理他的挑衅，压根儿不想跟他继续下去，目光盯向身后的洪飞，洪飞沉着脸：“孟危，带着你组的人回去加练二十组，练不完不许吃饭。”

这是惩罚他，孟危刚开口：“洪队……”

“别废话，练不完觉都别想睡。”

陈湛北唇角轻挑了下，笑意不深，孟飞折了面子又被惩罚，盛气值爆满，他不信自己会输，甚至输得这么惨：“别得意得太早。”

陈湛北压根儿没瞧他，对于杰说：“去医务室看看，身体是本钱，以后有的是证明自己的机会。”

于杰点头：“谢谢北哥。”

不是所有人都跟孟危一样，有些早看不惯他的人，今日终于由陈湛北替大家出了口气。孟危刺头，逮谁戗谁，哪个新兵没被他欺负过。

不单是与孟危不对盘的人钦佩陈湛北，包括和孟危关系要好的人，也被他的身手折服，他的出手没有一点儿花架子，拳拳到肉，脚力生猛刚硬，一脚把人踢飞，可不是一般人能做到的。

洪飞让大家继续训练，跟陈湛北走到一边说话："你这些都是从特种部队学的？"

"实战来的经验。"

"参加过很多战斗？"

陈湛北应了声："嗯。"

"特种部队是快速反应部队，很多棘手的战斗都是他们冲在前面。"他笑了下，"身手不错，以后给大家分享一下经验。"

陈湛北笑笑，没说话。

于杰去医务室处理了下，拿了些药油回来擦，陈湛北见他跛着脚，抬眼看过去，于杰冲他咧嘴一笑，笑得真诚、青涩，甚至有一点儿腼腆。他的腼腆，像极了阿杰，不同的是，阿杰的枪法、身手样样上乘。

"北哥，今天的事谢谢你。"

"你下盘不稳，臂力不足，反应速度一般，你这样真碰上硬茬儿是会受伤的。孟危虽然做法不对，但他说得没错。"他不会随意夸人，好就是好，不好就是不好，指出缺点才能进步，只不过孟危的做法容易产生负面效应，他也是从新兵过来的，不是每个新兵的心理素质都经受得住打击，有些人明明资质不错，却因心理素质较弱而退出一线。

于杰对孟危一点儿好感都没有，上次是孟危把他推出来跟陈湛北动手，却没想到北哥是如此气度不凡。于杰有些不好意思地说：“北哥，你能当我师父吗？”

“我没闲心收徒弟，自己好好练练，洪队教的你掌握好就可以，以后有不懂的可以问我。”

于杰被拒绝后有些失落，他真的佩服陈湛北，他到底是什么人，即使如他们所说是空降，他也有资格，绝对有资格。

南絮跟作战小组一起开了个小会，要谈的事情谈完，大家闲扯聊些别的，她看着时间，收到陈湛北的信息说人已经到门口，她回信息后，抬头问大家：“没事了吧，没事我先撤了。”

“南絮，你也不说把男朋友给兄弟们介绍介绍，我们也得看看是哪路神仙居然收了咱们的霸王花。”

南絮合上电脑，收整资料：“以后肯定有机会。”

“别啊，择日不如撞日。”周凯睨了一眼不说话的郑磊，“是不，郑大队长？”

“下次吧，我们约好晚上去我爸那儿吃饭。下次，下次我请兄弟们。”手机嗡了一下，她拿起，笑着回信息。

南絮回完信息，把资料放到笔记本电脑上，眼底蕴着甜甜的笑：“我先走啦。”

郑磊和周凯认识南絮多年，从没看到她流露出如此甜蜜的气息，果然，恋爱的女人就是不一样，爱情的力量啊。

门刚关上，周凯用手肘撞了下郑磊：“请你喝酒去。”

“不去。”

郑磊知道南絮有男朋友，心情着实低落，相处那么些年，愣是没发现自己对她的喜欢。当他喜欢上了她，她也没反应，想要表白时，人家已经有了男朋友，他能怎么样，只能像往常一样，当兄弟。

南絮回到自己办公室，把资料收好，拿过长款外套和围巾，一边穿衣一边往外走，碰到熟人便打个招呼，那人还打趣她，男朋友真好，早送晚接。

南絮最近没怎么开车上下班了，陈湛北刚到缉毒大队，好像挺轻松的样子，缉毒大队的作训不像特种部队那样繁重，但也没有这么轻松吧。

她快步往外走，在门口碰到郑磊他们的车从她身边经过，落下车窗跟她说话。

陈湛北看到南絮站在门口跟人说着些什么，她的目光转向这边，应该是提到了他吧，他看过去，那边的车窗落下，坐在副驾驶上的就是那天的男人。

大概两分钟后，南絮跑到他车边开门上车，陈湛北开口："说你几次，外套穿好再下来，你看看你扣子都没系，不冷？"

"甭说我，你看看你，你穿的这叫什么？"南絮手捏着他身上单薄的棉质衬衫，"你穿这一层，外面就一个夹克，连外套都没有，我说你，你听了吗？"

"我火力旺盛，身体倍儿好。"

南絮瞥他一眼。

"你那个同事找你干什么？"

"兄弟们想见你，我说下次。"

"见我？我哪那么好请。"

南絮："……那是，咱骁爷可不是谁要见就能见的，得提前半年预约，还要通过层层审核。"

陈湛北哧哧笑着，想凑近亲她，南絮急忙推他："看看这是哪儿，门口到处都是摄像头，注意点形象。"

晚上去南父那儿吃饭，南父和陈湛北喝了点酒，聊了一些他刚到缉毒队的话题，他说一切顺利，南絮知道他故意这样说，也明白刚到新的环境定要慢慢磨合。

她与缉毒队的人不熟，曾经因工作接触过几次，见过那边的几个刺头，副队洪飞三十多岁，比陈湛北大几岁，说过几次话，也仅限于表面客套。

南絮也喝了点酒，南父就没让他俩回去，晚上就住在南絮的房间。

周五上午，陈湛北走进办公大楼，洪飞对他没任何要求，他也没有任何束缚，想做什么随他自己。

陈湛北有种被组织放养的感觉，不过也挺自在，在办公大楼里跟大家偶尔聊上几句，看看大家研究案件，他在旁边听听罢了，案件分析处理方法到位，他自然乐得清闲。

洪飞刚开始对陈湛北确实是"放养"，昨日身手一露，便知道这是实打实的练家子，缉毒大队暂时挑不出任何一个人能战胜他，别说一个，就是四五个人，也拿他束手无策。这样的人，训什么练，他只有指导人的份。

于杰上来说大家在训练，想让他给点意见。陈湛北并不想给意见，因为越权了。可于杰说得唾沫横飞，看着他那样，陈湛北便起身往外走，末了回身把桌上放着的书拿上。

训练场上大家训练着，陈湛北坐在椅子上看书，这画风，与众人格格不入。

孟危背着手冷哼了下，对旁边的洪飞说："洪队，他这摆的什么谱，你真不管，咱们枪林弹雨立下的功绩，可不能让他得了便宜，兄弟们只认你一个队长。"

"洪副队长，注意措辞。"洪飞纠正孟危的称呼，他在缉毒大队几年，大队长的位置空了一年多，要说他没想法，怎么可能。大家也认为，他当队长只差一纸任命书而已。只是陈湛北突然出现，一周内曾局来了两次，专门为了他，这陈湛北到底是什么人物，一点儿头绪都查不到，一点儿风声都打探不到。

作为一名缉毒队员，他对陈湛北的身手也是打心眼里佩服。

"咱们是缉毒大队，不是特种部队。他懂缉毒吗？懂毒品吗？即使是特种部队出来的，到咱们这儿，也只能从新兵做起，他这还摆上架子了。"

陈湛北摆架子，他摆了吗？洪飞让他看书，那他就看，这是任务，得执行。

食堂吃午饭，于杰几个人坐到陈湛北旁边的空位上，他们知道陈湛北根本没看他们训练，不过还是聊了些关于他们的短板，陈湛北没开口，于杰有些失落，不过北哥也确实没有义务管他们这些新兵。

渔夫打电话给他时，陈湛北刚从食堂出来。

"一周了，怎么样？"

陈湛北笑："你知道的，特别轻松。"

“哟？不像你。”

“七年，每一刻都绷着神经，终于可以放松下来，踏实睡个安稳觉，你还不让我偷得浮生半日闲？”

渔夫眼里蕴着深深的笑意：“你呀，行，想怎么放松就怎么放松。”

“你说我这么偷闲下去，会不会被踢出缉毒大队？”陈湛北开着玩笑，语气轻松。

“你这是吃准了我给你撑腰。”

“老杨，你还真说对了，有你这么大的靠山，我怕什么。”他笑了笑，“这帮刺头还挺有意思，每天都给我找点乐子让我开心。”当卧底时，他耗尽心思斡旋于毒窝，脑子里全是算计和对策。现在呢，脑子都不用转，因为他们不是敌人，即使他们对他有敌意，也是他的战友，他心里是轻松的，无须防备身后的冷枪，他是真的轻松，真的自在，没有一点儿虚假成分。

“这么多年，也让我体会体会不带脑子出门是什么感觉，贼爽。”

渔夫知道他累了多年，可以放松一段时间，适应新的环境，跟队员慢慢磨合。

“轻松可以，但别放任，该收拾的得收拾，治刺头最好的方法，是让他们服你。”

“别跟我说真让我坐那位置，那位置就是枪靶子，准被打成筛子。”

“你想坐，也得看本事，队长的位置靠的可不是勋章。”

“我可没兴趣。”陈湛北架着长腿，坐在大队院落一角的石阶上。

“好啊，那你可别立功、别破案、别抓毒贩。”

陈湛北“扑哧”一声乐了出来：“这可是你说的，那我就继续清闲喽，周末去你家，我想吃杨婶做的红烧鱼。”

“带南絮一起过来。”渔夫说。

“当然，你可是我俩的大媒人。”

陈湛北挂断电话后晒了会儿太阳，阳光真好，不过南南说，冬日的山顶太冷，等过了年再去爬山晒太阳，他还挺期待的。

训练场上正在进行着训练，陈湛北依旧看书，有人经过。

一共来了两个女人一个男人，不知道什么事，其中一个女孩子问旁边的人：“听说孟危被人收拾了，还一打四，哪个人啊，太厉害了。”

旁边人扬了扬下巴：“就那位，陈湛北。”

女孩子看过去，椅子上的男人穿着作训服，却捧着一本书，他低着脑袋，看不清面容。“真这么厉害？我不信。”

另一个女孩说：“我也不信，说不定是假消息，这么快传出去，一打四，还是孟危亲自出手，有这么神？”

那女孩挑了挑眉，走向陈湛北：“听说你昨天打赢了孟危。”

陈湛北轻抬眼皮，淡淡道：“听谁说的找谁去。”

女孩被猛地戗了一句，脸颊有些挂不住面儿：“跟你好好说话，傲慢什么？”

陈湛北依旧垂眸，女孩被赤裸裸地无视，直接撸起袖子：“我要挑战你。”

她的声音不大，却格外清脆，旁边的人都听得到，大家哄堂大笑，陈湛北从鼻子里轻哼出来一丝冷笑，头都没抬，压根儿不想理人。

“敢不敢应战？”

陈湛北喊话道：“洪副队长，麻烦过来一下。”

洪飞正在跟队员说话，听到有人喊自己，抬头看过去，见黄怡欣已经动手，攻击的却是陈湛北。而陈湛北坐在椅子上，躲了几下后，直接扣住黄怡欣的胳膊把人扔了出去。

黄怡欣被他直接甩出去摔在地上，她愤懑地爬起来。洪飞快步跑过来：“黄怡欣，你干什么？”

黄怡欣小脸气得一阵白一阵红：“我跟他好好说话，他什么态度。”

陈湛北面露不悦：“洪副队长，麻烦你找个人来陪小孩子玩，我没这闲心和耐心。”

黄怡欣愤恨跺脚：“陈湛北是吧，你等着。”

陈湛北嗤笑了下：“幼稚。”

洪飞看着黄怡欣气愤离开，无奈地摇了摇头：“黄副局长的女儿，除了娇蛮了点，平时性格还挺好，不过咱们尽量别惹她。”

陈湛北一听，眸光微挑。

晚上他接南絮下班，跟她说明日去渔夫家吃饭，南絮说可以，吃完饭去接时雨。

周六中午，陈湛北开车载着南絮去渔夫家，他们私下里就叫对方杨叔杨婶，老杨有个儿子，在部队，很少回来，所以家里只有他们夫妻两人。

杨婶见过陈湛北几次，听老杨也提过几次，对这孩子十分喜欢，这次带着女朋友过来，她很开心，在厨房里忙碌着煮菜，南絮也想多学几样，她和陈湛北平日里都是糊弄着吃饭，她准备多学几样，让杨婶教她。

厨房里两人一个打下手学习，一个煮菜，有说有笑。

外面渔夫跟陈湛北坐在客厅里聊天、喝茶。

“你跟藺闻修有联络吗？”

“回来后联络过一次，其实他身边有很多情报，可惜我们没了这个机会。”

“他的身份对我们已经不是秘密，我们不可能派人去他身边，不合规章。”渔夫叹息一声，“虽然捣毁了几个大毒枭，但毒品一直不断，你走后派去的人搜集不到大的情报。”

“情报工作任重道远，想要打进内部太难，渔夫，我很抱歉，不是出了意外，我也许能一直坚守，替你在前线做眼睛。”

渔夫摇头：“七年，你付出的够多了。”

“我一直认为，藺闻修是个很好的突破口，他的情报源非常广，如果能跟他合作……”

陈湛北话未落，渔夫便摇头：“算了，不提这个了，让你们来也不是谈工作的，你好不容易从那边退出来，就别再花心思，好好休息。”

吃饭的时候，杨婶说：“湛北，你可找了个好女朋友，这几道菜，除了鱼，都是南南亲手做的。”

南絮也有些不好意思：“如果不好吃，杨叔，你就少吃点，晚上让杨婶给你来顿夜宵。”

陈湛北知道南絮不怎么会煮菜，他知道她的心思，以前她也提过，想要多学一些，省得他们俩经常订外卖。陈湛北舀了一勺羊肉冬瓜汤，喝了一大口，南絮盯着他的表情看，其实她尝过，觉得还可以，因为杨婶在旁边指导，该放的料一样没少，不过她还是期待陈湛北给出的答案，陈湛北没说话，喝了一小碗，又舀了一碗，全部吃光。

陈湛北每一道菜都没少吃，直到南絮按住他的手："行了，你不撑吗？"

"好吃，撑也想吃。"

杨婶看着这两人的眉目之色，感情是真的要好："南南，以后你俩常过来，想吃什么想学什么，我教你。"

陈湛北摸着撑到了的胃："杨婶，别教了，我可不想以后还得减肥。"

他小声对南絮说："你不会做饭，也不耽搁我喜欢你。"

南絮瞪他："谁说我做饭是为了这个。"

"就知道嘴硬，口是心非。"

南絮在桌子下面踢他一脚："闭嘴。"

饭后，杨婶和南絮收拾厨房，渔夫在楼上打电话，陈湛北到门口转悠，院子里养了一只泰迪，个头小小的，倒挺厉害，看到他就汪汪大叫。

陈湛北走过去："再叫就煮了你。"

"汪汪……汪汪汪……"别看泰迪个头小，士气却不小，蹦跶着要往他面前冲。

"先煮汤，再红烧。"陈湛北唬小动物就用这招，天天吓唬金刚，金刚都习惯了，现在根本不怕他。

小院门口有个女孩子站在那儿，冷笑道："野蛮人，没礼貌，虐待小动物。"

陈湛北一抬头，呵，这不是那个叫……什么欣的。

“怎么，这就想给我安个罪名？”

“目中无人，嚣张跋扈。”

陈湛北眉峰一挑，突然笑了出来，他上前几步站在院门边，手肘搭在木质的小门上，姿态悠闲：“唉，花拳绣腿不是你的错，拿出来秀就是你的问题。小娃娃，还是回家玩泥巴去吧。”

黄怡欣指着他：“你……你……你才小娃娃，你才玩泥巴，你才花拳绣腿！”说完气得拖着哈士奇走了。

陈湛北回头，南絮正倚着门框，抱怀看着他。

他走过去，倚着外门框跟南絮面对面，南絮挑眉：“跟谁玩泥巴？”

陈湛北低低笑着，瞟向里面见没人，快速在她唇上啄了一口。

“瞎撩人家小姑娘，翅膀硬了是吧？”南絮推开他，“你知道她是谁吗？”

“你认识？”

“何止认识，还没少往我那儿跑，非要让我收她做徒弟。”

陈湛北眉峰一挑，笑得贼坏：“收了，可劲儿虐待她。”

“你咋那么坏呢。”南絮抬手揪着他耳朵，“你是想见人家小姑娘吧。”

“亲媳妇，我眼里除了我妈和你，就没一个女的。”

“这还差不多。”南絮知道他什么性格，估计是黄怡欣先惹了他。她揪着他耳朵的手渐渐变成揉捏：“唉，你耳垂手感还挺好，肉肉的。”

“那多捏会儿，贼舒服。”陈湛北头一歪，直接倚向她。南絮突然指尖下重力，陈湛北嘶的一声抽着气："你就不能温柔点？"

"这叫以彼之道还施彼身，跟你学的。"

从渔夫家出来，南絮开着车，去接时雨。

十字路口红灯，南絮停下车问他："你以前真的因为我跟渔夫吵过好几次？"

吃饭时，渔夫提起以前，说因为他把南絮送回去，陈湛北没少跟他在电话里发飙，这么多年，从来没有过的事。

陈湛北看着窗外，天灰蒙蒙的，他微微蹙眉："见不得你冒险。"

"你从什么时候开始喜欢我的？"她从没问过，她喜欢他，所以甘愿与他一起共赴前线。

陈湛北的目光从窗外收回，剑眉轻挑逗她："第一次见你，信吗？"

"不信。"他当时的身份隐秘，感情是大忌，他又是那么冷静理智的人，何况，她从不信一见钟情。

陈湛北伸手过来，在她脸颊上捏了一把："我就喜欢你这聪明劲。"

他们都是聪明人，知道彼此要的是什么，感情从不矫情，喜欢就是喜欢，我想和你在一起便无须隐藏，身体力行让对方知道，我有多喜欢你。

南絮不知道自己喜欢他到什么程度，她只知道一点，如果他没回来，她这辈子都会活在过去，活在有他的那段记忆里，直到生命终结。

她并不是一个以感情为主的人，这东西对她来说可有可无，或是一切随缘，但自从遇到他，她甘愿扑向烈火，与他一起，即使付出生命。

到了领养时雨的吴家，吴家嫂子正给时雨找衣服。

两人进门，时雨看到陈湛北，黑黑的眸子盯着他，盯了好久。

南絮介绍大家认识，陈湛北走进来，迎着时雨的目光，他勾着唇角对她说："看来是没忘了我。"

时雨沉默半晌，开口道："你回来了，真好。"

她说出这句话，所有人都怔住了，即使听不出孩子话语中的喜悦，但"真好"两个字，也表露出她对他的出现发自内心的感叹。

时雨没再说话，除了偶尔点头，或是应一声，几乎不发出任何声音，出来后也是默默低着头坐进车里。

南絮在前面开车，陈湛北坐进后座，他侧着身子屈膝将腿搭在后座上，看着对面极其安静的时雨。

时雨太安静了，她看似平静，实则周身架着厚厚的保护罩，把自己罩在里面，谁也走不进去。

陈湛北烦躁地划拉着兜里的烟，抽出一根叼在嘴上，末了又塞回烟盒里。

他盯着窗外，天色越来越暗，灰灰的低低的暗，南絮从后视镜里看他，开口道："可能要下雪了，明天我们带时雨去室内游乐场玩。小雨，我们一会儿是看电影，还是去看漫画展？"

时雨说了俩字："不去。"

"那……跟我们回家找金刚玩好吗？"

"嗯。"

南絮每次接时雨出来，她都发现这孩子宁可待在她家里，对外面的世界毫无兴趣，她也束手无策。

她开车先去超市，抬手把时雨扣在臂弯下：“我们买点吃的和水果，晚上在家煮火锅吃。”

时雨还是没说话，南絮转头看了眼陈湛北，无奈地耸了耸肩。

装了满满一购物车的零食、水果和食材，陈湛北推着车，南絮在跟江离通电话。

江离从外地回来了，约他们明晚吃饭。原本早就约好要见面的，后来江离因为工作上的事临时出差，这事也就搁置了下来。

南絮说改天吧，因为接了时雨过来，要陪孩子玩。

等她挂了电话，陈湛北说：“这个你提过无数次的江离，我还真想见见他。”南絮口中，除了她爸，提的最多的男人，就是江离。

南絮睨了他一眼，眼神示意他：你那小心思我看得透透的。

陈湛北对江离有些好奇，他是南絮的生死搭档，两人一起执行任务，出生入死，南絮也提过，她被抓后，江离去救过她，可惜没成功。

从超市出来，外面已经下起小雨，估计夜里会转成雪。

“小雨，你喜欢雪吗？”

时雨垂眸，摇了摇头。

回到家，时雨坐在窗边的椅子上，金刚在栖杠上来回踱步，一人一鸟互盯着看，南絮洗了水果给时雨，她接过只是拿在手里，目光还是盯着金刚。

南絮去换衣服，出来时见金刚落在时雨的腿上，尖尖的嘴巴猛劲啄着果肉，汁水溅得她手背上都是，时雨也不躲，还稳稳端着让金刚吃。

南絮要开口，被陈湛北拦下，他把她拽进厨房："孩子有自己的世界，她对人排斥，却对小动物不排斥，可能是因为小动物给她带来了安全感，而人却不能。"

"你的意思，给小雨养个宠物？或是把金刚送给小雨？"

"金刚不能送，那是我儿子。"陈湛北拍了她脑袋一下，"可以再买一只鹦鹉。"

南絮点头："明天你去弄一只，如果她喜欢就让她带回去。"

晚上吃火锅的时候，外面的雨已经变成了雪，大片大片落下，天气越来越冷，南絮把空调开大一些，给时雨披件薄衫。

陈湛北没带过孩子，何况还是一个内心布满阴影的自闭小女孩。

他用公筷夹菜给她，时雨闷着头吃东西，就是不说话。

吃完饭，时雨依旧坐在窗边望着夜色里浓密的雪花，南絮问陈湛北："如果带她出去玩雪，会不会开心一些？"

陈湛北薄唇不经意地紧抿了下，然后很快便露出一抹笑："那就带她下去。"

南絮跟时雨说："下楼去踩雪玩，宁海地区雪很少，偶尔一场大雪，也很新奇。"

她给时雨穿上厚外套，一转头："哟，骁爷还知道天气冷，穿厚外套了。"平日里他就一件薄外套，现在却穿上最厚的那件半长款呢子大衣，这种款式的外套太考验男人的身材和身高了，好在陈湛北够高，宽肩窄腰大长腿，效果完全不输 T 台模特。

陈湛北把围巾系在她脖子上："走吧。"

今年这场雪格外厚，地面铺满一片白茫，南絮拉着时雨走在前面，她踩着雪发出咯吱咯吱的响声，时雨迈着步子跟在她身侧，始终垂着头。

后来时雨站在一处，默默地盯着夜色里的雪良久，南絮望着她空洞的眼神，心里特别疼，她把时雨半揽进怀里，时雨周身绷得紧紧的。

“小雨，在想什么，可以跟我聊聊吗？”

时雨的小手揣在外套兜里捏得紧紧的，过了好一会儿，她才说：“什么也没想。”

没人能走进这孩子的心里，连她也不能。南絮轻叹一声，回头看过去，陈湛北站在雪夜里，雪花飘落在他肩上，铺了薄薄一层，他抬头望着天空。

东南亚热带雨林气候，温度偏高，他这七年，没见过雪吧。

南絮走到他身边，抬起手臂，轻轻替他掸去落在肩上的雪花：“想什么呢？怔怔出神的样子。”

“吃得太撑，懒得动。”

南絮弯腰攥了把冰冷的雪，捏成一个雪团：“你有点不开心我看得出来，是不是因为小雨的爸爸？别自责，你不是神，你有血有肉，会受伤会心痛，湛北，你已经做得够好了。”

陈湛北笑了下，从兜里拿出手，把她脖子上散开的围巾重新掖好：“去陪小雨吧。”

夜里，南絮翻了个身，手伸过去落了个空，迷糊糊地睁开眼睛，旁边没人。陈湛北去哪儿了？

她轻轻起身出来，见洗手间的门缝里透出一些光亮。

她笑了下，不会是吃坏肚子了吧，这么半天都没出来。南絮回到卧室，重新睡下。

陈湛北毫无睡意，从洗手间出来后，他坐在窗边抽烟，一根接一根，金刚睁着黑豆般的眼歪着脑袋看他。

男人苍白的脸上，唇角轻勾了下。

天空已经泛起白肚，他隐约听到声音，起身走过去，另一间卧室里有隐隐的哭声。他抬手轻轻敲了下门："小雨，可以开门吗？"

里面没有声音，陈湛北也没走，过了会儿，传来轻微的脚步声，门被打开，时雨站在门里，眼底有泪痕。

陈湛北没进去，只是倚着门框："我觉得，我们可以聊聊。"

"不想聊。"

"每个人心底都有秘密，你想听我的秘密吗？"

陈湛北走了进来，在窗边的椅子上坐下，时雨坐在床边，屋子里没有开灯，只有透过薄纱帘映着窗外的一片白茫。

"小雨，叔叔跟你说声'对不起'。"

时雨没说话，只是定定地看着他。

"因为我没能把你爸爸救出来，对不起。"他的声音很低，在寂静的夜晚格外低沉，像闷雷一般嗡嗡地打在人心里。

时雨眼眶里的泪再次蕴了出来："爸爸是因为救我，我都懂，如果不是因为我，他不会死。"

这也许是时雨这几年说得最多的一次话，陈湛北知道，这孩子有心结，心结打不开，谁也帮不了她。

"你在自责？"

"爸爸给了我生命，又用生命救下我，我会活着，不会去死。"

陈湛北欣慰地点点头："你要活着，还要活得精彩，才不枉费你爸爸用命救下你。”

次日，他们带着时雨去室内游乐场，时雨虽然兴致缺缺，但跟他们偶尔会说上一句话，不像之前问什么应什么，不问就不吭声。

陈湛北告诉南絮时雨夜里哭的事，她提起被抓之前，她和爸爸约好去滑雪，结果没滑成。

从游乐场出来，陈湛北去鸟市，找了只与金刚外形十分相似，通体雪白，只有冠子上有一点儿嫩黄色羽毛的鹦鹉。

送时雨回去的时候，南絮说这只鹦鹉是送给她的，时雨说自己在家里已经给养父母添麻烦了，她不能再养小宠物。

南絮只好把鹦鹉又带回来。

回到家，陈湛北拎着笼子上楼，开了门他就把鹦鹉递到金刚面前："给你找了个媳妇。"

金刚看着面前通体雪白的同类，跟自己几乎一模一样，黑豆的眼睛突然惊恐一片，扑棱着翅膀。

陈湛北没好眼色地瞪向金刚："这是你媳妇，叫什么好呢？南南，起个名字？"

南絮出来，站在门口说："叫小乖吧，它看起来很乖又很温柔。"

陈湛北对金刚说："这是你媳妇，叫小乖，好好对媳妇，听到没。"

陈湛北打开笼子把小乖放到一边的栖杠上，小乖刚到新家，有些不适应，特别是旁边还有一只看起来很狂躁的同类。

夜里，两人已经睡下，不知道几点，客厅里传来鹦鹉的吼叫和扑棱声，两人都听到了，南絮急忙起身出来，客厅灯亮起来，地上一片狼藉，小乖被金刚按到身下，羽毛飞得哪儿都是。

南絮急忙吼道：“金刚，你干什么？！”

小乖被吓坏了，翅膀扑棱着，发出刺耳的尖叫声。

金刚不喜欢小乖，很明显，南絮只好把金刚关进笼子里，它却用那尖尖的嘴巴猛啄笼子，抗议地直叫。

它啄笼子的声音快而强烈，听得让人烦躁，陈湛北打开笼子，一巴掌拍过去：“你给我老实点。”

金刚吓得扑棱着翅膀躲在里面，发出尖锐的叫声，陈湛北咬牙道：“再折腾，毛都给你拔了。”

金刚不再吭声，陈湛北关上笼子，帮南絮收拾满地狼藉。

南絮无奈：“金刚不会是吃醋了吧，它担心地位不保，我们不喜欢它？”

“这货还有那心眼？”虽然金刚很聪明，那脑子也不至于想到这么多，“给它找媳妇，它还不满意？”

“动物都有灵性，比如小狗小猫都会对新朋友充满敌意。”

“麻烦。”陈湛北瞪了一眼金刚，伸手顺了顺小乖已经不那么顺滑的羽毛。看着陈湛北温柔地轻抚着小乖的模样，南絮伸手环上他的腰：“你也有这么温柔的时候？”

“南南吃醋了？”陈湛北回手揽着她的背，一下一下地轻轻摩挲着，“我对你什么时候不温柔。”

“没温柔过，粗暴。”她抿着唇笑，眼底闪烁着明亮的光。

“是吗？”陈湛北挑眉。

南絮推开他：“三点半了，快点洗洗手睡觉。”

洗完手上床，南絮靠在陈湛北怀里，身心都是愉悦的幸福感，真好。有他在身边时，她永远不会再做可怕的梦，梦里的他，也永远意气风发、凛然卓越。

昨天晚上的雨夜里变成了雪，今日阴了一天，雪渐渐融成泥泞的水，夜里又结成薄薄的冰。陈湛北抱着怀里已经入睡的南絮，他紧锁眉头，缓着呼吸，强迫自己入睡。

缉毒大队有案子，陈湛北到大队时洪飞已经带队出发。他问了留下的队员，不是什么大案，他就坐在窗边，阳光不强，但透过玻璃窗照进来，渐渐也暖了身子。

陈湛北就这样晒着太阳，他想把所有的阳光都晒进身体里，他需要这样的暖意，强烈地需要，像缺水的鱼。

黄怡欣来到缉毒大队看到这一幕，窗边的人闭着眼睛，仰头迎着阳光，光洒在他身上散出一层光晕把他笼罩住，他即使闭着眼，周身也散发出桀骜的凛然。

“怡欣今天怎么过来了？”有人进来，看到她站在门口便开口问她。

“哦，我来送文件给洪副队长，他人呢？”

“办案去了，如果不是机密文件可以给我。”

“那好，麻烦你亲手交给他。”

黄怡欣余光瞟向陈湛北，他全程闭着眼，在他们说话时，他只是轻轻转动了下椅子，整张脸都迎向阳光。

“北哥，睡着了？”那人进来，小声问了句。

“晒太阳呢。”他应声。

“今天出队，走得早，你还没来就没通知你，洪队说了看到你让我跟你说一声。”虽然陈湛北在缉毒大队暂时没有任何职位，但来这里的目的已经不言而喻，洪飞担心他心里不舒服，走时特意交代人传话。

“没事。”小案子他不感兴趣。

那人见陈湛北没有不满，便去做自己的事了。

下午洪飞带着队员回队里，简短地跟他提了案件，他知道洪飞怕他多心，他说没关系，自己现在是学习阶段，不过以后有机会希望还是能带上他。

陈湛北平日里看书，翻翻案宗，查查近年来发生的大案，对宁海市的情况多少了解了一些。

周四傍晚，警报拉响，队员集结，洪飞讲话，有线人提供情报，淮阳路某迪厅夜晚有交易，然后拿过几张相片，给大家看。

陈湛北听到警报时，大家已经准备就绪，洪飞看到他，咂舌道：“不是什么大案件，就一间迪厅里有人贩毒，咱们不需要全员出动，我们马上出发，你下次再跟吧。”

陈湛北如果没赶上就无所谓，赶上了，自然想去瞧上一瞧：“大案也需小案积累经验，对吧，洪副队长。”

洪飞想了想：“好吧，你跟二组一起，有事别往上冲。”

陈湛北上车，于杰招手：“北哥，你坐这儿。”

陈湛北在于杰旁边坐下。他没武器，穿着便装，大家说着案子，陈湛北听着便知晓了案子的情况。

他发信息给南絮：“晚些回去，你自己吃饭，别等我。”

南絮很快回信息：“加班？”

陈湛北：“嗯。”

即将到达淮阳路时，陈湛北在等红灯时开门下车，走到另一辆车旁，抬手敲了敲车门，车窗落下，洪飞的脸露出来：“什么事？”

“我先进去探探底，好接应你们。”

“里面有人。”

“不放心，我过去看看，我这身衣服没人认得出。”

洪飞从腰间拿出枪给他，陈湛北摇头：“那地方有电子检测，这东西过不去吧。”

洪飞怔了下，也对，忘了这茬儿了。他收回枪：“小心行事，有事打电话。”

陈湛北刚要走，洪飞叫于杰换下衣服跟着陈湛北一起过去，虽然陈湛北身手了得，但也以防万一，有人跟着方便行事，别刚来人就出事，他可不好跟曾局交代。

陈湛北知道洪飞是缉毒好手，却不果断，太过于瞻前顾后。

陈湛北和于杰打车离开。孟危咂着舌：“啧，还去过迪厅，知道那地方有监测，军区也不管管自己手下的兵吗？”

“你没去过？”洪飞冷声开口。

“去过，没少去，这不，一会儿就到。”孟危嬉笑着，大家也跟着哄笑。

陈湛北和于杰到了之后，进去找位置坐下，迪厅此时人不算多，夜间才是高峰。

他倚着吧台，点了杯麦卡伦，于杰说跟他一样。

于杰小声跟他说：“北哥，虽然你身手好，但一会儿千万别往上冲，那些人手里都拿武器的。”

“嗯。”他目光有意似无意地在场中搜索，酒保把酒倒上推过来，于杰抿了一口，辛辣从舌尖蔓延开来，他差一点呛着。

陈湛北端起来喝了一口，酒刚进嘴里，就吐了出来："这什么东西。"

"太辣了。"于杰以为他是被呛到。

陈湛北把酒杯往吧台上一撂，小声说："假酒。"

"假酒？我不懂。"

"几百块钱一杯，给我整这玩意儿，这迪厅够黑的。"

"这么贵？"于杰瞠目结舌，他以为就几十块钱一杯的酒，没想到几百块，看来北哥是品酒高手。

陈湛北没说话，盯着场子门口，直到夜里十点多，进来一拨人，一共八个，他们与旁人无异，像是来玩的，但陈湛北一眼就看出了他们的不同。

"为什么是他们？"于杰小声问他。

"你在缉毒队多久了？"

"半年。"

"学到了什么？"

"认识不同的毒品。"

"无论做什么行业，识人才是第一步。"他手里夹着烟，目光盯着那几个人往里面走。

"他们也没背包啊。"

"你以为毒品都是用背包装的，这里都是些流窜的小毒贩罢了，手里能有多少东西，都是论克卖的。即使是克，也是害人的东西，碰不得，碰上一辈子就毁了。"

"北哥，你知道这么多？我以为你不懂毒品。"

陈湛北“扑哧”一乐，逗他道：“我不是看了几天的书吗？学的。”

他通知洪飞，示意从外面包围迪厅，前后门都有人把守，缉毒队员冲进来，举枪让大家蹲下，搜出毒品，把人铐了出来。陈湛北站在外面抽烟，盯着那几个人，抓的人数是对的，但与之前进来的人有不符的。

缉毒队员押着毒贩上车，洪飞留下几名队员疏散人群，叫其他人收队。

陈湛北站在车旁，看着已经做过记录被疏散的人群，中间有三四个男人，很奇怪，不，准确地说，他们的神色很奇怪。

突然，其中一个人胸前的花纹图案让他瞬间记起，这人便是之前那八个人当中的一个。他慢慢踱着步走过去，但那人明显做贼心虚，看到有缉毒的人向这边走来，瞬间慌乱。

他撒腿就跑，陈湛北拔腿直追，人群惊慌，场面混乱不堪。

陈湛北追过去，于杰也跟上，瞬间动起手来，这时有人冲过来，亮出武器，直刺向一个穿着黄色棉服的女孩子，陈湛北一把揪着女孩子后领子把人甩到后面：“这个时候来添什么乱。”

黄怡欣愤愤不平道：“我也是警察。”

洪飞和其他队员冲上来跟陈湛北一起抓人，十几名缉毒队员，却让人跑了一个，洪飞带人去追，陈湛北也跟上，那人跑进胡同，陈湛北示意洪飞别追了。

洪飞追了出去也没追上，就这么让人给跑了。

回队后，洪飞审讯，跑了的那个人却没审出来是谁。后半夜，叫上队员开会，总结今天的案情。

毒品量虽不多，却已经够给那几人判几年的，洪飞把毒品扔到案桌上：“跑了一个，大家写总结检讨吧。”

他说完，看向陈湛北，他觉得陈湛北没放出实力，以他那日的身手，不至于抓不到人：“你为什么放人走？”

“洪副队长为什么笃定我是故意放人？”

“以你的能力，我不相信那人能轻易逃走。”

“多谢洪副队长抬举。”

“你是故意放他走的。”洪飞的判断不会出错，陈湛北抓那人的时候没有尽力。

“现在不是追责的时候，调出现场监控把人找出来。”

黄怡欣是技术队的人，今晚也出现在案发现场。她进入监控系统调出画面，那人上了一辆面包车，车牌被遮挡，确实是有备而来，有人接应。

洪飞让人排查可疑车辆，陈湛北坐在窗边的椅子上，悠闲地抽着烟。

此时已经是夜里一点半，南絮发信息给他：“有案子？”

陈湛北：“嗯，在调监控。”

南絮：“需要帮忙吗？”

陈湛北发了一个笑脸：“早些睡吧。”

半个小时后，终于排查到那辆车，那人已经出了宁海，往林山方向行驶，按照这个方位，他猜到那人极有可能去哪里。

缉毒大队通知交通队在路上拦截，他们开车过去。

陈湛北跟他说：“别急着拦截，看他去哪儿。”

洪飞看得出陈湛北是在下圈套，可是他并不认同他的做法：“抓到人我们可以审，为什么放他走？”

“你抓来的那几个够你审的。”

“那这个为什么特殊？”

“他后颈的文身。”

洪飞诧异地看着陈湛北。孟危冷哼一声：“别以为自己看了几天案宗，就装起腔调。”

陈湛北抽了口烟：“有事打电话，你们小心行事，最好通知云省缉毒队，逃犯已经逃出画面，找他们打配合吧。”

洪飞带着手下按路线追出去，陈湛北拿起外套要走，黄怡欣叫住他：“你凭一个文身就确定那人有问题？文身的人多了，有人就爱张扬，文些特殊图案唬人。”

“嗯。”

黄怡欣一愣，他居然没反驳她？奇怪。

陈湛北披上外套径直下楼，如果他没看错，那人的文身是双头蛇，是赛拉最喜欢的标志，凶狠、嗜血、残暴。

洪飞正赶往林山方向，孟危跷着二郎腿：“洪队，这个陈湛北什么情况？装模作样地放走了人，还让我们费力去追，这事得好好跟曾局打报告，耗费人力物力，尽做些无用功。”

“抓到人再说。”

“随便钻进山里上哪儿抓去。”

“陈湛北说让跟云省警方联络，我总觉得他今天的话只说了半句，话里有话。”

孟危冷嘲热讽道：“他话里有什么话，装腔作势呗。这事有必要跟曾局沟通一下，万一抓不到人，咱也提前报备，省得白忙活一场，还被扣上查案不利的帽子。十几个队员让毒贩跑了一个，这话传出去忒丢人，我孟危丢不起这人，咱缉毒大队更丢不起这人。”

洪飞皱眉：“你也不看看现在几点。”

“几点也是办案，我不信陈湛北故意放人走的事，曾局会袒护他。”

洪飞并不想打报告，但真的追到云省，也必须经过曾局与对方联络，他只好打电话给曾局。

简明扼要把案情讲明，又委婉地表明，陈湛北有意放人走，还让他们跟云省缉毒大队联络，他们现在只能跟踪追击。

孟危挑眉，跟旁边人小声嘀咕，幸灾乐祸地说陈湛北这次肯定要担责任。

却不想，曾局在那边说：“按他的意思去办，尽量多地参考他的意见。”

众人：“……”

第十四章
深藏不露

洪飞连夜追赶，逃犯从林山向南驶去，黄怡欣一直传来追查信息，她已经调出所有电子监控，往云省地界延伸出去，那人可能没发现有人追击，便没换乘车子，一路南下。

陈湛北回到家，已经四点多，洗漱完轻声进卧室，刚一躺下，旁边的人就靠了过来："案子办完了？"

"没有，他们正在追。"

"逃了？"南絮的睡虫霎时被驱赶。

"不出意外是逃向云省，看他们的行动力吧。"他把被子往她肩上掖了掖。

南絮头靠在他胸口，手臂环着他结实的腰际，小声说："我今天回来，金刚又欺负小乖了。"

"嗯，明个儿再收拾它。"深夜里，他的声音很低，有些轻柔的安抚，也有着逗她开怀的语调。

“轻点收拾，毕竟是亲儿子。”

“小乖也是亲的，你挑的。”

南絮轻笑了下：“睡吧，你也累了一天。”

次日陈湛北醒来时，南絮已经去上班了，他也不急，起床后先到客厅看金刚，小乖可怜兮兮地缩在角落里，金刚被南絮关进笼子里，小乖身上的羽毛好像又少了一些，估计是这货昨晚被南絮放出来后又欺负小乖了。

他拿着谷粒喂小乖，小乖有些害怕不敢上前。他把谷粒放到掌心，摊开伸向小乖，小乖挪动着爪子，几次欲上前又退了回去，金刚在笼子里乱叫，陈湛北飞过眼刀，金刚立马闭上嘴巴。

小乖好像看出有人能治得了那个狂躁的同类，终于放心大胆地过来吃食，吃了掌心上的鸟食，陈湛北又拿一些放到食盒里，给旁边的水槽添了些水。

陈湛北给小乖弄完吃的，便进了洗手间，金刚见小乖有吃的，而它没有，气得用嘴巴啄着笼子，恨不得把笼子围杆啄断。

陈湛北冲了个澡，水还没擦干就听到手机响，他披上睡袍出来。

电话是曾局打的：“昨天那伙毒贩，你怎么看？”

“等洪副队长消息吧。”他也在等消息。

“湛北，你跟我还卖关子，他们不知道，我还不知道吗？你看出什么来了？”

“没确定之前，不好多说，曾局，还是等消息吧。”

曾局虽然很想知道，但陈湛北越卖关子，他越好奇。

曾局打电话给渔夫：“老杨，你这个徒弟可跟我卖起关子了。”他把昨晚的事跟渔夫简明扼要地提了提。

渔夫道："那就等消息吧。"

"啧，你怎么也跟我玩哑谜，你们成功勾起了我的好奇心。云省，陈湛北是在钓鱼？"

"不好说，谁知道，你问他。"

"嘿……"曾局差一点被他气笑了。

"没抓到人之前，什么都不好说。不过我相信他的判断。"

老杨之前说，给他的缉毒大队送去一名战将，他那语气得意得像自己儿子立下战功荣耀归来似的。曾局跟老杨相识多年，自然信他，况且自己也想看看这个陈湛北到底是何等战将。

"希望他能给我惊喜。"

陈湛北开车到缉毒大队，于杰见他来了，便跑过来问他昨晚的事，问他为什么笃定那人有问题。

陈湛北没说太多，只说等洪飞的消息。

黄怡欣一夜没睡，还在追踪那人，队员见小姑娘熬得双眼通红，又是买吃的，又是递水。中午的时候，黄怡欣惊呼道："真的是云省方向！"

大家一听，目光齐刷刷看向陈湛北，于杰又惊又喜，惊的是北哥居然一语中的，喜的是北哥又一次让他刮目相看。

"北哥，接下来呢？"

陈湛北嘴角一挑，气定神闲地道："等洪副队长消息。"

洪飞这一路上追踪，也十分诧异，居然真的被陈湛北说中，逃犯真的往云省方向逃跑了。孟危心中诧异，嘴上却冷嘲热讽，往往大案都出边境，瞎猫碰上死耗子呗。

云省在金三角边境，毒贩最为猖獗，打击一批再来一批。

他们离逃犯不远，洪飞并未下令追击，而是顺着他钓出他背后的大鱼。孟危也明白，此时已经不是逮捕那么简单了，而是要顺藤摸瓜揪出逃犯的幕后老板。

大家一起研究这起案件，有人再次对昨晚被抓回来的毒贩进行提审，可都审不出什么大的来头，都说逃跑的那个是他们老板，货都是从他身上来的，毒品源哪来的他们根本不清楚。

陈湛北见大家忙了大半天，一筹莫展，此时已经是下午三点多，洪飞去办案，队里人有各自的事情忙。

他拿起外套："有事叫我，我先走了。"

"北哥，你去哪儿啊？洪副队长在追踪逃跑的那人，大家都紧张着呢。"

"你能长翅膀飞过去不成？该干什么干什么，别都堵在这儿。"

大家都围在办公室里，盯着黄怡欣的监控看，有心却也帮不上什么忙。

陈湛北无法笃定此人真的能牵扯出什么样的背后势力，也不敢保证单凭这人就能把背后老板揪出。他希望是自己多心，但多年经验告诉他，他的判断应该不会有误，希望洪飞办事得力，担得起缉毒大队副队长的职位吧。

他先去超市买了水果蔬菜，然后开车去接南絮下班。

南絮收到信息，回他："我开车了，你干吗还来接我，昨晚睡那么少，有时间回家多睡一会儿。"

陈湛北："想你了呗。"

南絮："就知道贫，再等一会儿，我忙完就下来。"

很快陈湛北就见南絮从大门口快步跑出来。

他打开车门，南絮直接坐进副驾驶位：“这几天真冷。”

“我买了菜，回家看着做吧。”

“案件进展如何？”

“逃到云省了。”陈湛北淡淡开口，启动车子驶了出去。

南絮见陈湛北这几日神色不同于前段时间，可能是工作太累了：“别担心，现在不是你一个人在战斗，有那么多战友和你一起并肩作战。”

“是他们战斗，我看着。”他低低笑着，“我妈今天打电话，问过年我们能不能回去。”

南絮早想过这个问题：“你回去，我留下陪我爸。你第一年回来不能不回去，我爸自己一个人，我不能扔下他不管不顾。希望你理解。”

“那我也不能陪你了。”

“七天而已，我有那么不懂事？”

“懂事，南南最懂事了。”

“今年天气真不寻常，以往没这么冷的。”她看向窗外，天又阴了下来，不是雨就是雪，往常宁海一年不见几次雪，今年已经下了两场。

两人回家，煮饭吃饭，陈湛北指着金刚，让它老实些。金刚被关了两天，家里有人在，陈湛北就把它放出来，看它能折腾出什么花样。

果然，家里有人的时候，金刚就老实许多，但小乖见它被放出笼子，吓得直缩着身子，害怕被金刚攻击。

“再敢掐你媳妇，就让你单身一辈子，跟我好好学学，媳妇是用来疼的。”陈湛北揽过南絮，低头在她额头上狠亲了一口，“看着没，媳妇是这样疼的。”

南絮无奈道：“这可不是教的，慢慢来，金刚可能担心自己受冷落。”

“我可没那耐心。”

陈湛北站在窗边，夜色下灯火通明，他抬手看了眼腕表上的时间，隐约觉得应该差不多了。

他在等，等洪飞的消息。

夜里一点，洪飞的电话打了过来。

“人抓到了，还有一个叫周强的毒贩。”

“嗯。”他放轻声音应了声，然后轻轻起身出了房间。

“你说那人的文身，是什么？”

“双头蛇。”他说。

洪飞心下惊骇，陈湛北没有看错，那人的文身，确实是咧嘴獠牙的双头蛇。他对双头蛇毫无头绪，陈湛北居然一眼就看出来，且知道其中蹊跷。

他清楚此事没有表面那样简单：“你来一趟吧。”

“好。”

陈湛北订了最近的航班。南絮已经醒了：“你要出门？”

“去趟云省，人抓到了。”

“要你过去，这么急？”

陈湛北走到床边，扣着她的后颈在她额头上亲了一下：“睡吧，那边结案我就回来。”

“注意安全。”

“嗯。”

陈湛北打车直奔机场，乘最近的航班飞往云省，下了飞机有人过来接机，陈湛北上了车，车子直接行驶向缉毒大队。

此时天空已经放亮，陈湛北由人引领向办公大楼走去。

人已经关押在审讯室，陈湛北直接上楼，门推开，里面的人转过来，洪飞和孟危都在，还有云省缉毒大队的人。

为首的一个男人看到陈湛北时明显愣了下，然后笑了出来，起身迎上他。

陈湛北看清来人，也笑了下。

那人伸出手：“好久不见。”

陈湛北点点头，怎么也没想到，此时的缉毒大队大队长，便是当年拿下安婀娜、缉拿廖爷的那个李哥。

李哥本名叫赵文广，原是缉毒大队副队长，剿灭廖爷势力第二年，升职为大队长。

“没想到是你，你来我就放心了。那个人叫黄平，三十岁，本地人。另一个叫周强，在他家里搜出大量毒品。黄平拒不承认贩毒罪证。”

“不认？”

赵队点头：“周强的物证有了，人也认了罪。黄平辩解说那日逃跑是因为自己打伤过人，不知死活，害怕才跑的。”

陈湛北一声冷笑，要不是他认出那双头蛇，真有可能让他逃了。

“他说打伤的人查了吗？”

“那人叫曲伟，本市人，以前有过案底，后来刑满释放，我们也派了人盯着他。”

“贩毒？”

赵队摇头：“持刀聚众斗殴。”

陈湛北眉峰一挑：“有意思，连你都没查出来？”

赵队笑了下：“这不是正好你来了吗？”

陈湛北轻笑，双手撑着桌沿，微眯着眼盯着审讯室里的黄平。

洪飞和孟危诧异云省缉毒大队大队长居然认识陈湛北，话语中尽显尊敬。陈湛北到底是什么人？

洪飞不好多问赵文广，只能用疑惑的眼神看着他：“双头蛇，代表什么？”

“赛拉听过吗？”赵文广淡淡开口，目光却盯着审讯室。

“金三角毒枭。”他当然听过，赛拉被抓获时国际通报，作为缉毒队员，他们兴奋且倍感自豪，因为是我方军警联合逮捕了金三角大毒枭。

陈湛北没再跟洪飞多说，径直走向审讯室门口，赵队冲手下示意，门便打开，陈湛北迈步走了进去。

他拉过一把椅子坐下，架着长腿姿态慵懒，但那犀利的眸子，像是能透过人的皮相楔进骨子里。

他不说话，只是盯着黄平和周强看。

“赛拉两年前被捕，岩吉在金三角与廖爷势力火并时丧命。”他盯着黄平看，黄平表面很镇定，内心却早已经翻滚：“我不知道你在说什么。”

他起身，走到周强面前：“岩吉死后，帮派成员四散，你是谁的人？帕拉？”

周强攥着拳头的手不安地松动再紧握，在面前人说出赛拉和岩吉的名字时，他的内心已经有些慌张，当说出帕拉时，他彻底慌乱了。

帕拉是赛拉残余的小势力，在华国鲜少有人知道。这人是谁？为什么他知道帕拉的名字，还知道那么多？

隔着玻璃窗，听着监听器传来里面的对话，洪飞内心波涛汹涌，陈湛北所了解的比他想象的还要多，更何况，帕拉这个人，还有那个双头蛇，这些他听都没听过。

十几分钟后，陈湛北从审讯室出来："布控吧。"

赵文广开口："陈兄，你不出马，这人我们哪儿查去。别说双头蛇，就连帕拉是谁我们都不知道。"

"别小看帕拉的小势力，金三角出来的，哪个手里没些武器，交代大家小心行事。"他主控大局一般交代下去。

赵文广去安排布控，洪飞和宁海缉毒大队的人站在不远处，陈湛北转头，战友们用异样的目光盯着他看。

"走啊，洪队长。"他走到门边停下，转头说道，"因为我们要抓的人不在宁海，这就是我放他的理由。"

洪飞脊背已经沁上一层冷汗，当时咄咄逼人地质问他为什么把人放走，却不想此人牵扯出了金三角毒枭势力。洪飞汗颜："现在需要我们怎么配合？"

"引出帕拉，缉拿归案。"一句话，掷地有声。

他们审了几个小时，两人也没吐出什么有利信息，陈湛北一句帕拉，两人彻底慌了，逼问下，周强吐出他的上家叫颂恩，而这个颂恩便是帕拉的人。

黄平是颂恩的人，颂恩曾是赛拉手下，现在跟在帕拉身边做事。

没想到黄平对帕拉十分敬重，文上了鲜少有人知晓并代表着赛拉的双头蛇文身。

此文身一般人并不知晓它的来历，却不想被陈湛北碰上，他曾经见过赛拉的人文双头蛇，从内线塔陀那儿得知到这个内幕。

帕拉是赛拉信得过的手下，可惜在内斗中败给岩吉，被逐后消失，却不想暗地里还在做贩毒的生意，还把手伸到了华国境内。

陈湛北沉眸，想要捉拿帕拉并非易事，他不常出现在华国境内，想要引出帕拉，要用周强先引出颂恩。

云省缉毒大队本就是国内最精英的缉毒组，他们常年办理毒品大案，更甚是打击境外毒枭，宁海地处国内安稳地带，鲜少会出现大案，宁海缉毒大队这些年破的大案还不及云省缉毒大队一年破的案多。

而赵队如此敬重陈湛北，听从他的安排布局，单凭陈湛北说出双头蛇和境外毒枭，以他对事情的了解，洪飞猜测陈湛北以前应是处理过毒品大案。

天已经放亮，陈湛北坐在赵队的办公室里，辗转一年半，又回到这边，他对金三角的痛恶已经深入骨髓。

赵队在布控，陈湛北无须跟进这些，有赵队在，他是放心的，这种事他处理起来游刃有余。洪飞跟着赵队一起研究策略，快速拟定几种方案，部署下去。

一个小时后，大队人马从缉毒大队出发，车子浩荡驶出。陈湛北坐在办公室里，从兜里拿出一根烟点着。

这时有人敲门，是洪飞："赵队抓捕颂恩，说暂时不需要我们配合。"

“抓颂恩，他去足够了。”

洪飞进来，在对面坐下，两人相对无言，之前大家摸不清陈湛北这个空降兵，现在看来，这人实力远超他们的想象。

这一等，就是一整天。傍晚，赵队打给陈湛北：“周强引出颂恩，人已抓获。”

陈湛北唇角一挑：“进展速度不错。”

“你还在大队？”

“等你呢。”

“我马上回去。”

半个小时后，缉毒大队的车呼啸着驶进院里，队员从车上押下一个男人，那人留着半长的发头，双手背在身后铐着。

很快有人过来，对陈湛北说：“北哥，赵队请您过去。”

陈湛北点头，起身往外走：“洪队长，一起吧。”

颂恩好抓，但帕拉却难引出，这些人都是亡命之徒，却十分讲义气，颂恩对贩毒供认不讳，却把责任都揽在自己身上。

想让颂恩反水不是件简单的事，陈湛北不是当年的齐骁，可以用些逼迫的手段，现在要讲法制，要讲程序，这些事，他就交给常年跟毒贩打交道的赵队处理。

他想的是，如何拿下帕拉。

帕拉此时不知窝在金三角哪一处，颂恩连续两日都不吐口，不能再等下去，此事早解决早了结，多等一天，毒品流入华国境内的概率就越大。陈湛北决定，让周强联络帕拉，赵队担心周强越级打草惊蛇，陈湛北说，要货，有多少要多少，我亲自出面。

赵队让人把周强带到审讯室，陈湛北进去，亲自交代他联络上帕拉后该怎么说，包括小的细节和语气，都交代清楚。

周强打电话给帕拉，连续打了三次，电话才接通。

那边人开口就很不耐烦：“你谁呀？”

“帕爷，我是周强呀。”

“周强？”帕拉对这个名字有印象，颂恩提过几次，虽然都是小打小闹，但这两年合作还算顺利。

“我手上有笔大买卖，联络不上颂哥，不得不打扰帕爷。”

“颂恩这小子哪儿去了？”帕拉那边此时并未疑惑。

“我着急才打电话给你，这笔买卖肯定能赚一大笔。”

“要什么？要多少？”

周强报说毒品名和数量，帕拉一听，直接从躺椅上坐了起来，咧嘴一笑：“行啊周强，你哪儿搞来的大买主？”

“以前合作的场子被一个新老板接了，这可是个大老板，有钱有势，还敢干。”

周强电话打通后，技术部的人便开始追查对方的位置，陈湛北看过去，洪飞却冲他摇了摇头，没追查到。

帕拉还是懂些技术，早就找人设置了防追踪。陈湛北蹙眉，脸色沉了几分。

周强继续和帕拉聊：“帕爷，你能联络上颂哥吗？我得找他拿货，我答应对方后天交货。”

“你先等我电话吧。”

周强跟他们做了两年多生意，帕拉并未对此事疑惑，他打电话找颂恩，电话通了，却没人接。

这边挂断电话，陈湛北问技术部的人：“查不到？”

“查不到，对方设置了防追踪系统。”

“破解不了？”

“我们的技术暂时破解不了。”

陈湛北发信息给南絮：“电话设置防追踪，你有办法吗？”

南絮回：“没问题。”

陈湛北走出来，发信息给渔夫：“让南南来一趟吧，这边需要她技术支持。”

渔夫回信息：“我打电话给她上级。”

周强的手机很快响起，是帕拉的电话，说联络不上颂恩，又问他细节。大家听出帕拉很谨慎，但这一年多他的毒品交易都顺风顺水，对此事并未特别起疑。

帕拉想要这边老板的信息，要确定此人是否可以合作，大批量的交易，不得不谨慎。

周强说他去查。

下午，周强发过去一张图片，是陈湛北坐在会所宽敞的沙发抽烟的侧脸照，气质卓然，人中翘楚，一看就非等闲之流。

帕拉问他没有正脸照吗？这人的其他信息呢？

周强说这都是偷偷拍的，又把陈湛北编好的信息发给他。

帕拉没回应。周强说，后天交货，我要是拿不出这批货，以后在这地界也没法混了。

帕拉说等他电话，然后让人去打探消息。而这边也已经安排好一切。只要有人探口风，他们的人便能把消息递出去。

下午，南絮穿着便装，背着她的电脑来了。

她跟着人上楼，大家都在审讯室，随时等待帕拉与周强的联络。

南絮进门，看见陈湛北坐在最里边靠着透明玻璃的位置，他眉峰一挑，南絮笑了下，此时面前有人迎上来，是洪飞。

“南絮，原来是派你来了。”

“洪队长，我来不行吗？”她开玩笑道。

“行行行，这个必须行啊。”洪飞把南絮介绍给赵队，又把南絮好一顿夸。

南絮放下笔记本，跟缉毒队的技术部人员对接。陈湛北侧着身子，手扶着太阳穴，盯着她看。

洪飞见陈湛北盯着南絮瞧，便解释道：“别看她年纪轻轻，技术真的顶尖。”

陈湛北眉头一挑：“哦，这么厉害？”

“我见过她的破解技术，当时破译一台密码机，五个专家耗了一天都没成事，她来一个小时搞定，这就是技术，不得不佩服啊。”

陈湛北终于在洪飞嘴里听到一些他爱听的话，他看洪飞都觉得此人有几分讨喜了：“啧，这可真没看出来，既然是上级派来的，想必是高手。”

洪飞毫不吝啬对南絮的夸赞，南絮耳尖地听到他们谈话，陈湛北还逗起洪飞了，她无奈地笑了下。

傍晚，帕拉的电话打过来，所有人都看向南絮，她头都没抬，淡淡道：“接吧。”

周强得到赵队示意，接了电话，帕拉说可以跟他们交易。

他同意交易大家不意外，他们赚的就是这个钱，肯定不会把到手的买卖推出去，不过他们要的是，帕拉亲自出面。

“以前都是跟颂哥交货，这次呢？”

“等我电话。”

帕拉挂断电话，大家把目光转向南絮，南絮摘下耳麦：“丰沙里约乌。”

众人一听，顿时对南絮生出佩服之心。

陈湛北此时想的是，帕拉躲得够远够隐蔽，却还是干着他的老本行——贩毒。

此位置距离边境只有几十千米，南絮真的是给大家带来了巨大的好消息。

现在就是想办法，把他引出来。

陈湛北起身走到南絮面前：“配合我一下。”

南絮点点头，连问都没问要做什么。

他们一起去了会所，挑了间最高档的包厢，陈湛北坐下后，拍了拍旁边的位置，南絮坐过去，他抬手搭在她肩上。两人拍了张照。

所有人连夜行动，往边境驶去，陈湛北跟赵队坐在一辆车上，南絮和洪飞他们一起，她闭着眼睛假寐，大家也都在养精蓄锐，接下来要有一场硬仗要打。

缉毒大队到达边境后停车，陈湛北让周强把那张相片发给帕拉，并说这是偷拍的。

两张相片都是侧脸，帕拉微缩着瞳孔，让人备货，但并没打算亲自出面，只是暗地里想探一探此人到底是谁。

这边也不清楚帕拉是否会出面，如果不出面，他们不可能越过国境线逮捕。

赵队看向陈湛北：“他能亲自来吗？”

“那两张相片，应该给了他足够的吸引力。”

“有几成把握？”

陈湛北痞痞一笑，从兜里拿出根烟点着：“来与不来，五五开。”

南絮在旁边听到他们对话，清冷的嘴角微微抽动了下，他啊，到处逗人玩，先是逗洪飞，现在又逗起赵队长，不过她却信他，因为陈湛北。从不打没把握的仗。

下午，周强打电话给帕拉，确定交易时间，这通电话，让帕拉彻底暴露在南絮的电子设备上。

“边境二号线三十千米处，信号正在向我方移动。”

赵队立马下令埋伏。

赵队扔了支枪给陈湛北，他接过后，直接扔给南絮。

“我又不冲上去，用不上这个。”

“我可不敢保证你能老实地待在后方。”

大家快速冲进山里，以树木、草丛做掩护，陈湛北靠树坐着，南絮将电脑放在腿上，随时准备监听。

静等半个小时后，侦察手回报，有十几人进入埋伏圈，未见重型武器。

只要没重型武器，拿下对方还不成问题。

南絮突然开口：“怎么确定里面的人有帕拉？”

陈湛北咂了下舌，用对讲机与赵队通话：“先别攻击，我过去看看。”

“我陪陈兄一起。”

“算了吧，你那张脸贩毒的有几个不认识的？”

“那陈兄带上你的人，脸生。”

他们此行前来，都穿着便装，陈湛北要去，南絮自然跟着，洪飞和孟危还有几名缉毒队员跟着陈湛北一起。

侦察手传话，对方还有一千米左右。

很快听到对方的脚步声，对方也已经探查到声音。

那边瞬间举枪警戒，陈湛北毫无畏惧地走过去，洪飞此时不得不佩服陈湛北的气魄，这绝非一般人能有的胆量，他对生死无惧，且面对危险能面不改色，甚至谈笑风生。

陈湛北带着人，直接出现在对方面前，其中一个人看到他时，瞬间愣住。

陈湛北看着他瞠目结舌的表情，瞬间笑了出来。

帕拉吃惊道："骁……骁爷。"

"看到我这么惊讶？"

"真的是你，你不是？"看到那两张侧脸相片时，他就觉得眼熟，像齐骁，但他不敢确定，此次他也想一探究竟，果真，齐骁没死，这对金三角几大势力可是震天的消息。

"活得好好的呢，谁造谣我死了。"

"那买主是骁爷？骁爷，您从不碰毒品这事金三角谁人不知。"

陈湛北往前走，帕拉下意识地后退一步，他忌惮、惧怕齐骁，可以说，在金三角那几年，几大势力对齐骁都有所惧意，这是猛虎、战将。

砰砰，子弹瞬间射来，帕拉身边的人纷纷倒下，有人掩护帕拉逃跑，陈湛北飞步上前一脚把人踹倒，有人拿枪对向他，却被他扣住枪身，一拳挥下去，那人瞬间满脸是血。

跟在陈湛北身后的几个人听到这个名字时，顿时大骇，骁爷，金三角大毒枭廖爷手下最得力的干将，廖爷被捕后，骁爷接手势力，一年半前国际军警通报了齐骁被击毙的消息。

陈湛北，齐骁？难道，他就是接连破获毒品大案，剿灭几大毒枭势力，又破获了压制几年的军火案的传奇卧底？

此时再见陈湛北那快狠准的拳头，毫无虚招，解决对方只用了十几秒的时间，众人震惊得说不出话来。

看着身边人全部倒下，帕拉知道自己气数已尽，被抓注定是九死一生，不死也得坐一辈子牢，跟死也毫无二致。

齐骁的狠戾他早有耳闻，此次亲眼所见，彻底明白了为什么这些年，几大势力争斗不断，却无人敢去对他挑衅，那是自寻死路。

帕拉趁乱逃窜，陈湛北嘴角噙着一抹冷笑，手在衣服上蹭掉沾上的血，而旁边的人已经追了上去，帕拉被人撂倒，他眼疾手快捡起地上的枪回头射击。

缉毒队员闪身躲避，他的枪又照着陈湛北射来，陈湛北闪到树后，这时远处飞来的子弹打过去，帕拉一个踉跄栽倒在地。

陈湛北上前，盯着地上的人看："留条命不好吗？"

帕拉嘴里涌出血，龇牙咧嘴笑的模样十分骇人："落你手里，还有命吗？骁爷，原来……原来这一切，都是你……"

"你手里的货从哪儿出的？"陈湛北不听他废话，帕拉几乎断了与原势力的联络，岩吉容不下他，他只能离开，所以那段时间他并未听到关于帕拉的风声。此时他的货源，批量绝不是小数目，供货之人会是谁？

"骁爷，你想知道，何不自己去查？"

"你配合，我保你一条性命。"

"那我是不是要谢谢骁爷不杀之恩？"帕拉缓缓从身下抽出压

着的手臂，他手里的枪露出一个枪口，刚要对准陈湛北，突然一声枪响，远处狙击手的子弹射了过来，正中帕拉身上，他握枪的手瞬间跌落，脸上还维持着嗜血狰狞的笑。

陈湛北烦躁地踹了一脚旁边的树干，帕拉身受重伤，对他根本没有威胁，即使枪口对准他，他也不会给帕拉杀自己的机会，帕拉明显就是在寻死。

南絮站在陈湛北身后，她知道他想查下去，查清楚帕拉的供货源，已经有了一条线索，他自然不想放任不管就此结案，这不是他的性格。

后面呼啦啦的大队人马冲过来："陈兄，你没事吧？"

陈湛北沉着脸，也不好说什么，毕竟狙击手是护他性命才开的枪，这也是帕拉自寻死路走的一步罢了。

帕拉当场被击毙，还有几个他的手下喘着气，把那几人弄上车，车子呼啸着开回缉毒大队，之后把那几个伤者送去救治，赵队派了人在医院把守。

洪飞等人眼观鼻、鼻观心，谁也没开口打破沉重的气氛，陈湛北就是齐骁的消息已经让他们震惊得说不出话。此时陈湛北一脸阴霾，线索断了，想要再追查下去，只能从颂恩下手。

陈湛北没心情去理会洪飞等人的异样表情，回到缉毒大队，直接让人把颂恩调出来审讯。

"帕拉被击毙，你还想顽抗下去？你的上家是谁？"

颂恩听到帕拉被击毙的消息，神情一滞，末了说道："你们这种把戏骗不了我。"

"丰沙里约乌。"陈湛北直接说出这五个字，这个地址是他们藏匿的窝点，颂恩定会明白，如果没有击毙帕拉，此时的颂恩对他们已经没了审讯价值。

颂恩一听顿时疯狂起来，双手扯着手铐哗啦啦作响，那双喷火的眸子狠狠地盯着陈湛北，照着他支在审讯桌上的手臂发疯似的咬了过去。

陈湛北此时的眸子已经冰冷至极，抡起拳头照着颂恩的脸揍了下去，仅一拳，颂恩嘴角已经见血，他紧接着又是一拳："你的上家是谁？供货源来自哪里？你还有什么同伙？"

颂恩挣着手铐，不顾疼痛也像听不见他的问话，疯子般地用脑袋去撞他，张着血嘴咬他，陈湛北左右躲闪，最后"砰"的一声，椅子被掀翻，颂恩跪倒在地。

他嘴里叽里咕噜说着什么，陈湛北听出一句，是要杀了他，他冷笑，想要杀他的人太多了，他已经记不得都有谁说过这样的话。

"你的上家是谁？货从哪儿来？"

陈湛北眸子沉得像枪口的黑洞："颂恩，你跟在赛拉身边多年，那些对付人的手段，你自然了解，你当真我不会用？"

审讯室外站了十几个缉毒队员，有人听闻此话，不自觉地打了个冷战。他们太清楚卧底、线人、缉毒警察被他们抓去，受到的是怎样非人的折磨，他们心里此时亦是愤怒到了顶点，铆着劲，希望陈湛北可以从颂恩嘴里撬出些内幕来。

"五号，纯的，这一针下去，你活不过一分钟。"

颂恩的身体明显一颤，陈湛北拽着他的衣领，把人拎了起来，贴近他小声说着："还是，你想要四号？粉？水？药丸？"

陈湛北猜测颂恩会有毒瘾，金三角出来的毒贩没几个不沾那东西，被抓三日他并未见异常，陈湛北在激他将他，果然不出陈湛北所料，颂恩的身体开始轻微打战，很快脸色惨如死灰，手抠着桌面划出吱啦吱啦的响声，让人身上泛起一层鸡皮疙瘩。

陈湛北继续刺激他："想要吗？要多少有多少！"

颂恩开始咬牙不开口，没过一会儿，毒瘾上来，像千万只蚂蚁钻进他心里："给我，给我。"

毒瘾发作的人等同于废物，没有撬不开的嘴。陈湛北拉了把椅子，看着颂恩生不如死地受尽折磨，毒，易染难戒，碰上，便是一辈子。

毒品一日不绝，陈湛北的心一日难安，缉毒是个持久战，对缉毒人员和卧底来说，他们是用生命与之抗衡，血，是在人们看不到的地方洒下。

陈湛北冲审讯室外的人扬了扬下巴，赵队看懂他的意思，立马派人上楼，很快人回来，把手里取来的东西递到陈湛北手上。

他捏着一个透明塑料袋装的小包粉末，在颂恩面前晃了晃，然后又把东西放到掌心掂了掂，看着面前双眼发直毫无神志的人，唇角噙着一抹冷笑。

颂恩已经克制到极限，浑身抽搐得更加厉害，他张开十指伸向他："给我，给我，求你，给我……"

陈湛北站起身，迈步到审讯桌前，把那包东西在他面前晃了晃："给你，可以。那你也要给我我想要的。你们的货，哪儿来的，你的上家是谁？"

"给我，给我……"颂恩伸着手，不停地想要去抓近在咫尺却触碰不到的东西，那东西是他的命，没了这东西，比死还难受。

陈湛北往他面前送去，只差一厘米的距离。

他开口，几乎从牙缝里挤出怒意和狠戾：“你们用毒品害人，此时却自食其果，为了这东西害了多少人的性命！颂恩，你现在想告诉我，我也不想听了。”

陈湛北走出审讯室，把东西扔给旁边的人，转身走出去。

浓重的夜色里，陈湛北坐在缉毒大队墙角处，手里夹着烟，烟火闪着忽明忽暗的光，南絮走了过来，在他旁边坐下。

她知道他心里的恨意是怎样的浓烈，卧底七年，他见过太多因毒品引起的厮杀和战友的丧命，满腔的怒火、满腔的痛楚得不到疏解，只能自己承受。

她心揪着疼，疼他心里的疼，疼她不能替他分担，疼他卧底的那段黑暗时光。她伸手轻轻抚上他的手背，解决帕拉时他一枪没开，单用一双拳头快狠准地拿下那些人，他有钢筋铁骨般的意志，却也是血肉之躯。

他手背上的伤口已经结了痂，南絮摩挲着他的伤处，又用自己温暖的掌心，替他暖着他盛满寒意的身体。

她没有去说任何安慰他的话，因为她懂他，他会快速调整自己的状态，从痛恨中走出来，继续战斗。

门口出来人，向这边走来：“北哥，颂恩招了。”

陈湛北顿时起身，大步向楼上走去，快步来到审讯室，里面的人蜷缩在地上，不停地抽搐着，赵队把审讯的笔录递给他。

通差。

陈湛北眉头紧锁成一个疙瘩，他对此人闻所未闻，更别提了解。

他只好把信息递交给渔夫，让他的人去查。后面的事交由赵队处理，至于颂恩还能吐出什么，就看他是否真的知晓更多内情。

从黄平的审讯当中得知，他这几年一直跟赛拉合作，后来便是帕拉，这两人一个被缉拿归案，一个被击毙，他这条线便结案了。

黄平案已结，剩下的没他什么事，陈湛北跟洪飞等人回到宾馆，直接到楼上的餐厅吃饭。

以往孟危的话最多，此时整个饭桌上，没有一个人吭声。

陈湛北吃饭速度可以说是风卷残云，南絮习惯他的速度，其他人感觉到他周身盛着的寒意，虽说黄平一事结案，但牵扯出的线索已中断，他心里就像憋着一口气，上不去下不来，躁得很。

他吃完最后一口饭，搁下筷子抬头，见大家正盯着他看。“你们不饿？”

洪飞欲言又止，陈湛北拧开旁边的矿泉水瓶盖，一口干掉半瓶：“有些事，大家还是当作不知道的好。”

洪飞点头，对，卧底，特别是陈湛北这种卧底，如果他的身份暴露，定是凶险万分，必然要隐瞒身份的。“大家明白，不会乱说。”

“我吃完了，先回去睡觉。”陈湛北着实是想休息，连续熬了几日，此时疲惫袭来，只想睡觉。

他起身回去，南絮也吃完了饭，跟大家说先回去休息，便上了楼。

今日两人着实都累了，洗了个澡，倒在床上便睡着了。

这一觉，睡得格外沉，次日一早，陈湛北先醒过来，下床打开手机给渔夫发信息：“有消息吗？”

渔夫：“暂时没有。黄平案已结，你们回来吧。”

陈湛北："中午的飞机。"

渔夫："恭喜你又办了一件大案。"

陈湛北："老杨，你是看我最近清闲大半年，这案子也叫大案？"

渔夫："你当宁海是金三角？"

陈湛北"扑哧"一乐："希望我国境内早日无毒，那才是我们所有缉毒人员最终的胜利。"

渔夫了解陈湛北，他对毒品的痛恨来自战友被折磨至死，来自他卧底几年看到的血腥画面，这些都让他对毒品的恨扎在心底，生根发芽，一日不拔一日难安。

可缉毒是一场持久战，毒贩不是一朝一夕就能彻底剿灭的，他们都在为这场战役，拼搏一生。

中午，洪飞等人开车往回走，陈湛北和南絮坐飞机回宁海。

渔夫请两人来家里吃饭，和陈湛北聊黄平一案，通差这人还没查到线索，陈湛北判断，应该是某些势力内部的小角色，否则他不可能毫无印象。

渔夫明白他心系此事，但人既然从那里出来，就尽量让自己过些安稳的生活，他已经把人生最宝贵的七年都奉献给了缉毒事业。

"用不用我回去一趟？"

南絮握着筷子的手一顿，她看出陈湛北之前便有此意，让他知道的案子不彻底结案，不是他的性格。但当他亲口说出来时，她心里还是会不安，生怕他真的再回到那个吃人不吐骨头的魔窟。

渔夫摇了摇头："你好不容易脱离那个身份，除非必要任务，我不会再让你回去的。"如果陈湛北再回到那里，势必会引起腥风血雨，回去容易，再想安全脱身，那就难了。

陈湛北明白渔夫的想法："那就交给你们了。"

"有需要到你的地方，绝不会让你清闲。"

陈湛北笑了下："随时待命。"

次日，陈湛北去上班，缉毒大队全组队员都在，洪飞正在做案情分析。

他一进来，大家把目光齐刷刷地转过来，没参与此次行动的人不知晓具体发生了什么，但也知道一点，这个案子，是陈湛北一手破获的。

"北哥早上好。"有人开口，然后大家笑了出来，这笑，是亲切的、敬佩的、尊重的。

陈湛北微微勾起唇角："我来晚了？"

洪飞也笑了，开口说："没，是我们来早了。没等你就先总结，以为你今天会休息一天。"

"又没累着，用不着休息，你们继续，别看着我呀。"陈湛北基本不参加他们的会议，而洪飞没等他开会并非不尊重陈湛北，是因为此案是他一手破获，他们开会，只是通过此案总结加学习。

洪飞见陈湛北拉了把椅子在窗边一坐，目光迎着太阳，像在思考着什么，抑或他此时什么也没想，只是真的想晒太阳。

陈湛北喜欢阳光，对阳光的执着，仅次于对南絮的执着。

洪飞欲言又止，大家也都没说话，目光在洪飞和陈湛北之间流连。片刻后，还是洪飞开口："湛北，要不要讲两句？"

陈湛北摆了摆手，没说话。

早会进行了此案的分析和总结，中午的时候，曾局来了。

曾局十分高兴，抓获宁海市内的毒贩，还一举拿下金三角内的毒贩，着实令人振奋。

曾局来了之后就开了一次全员大会，讲缉毒队员的使命，讲毒贩的凶残，讲此次破获毒品案大快人心，令人振奋。曾局毫不吝啬地对此次首功之臣陈湛北进行了一番夸赞。

鼓舞士气，提高斗志，有功讲功，有过罚过。

此次破获毒品案，因牵扯出金三角毒贩，又将其一举抓获，授予首功之臣陈湛北三等功。

曾局从缉毒大队出来，打了通电话："老杨，你真带出个好徒弟。"

渔夫欣慰道："这不是我带出来的，我只是捡了个便宜，得了这么好的兵，送给你们缉毒大队如虎添翼，便宜你了。"

曾局爽朗一笑："一早就接到云省那边的电话，找我要人呢。"

"他之前跟那边合作过，此次出现，云省缉毒大队肯定盯上他了，但那边也只是询问询问，真要想从你这要人，上级一纸调令，你不放也得放。"以陈湛北的实力，在边境最能施展他的能力。"湛北是北都人，他来宁海是因为他自己的选择，不是谁要他走他就走的，我们会尊重他的选择，你放心吧。"

"你这么说我可就放心了，现在谁要我也不放人，爱怎么着怎么着。"

渔夫突然叹息一声："他的能力是从实战中积累出来的，卧底是最难的，我们都懂，能守住底线，保住性命，我们应该更加尊重他。"

中午吃完饭从食堂出来，陈湛北在大队院里晃悠，享受着难能可贵的悠闲时光，孟危从外面回来，两人目光相交时，陈湛北没说什么，仰着头，迎着阳光。

孟危从左侧走过去，又转回来。

“北哥。”这是孟危第一次这样叫陈湛北，以前说他是弱者，瞧不起他空降，此时他是打心眼里佩服陈湛北，仅仅几日，他对他已是满腔敬佩与尊重。

瓦解金三角几大势力的英雄，就在他身边，他却目不识珠，此时脸上甭提多臊得慌。

“有事？”陈湛北依旧望着天，阳光并不充足，仅有一点儿从云下透出来，但这一缕阳光也足够让他心驰神往。

孟危虽然刺头，但最敬佩英雄，得知他就是曾经的传奇卧底，恨不得立马拜他为师，可又有些不好开口，虽然脸面不重要，但作为一个爷们儿，也会有点拉不下面儿。

没等孟危开口，外面一辆车驶进来，车子就在他们不远处停下，下来一个人，是黄怡欣。

黄怡欣穿着警服，大步向这边走来。她已经听说案子破了，而且细节大致也已了解，陈湛北着实令她刮目相看。

她站在他们面前，有些不好意思地笑了下，陈湛北穿着便衣，双手抄兜，没多瞧她一眼。黄怡欣被他爱答不理的样子弄得脸面也挂不住。

她笑脸过来，却碰了一鼻子灰：“什么人呢，牛气什么。”

孟危急忙把黄怡欣拽到一边：“姑奶奶，您可消停点吧。”

“我怎么了？破案是很厉害，干吗牛哄哄的，摆脸子给谁看？”

虽然孟危觉得黄怡欣说的是对的，人家小姑娘笑脸相迎，陈湛北冷着脸连个好眼神都没给，着实让小姑娘面儿上挂不住。但他又觉得陈湛北也没错呀，没必要对谁都露笑脸，何况，他觉得陈湛北有牛气的资本。

孟危一时语塞，不知道该向着谁说话，以前他可是很顺着黄怡欣的，从不戗着她来，现在却想替陈湛北说话了。

“北哥许是太累了。”

黄怡欣瞪了眼孟危，想起之前陈湛北说她添乱：“你们都瞧不起女孩子？”

孟危立马摇头：“谁说我瞧不起女孩子，让我孟危佩服的女孩也不是没有。你不是一直想做南絮的徒弟吗？她真是大神，不单是技术高超，连身手都让人钦佩。这样的女孩，谁敢瞧不起，我孟危第一个不答应。”

黄怡欣听到孟危夸南絮，瞬间就笑了：“这话我爱听，谁敢说我师父一个不好，我跟他没完。”

陈湛北抱怀看着他俩聊天，毫无情绪的脸上渐渐蕴上笑意，笑得很深。黄怡欣因他突然出现的笑脸怔住，她以为他在笑她，愤恨道：“笑什么笑，我夸我师父呢，又不是夸你。”

“南絮收你这个徒弟了吗？一口一个师父，叫得够亲的。”

“早晚会收的，等我破解了她设的密码她就会收我。”她哼了一声，“怎么，你认识她吗？”

陈湛北眉峰一挑，淡漠的面容上带着若有似无的笑：“啧，我吧，还真认识她。”

孟危怕这小丫头再戗着陈湛北，便率先解释，说南絮去云省做技术支持，跟北哥一起打过配合。

陈湛北看出来了，黄怡欣就是南絮的小迷妹，他之前贼不喜欢她这种爱使小性子的性格，不过看在她对自己媳妇这么崇拜，觉得这小娃娃也没那么讨厌了。

下班时，陈湛北开车去接南絮下班，南絮说要去买菜，陈湛北不想她又上班又煮饭，就带她在外面吃的晚饭。

两人从餐厅出来，外面飘起了雪花，开车回到家，南絮想在院子里转转，虽然天冷，但难得宁海近来总下雪，这景致她喜欢。

其实她也不是有多喜欢雪，只是跟陈湛北在一起，感受不同的风景，雪也好，阳光也好，她想要和他一起感受。她以前从不觉得做这些无意义的事有什么好的，可跟他在一起后，无论做什么都有意义。这种心态的转变，她欣然接受，甚至很开心很喜欢很向往。

陈湛北揽着她，在夜色下看着天空飘下的雪花，雪落后瞬间融化，湿冷的空气钻进身体里，让他眉头渐渐锁紧。

看出她心情不错，陈湛北自然愿意陪她做她想做的事，只是空气冷得刺骨，陈湛北紧抿着薄唇，刚毅的侧脸清冷异常，却在顷刻间露出会心一笑。

南絮指着夜空中的雪花，脸颊靠着他的肩膀，白皙的脸上洋溢着幸福的笑。陈湛北低首在她额头上亲吻了下，看到她开心，他是满足的。

能回来，能在她身边，陈湛北是个知足的人。

夜里，南絮睡着之后，不知道几点，翻身时手伸过去意外落了个空，她迷迷糊糊等了会儿，人还没回来。她出去，发现洗手间的灯亮着，她已经不止一次发现他半夜起来。又吃坏肚子了？

她回卧室等了会儿，听到洗手间的开门声，陈湛北却没回来，她下床出来，陈湛北坐在沙发上，点了根烟。

“怎么了？肚子不舒服吗？”

陈湛北一怔："怎么醒了？我没事。"

"你最近总是半夜起来，好几次了。"她半眯着眼睛走向他，直接坐在他旁边。

"吵到你了。"他揽上她的脊背，大掌轻轻摩挲着，唇落在她发间吻了吻。

"你要是不舒服就告诉我。"

陈湛北只抽了几口便把烟掐灭了："走，回房间睡。"

开始南絮也没太在意，连着两日，陈湛北又半夜起来，这两次不是在洗手间，而是去了次卧，南絮没去问他。他整晚没回主卧，第二日像什么也没发生一样，吃早餐，送她去上班。

她有些不解，陈湛北是不是有事瞒着她。她决定，晚上不睡了，看他到底在做什么。

结果，晚上陈湛北发来信息："加班，你先睡。"

南絮发信息给他："有案子？"

陈湛北："嗯。"

然后陈湛北又回了一条信息："你先睡，别等我。"

这一晚，陈湛北没回来。

第十五章

最美阳光

缉毒大队上午开会时，洪飞问陈湛北，有没有什么补充的，陈湛北摇头，说没有。

大家对他的态度有了翻天覆地的变化，只是陈湛北依旧那副性子，什么也不管，什么也不问，什么也不说，闲时就坐在阳台边上望着外面，或是在长廊处抽烟。所有人都不知道他在想什么，又没人敢问太多，担心自己一个不小心说错话。

陈湛北就是齐骁的身份没有多少人知道，但这起毒品案对于宁海缉毒大队，并非单纯的小案件，而是从一个他们忽视掉的人身上，延伸出的关于金三角毒贩的重大案件。

洪飞佩服陈湛北，同时自觉脸上无光，黄平差一点从自己手里逃走，他对此甚至毫无警觉。

中午，仅见一缕阳光从云层细缝里照下，陈湛北下楼，找了个可以晒到阳光的地方，在石阶上坐下。

洪飞从外面回来，手里夹着一本文件，往前走，走到门口时又转身走回陈湛北这边。

他在旁边坐下，从兜里拿出支烟递过去，陈湛北接过来，两人就坐在石阶上抽烟。

陈湛北看出洪飞最近情绪不高，特别是当着他面说话时，总是欲言又止，陈湛北知道他心里想什么。

“双头蛇，帕拉，这些你闻所未闻，不是你的错。如果我没有看到文身，也不可能揪出帕拉，你别有压力和负担。”

“只能说我自己能力有限，破不了什么大案，说真的，我是真打心底佩服你。”洪飞的语气低沉又沮丧，他自认为缉毒大队里他无论是破案还是抓人都无可挑剔，这帮刺头也信服他，只是碰上陈湛北，他才知道自己不过如此。

“如果你有我的经历，也一样会更好，淮阳迪厅围捕时你的布控和逮捕计划周密，顺利抓了那帮人。黄平只是其中一个岔子，让我逮着了。”陈湛北抽完最后一口烟，吐着浓厚的烟雾，望着灰蒙蒙的天，叹了一声，“太阳又没了。”

洪飞只当他是喜欢晒太阳，此时阳光又被浮云遮蔽，他说：“过几日就晴了。”

陈湛北唇角微微上挑，双手撑向身后，仰头眯着眼：“有机会一起喝酒。”

以前大家喝酒叫过他，他都拒绝，今日他主动提起，洪飞立马说道：“别有机会，就今天。”

陈湛北摇头：“今天不行，过段时间吧。”

洪飞一时没摸清他什么意思：“有机会给大家上上课，让这些刺头也长长见识，别整天目中无人。”

陈湛北笑笑，没说话。

两人随后又闲聊了几句，陈湛北的话语瞬间宽了洪飞的心，洪飞能力是有的，只是没有他的这些经历，这些经历是最宝贵的财富，受用一生。

孟危见他们在外面聊天，也跑过来加入，然后就看到黄怡欣来了，这次人没像以往那样横冲直撞，语气婉转了不少，不过偶尔还是戗上一嘴陈湛北。

人走后，孟危突然说道：“黄怡欣专戗北哥，哟，她不会是看上北哥了吧，你看她那眼波流转，以前只见过她娇蛮，可没见过她娇羞。”

洪飞一拍大腿：“你这么一说，我觉得是有点像，刚才她没少往北哥身上瞟眼色。”

孟危装情圣：“女孩子含嗔薄怒的样子就是在撒娇，有些女孩子怼人是喜欢人家。”

大家其实就是瞎调侃，以往跟陈湛北说话，都是有板有眼，今天聊开了些，也都放开闹起玩笑，男人之间能开起玩笑，关系就又进了一步。

陈湛北从鼻子里哼出一声冷笑：“孟危你还真不改这八卦大嘴的性子，她爱跟谁撒娇跟谁撒娇，你北哥我有媳妇。”

“你有媳妇？我还说我有孩子呢。”

陈湛北挑眉：“还有俩小崽子。”

众人瞠目结舌，陈湛北有媳妇还有孩子，完了，这让最近眼巴巴盯上大英雄的美女们心都得碎成渣。

不过这事，自然没人去挑明告诉黄怡欣，谁也不是闲得非要上赶着给小姑娘添堵，黄怡欣对陈湛北确实有那点意思，女孩子眼神骗不了人。

陈湛北说有媳妇，大家说有机会见见嫂子，陈湛北说好，有机会的。

正在这时，门外驶进一辆军牌车，陈湛北微眯着眸子，看向熟悉的车型和熟悉的车牌，笑了出来。

车子在前面不远处停下，车门打开，车上下来一身橄榄绿军装的女人。

女人身材高挑，长腿细腰，大步向这边走时带着一股飒爽的英姿之风，众人嬉笑着，这不是南絮吗，军区有名的高岭之花，业务能力精湛，身手不凡，长得还漂亮。

洪飞笑着迎上去："南絮，怎么有时间来咱们大队。"

陈湛北没动，依旧坐在石阶上，看着南絮走向这边。

南絮笑了下："洪队，我来你们大队，大家不欢迎呀？"

"欢迎，当然欢迎，咱们大队随时欢迎南少校。"

南絮笑道："我来找人的。"

"找人？找谁呀？"洪飞猜测不到南絮来找谁，反正不是找他，如果找他，就直说了。

南絮扬了扬下巴，目光看向陈湛北。

"成，那你们聊。"洪飞当她来找陈湛北聊云省的案子。

南絮走向陈湛北，陈湛北依旧没动，双手撑在身后，目光直直地看着她。

大家见两人可能有事，便都散去，不过都没走远，而是躲在门后，孟危咂舌："唉，你们说南絮来找北哥，是不是谈案子？"

"应该是吧，不然他们俩也没什么交集，肯定是为了黄平案呗。唉，会不会是来找孟哥你呀，我看你们俩那次没少说话。"

"别瞎说，人家能看上我吗？"孟危说完，嘿嘿一笑，"这可是有名的霸王花，谁能收得了，你觉得我能吗？"他转头瞪了眼旁边的队友。

旁边人挑眉："不见得，咱孟哥在缉毒大队也是响当当的名声。南絮长得漂亮，身手又好，技术顶尖，我要能找这样的媳妇，明天就回老家给祖坟上香。"

孟危道："哥撒泡尿，给你照照自己什么德行。"

那人嘿嘿一笑。洪飞过来："都扒这儿干什么，有什么好看的。"

"洪队，咱们看美女呀，唉，她不会是看上陈湛北了吧？你看霸王花笑了，笑得贼漂亮，完蛋了，不会是真看上北哥了吧，北哥连崽子都有了，霸王花要伤心了，快快快准备好谁上，把人哄好。"大家起哄着开玩笑。

大家盯着石阶那边的两个人，南絮长得好看，笑起来更漂亮，这是他们见过南絮这么多次，第一次见南絮对一个男人笑得这样开怀。

大门口瞬间拥挤来一群人，都挤在门垛后面，从上至下露出一排小脑袋，男人、女人，好多人。

"霸王花真漂亮。"

"霸王花不会真被北哥的魅力折服了吧。"

"北哥威武，我要献上我的膝盖，这么有名的一枝花，多少人惦记，居然对北哥动了心，咱缉毒大队太有面儿了。"

“可是北哥说他有媳妇，还有俩崽儿……”

陈湛北没想到南絮会来：“怎么过来了，也没打个电话。”

“你昨晚没回家，想着你今天有没有累着，过来看看。”

“一晚没见就想我了。”

南絮见他又开始坏痞起来，无奈道：“案子办完了吗，如果有时间，我陪你去医院。”

“去医院干什么，检查身体，还是婚前检查？”陈湛北当然明白南絮指的是什么，他故意逗她。

她没理他耍贫嘴：“我看你最近不舒服，生病了就要去检查。”

“啧，多大个事，爷是那种肚子疼就去医院的人？”他拍了拍她的手背，“有点水土不服，过段时间就好了。”

陈湛北的语气听不出什么，但南絮就是感觉他最近怪怪的，可又琢磨不透，因为他平日里表现得毫无异常。

“你和他们最近关系还融洽吧？”

“挺好的，约着一起喝酒呢。”

这时南絮的手机响了，是上级打来的，有急事，她讲着电话，跟挤在门口的一堆人挥了挥手，便开车离开了。

南絮一走，所有人都围上陈湛北：“北哥，你跟南絮什么情况？”

陈湛北挑眉：“我媳妇。”

“切，你半个小时前刚说的你有俩崽子，南絮可没结婚，也没孩子，你唬谁，你俩不会在云省那两天就看对眼了吧？”

陈湛北嘴角一抽：“对，我那天就看上她了。”

“北哥，这可不成，你要谨记自己有媳妇有崽子。”

“行行行，爷是有媳妇有崽子的男人，不能瞎扯。”

他话落，大家哈哈一笑，陈湛北看这帮人瞎起哄，还挺招笑的，就没深刻分析他跟南絮的关系，看着这帮人七嘴八舌痞痞地跟他扯皮，这种感觉，就像当初刚入伍时那段快意时光，气氛友善和谐，乐趣无穷。

南絮回到办公室便忙了起来，一直忙到过了下班时间，陈湛北也没打电话说来接她，她翻看手机，陈湛北发来一条信息，时间是五点十二分，内容是：晚些回去，你先睡。

他又不回来？

她发信息过去：“又加班？”

陈湛北：“跟兄弟约了一起喝酒。”

喝酒，好吧，她回道：“那别开车，少喝点，打车回家。”

陈湛北：“还在队里没出来，你先睡吧。”

南絮：“好。”

她忙完手上的事，开车回到家，自己煮了袋面吃，等到十一点，陈湛北还没消息，她发信息：“喝多少了？”

陈湛北过了会儿才回：“不放心我的酒量？”

南絮：“你肚子不舒服，少喝酒。”

陈湛北：“不碍事，早点睡，别等我。”

南絮毫无睡意，进了健身房跑步、打沙袋，直到通身是汗才坐在地上，用牙齿咬着拳击手套摘下，扔到一边。

她倒在地上，一直想着近来陈湛北的事。

过了会儿，她霍地起身，到客厅拿起手机，给黄怡欣发信息，黄怡欣跟缉毒大队对接比较多，她跟那边时常接触。

南絮："睡了吗？"

信息很快回来："在外面。这么晚，南姐有事吗？"

南絮见她回了信息，便直接拨过去电话。电话一接通，南絮便开口："问你个事。"

"南姐你说。"

"这两天，缉毒大队有重要案子吗？"

"没听说啊，你等下。"

南絮听到电话那边人开口，明显是在跟对面的人说话，她在问，你们最近有案子吗？这明显是缉毒大队的人。

南絮眉间微蹙，那边很快跟她说："没有呀，我跟洪队他们在外面吃饭。"

"你们喝酒呢？"

"还有孟危，好几个人，洪队说犒劳大家一下，我正好过来赶上了，就凑个热闹。"

南絮"哦"了一声："这么晚还打扰你，不好意思。"

"没关系，南姐有事随时找我，多晚都没问题。"

南絮挂断电话，这么说来，陈湛北确实是在喝酒。

南絮倒在沙发上，手机握在手里仰头看灯，看了几眼就刺得眼睛生疼，急忙躲开，发信息给陈湛北："唉，酒局上有几个美女呀？"

陈湛北信息是几分钟后回的："好多个呢。怎么，不放心你男人？"

南絮从不怀疑陈湛北这方面的问题，他们之间的感情不是外人可以介入的，她只是故意套他的话，不是她多心，是近来陈湛北着实有问题。

这一晚，陈湛北后半夜才回来，南絮清晰记得，是凌晨三点多，他身上只有轻微酒气，根本不像喝一晚上酒的人。

南絮没问，只是翻了个身，装睡地搂上他，他回手给她掖了掖被子才躺下。

次日醒来，南絮起得早，陈湛北还在睡，她走的时候，在地下停车场看到陈湛北的车，他如果真喝酒不可能开车。南絮盯着车久久出神，过了会儿才缓缓打开车门上车。

陈湛北起得晚一些，南絮走的时候他知道。

而这一晚，他没回来，而且连续两天，都没回来。

南絮问他，他说单位有案子。

南絮发信息给他：“你当我缉毒大队没人是吧。”

之后陈湛北回信息，南絮一条没回。

晚上陈湛北提前回来，他煮菜功夫不行，就在饭店打包了几样南絮喜欢吃的，南絮一进门，就看到陈湛北在客厅逗着金刚。

听到开门声，陈湛北颠颠跑到门口：“南南下班了，南南辛苦了。”

南絮换鞋，他弯腰替她拿鞋，南絮看着他替自己脱下鞋又穿上拖鞋。她知道，他爱她，他们之间有感情，牢固得坚不可摧，可他怎么了，这不是他的性格。

陈湛北起身时，看见南絮直直地盯着他看：“怎么了，是不是我这两天忙，忽视你了。”

南絮轻轻环上他的腰，下巴抵在他左肩：“湛北，你有什么事别瞒着我成吗？”

“我对你可从不隐瞒，这几天暗中查点事，晚上蹲点太晚了就在队里凑合一宿。”

他的解释合情合理，他要查的定是大案，但南絮觉得事情根本不像他说得这么简单。

吃饭的时候，陈湛北也一直哄着她，南絮夹菜给他：“你吃呀，别总管我。”

“看你吃饭我才有食欲。”他又夹了块牛肉，“我再给你盛点汤。”

南絮被他喂得撑得一动不想动，他却没吃多少，虽然他表现得一直在吃，表现出跟往常无异，但近来一段时间，他有不对劲的地方。多久了？好像去云省之前就有。

这夜，南絮睡得不深，不知几点，旁边的人起身出去，南絮听着外面的声音，他在喝水，然后是打火机的声音。

过了会儿，听到他起身的声音，然后是洗手间的门关上，南絮悄声出来，她开门的声音很小很轻，但洗手间里的人还是听得到，陈湛北握着洗手池的手紧了又紧，咬着牙长长地吸了一口气，快速调整情绪打开门出来。

“又吵到你了？”

南絮就站在门口，直直地盯着他看，她不说话，就这样看着他。

陈湛北冲她笑了下，他的笑很温暖，可南絮的心里却莫名一疼，他鲜少露出这种想要温暖她的笑，他会痞痞地笑，插科打诨逗弄她地笑，或是帅气的脸上散发着邪气的笑，但都不是这样。越是这种温暖的笑，越让她不安。

“又把你吵醒了，我抱你回去睡。”

他作势要抱，却没有动手，以往他定是嘴上说着身体已经行动，此时却只嘴上逗她。南絮握上他的手，他的手很凉，掌心还有水汽，不知是汗还是刚刚洗过手残留的水。

“你怎么了，告诉我，别瞒着我行吗？”

“真的没什么，我就是睡不着。”他又解释，“习惯性失眠，我这习惯一时难改，你知道的，这些年一直这样。”

“你别骗我。”

陈湛北咂舌，又叹了一声：“我在想通差的事，想着想着就睡不着了。”

通差的事，以陈湛北的性格，发现苗头案子却进展不了，确实会难以入睡，这根刺如鲠在喉。

“湛北，你已经回来了，再回去只会更加危险，比之前凶险万分，被人发现你就回不来了。你……”

陈湛北急忙抱住她：“我没有要回去，真的没有，你别乱想。”

得到他的承诺，南絮稍稍放下心，可她心里还是不安稳，敏锐地察觉出他的异常，南絮拽着他去睡觉，她拉着他的手，像是怕一松开他就消失一样。

陈湛北知道自己最近让她十分敏感，他把她哄睡，脊背已经一层冷汗，他松开她的手走出去，刚一出门，脚下便一个趔趄差点栽倒。

他急忙从抽屉最下层找出药扔到嘴里，双手撑着桌子，额头上已经有豆大的汗珠顺着脸颊滴落，咬紧牙关，拖着双腿倒在沙发上。

而他完全没发现，卧室门口，南絮怔怔地站在那儿，眼泪夺眶而出。

她捂着嘴，这一幕仿佛像重锤击在她心底，她想上前，脚步一个踉跄他都没发现，他警觉性那么高的人，都没发现她，他是有多痛，他还在忍。

南絮在他身边蹲下，他身上的衣衫已经湿透，后背的布料被像水浸过一样，他一直忍着不让她知道，这一年，他到底受了多少罪，他一点儿也不告诉她。

她轻轻抬手，触碰他的背，沙发上的人周身一颤，他猛地回头看过来，紧绷的脸苍白得毫无血色，却又在怔神过后，冲她露出一抹强扯出来的笑："南南，我没事。"

南絮摇头，不住地摇头，失声哭了出来："我求你，你不要安慰我，不要再骗我，不要，湛北……"

"一会儿就好，真的，一会儿就好了。"他不想让她看到，挺过这段时间就过去了，他能抗得住。他有过心理准备，却没想到疼痛会来得如此猛烈。

原来这段时间他的反常，是因为怕她发现他的伤痛，故意躲开她。看着他痛，她手足无措，什么也做不了，什么也帮不了："齐骁，我该怎么办……"

她只有在情急之下，才会恍惚叫出这个名字，因为在她心里，这一切的痛，都是齐骁所受，再由陈湛北来承受。

他哑着嗓子，疼痛使他说出的话都从牙缝里挤出来："南南，回房间去。"

她见过他中枪都面不改色，见过他血肉模糊也一声不吭。此时的疼痛定是比那时还让他难以忍受，这几日他都受着如此折磨，却一点也不肯告诉她。

“我该怎么办，怎么才能让你不要这样痛。”

陈湛北此时一句话都说不出来，只是咬紧牙，喘着粗气，双手捏得咯吱作响。

他强支着身子翻身过来，把她扣在怀里，他疼得浑身颤抖，却用尽力气拥着她：“南南，你别哭。”

南絮紧紧抱着他，眼泪和着他的汗水，潮湿了冬日的夜晚：“湛北，不要离开我，求你，不要离开我。”

“不会，永远不会。”他回应她，给她更紧的拥抱。

陈湛北这些年受过的大伤小伤不计其数，最严重当属消失的那一年，差一点丢了性命。他被蔺闻修的人救下，昏迷三个多月后转醒，腿部中枪后肌肉出现萎缩，做复健的那段时间很痛苦，他咬着牙让自己快些恢复。

气候变化时最为难熬，受过重创的部位，骨头像被锤子重击一样疼。刚回来一段时间还好，这段时间气候变化大，湿冷的空气钻进骨头里，疼起来周身像被重型轮胎碾过似的，连挣扎的力气都没有。

他不想让南絮知道，却偏偏让她撞见他这般模样。

陈湛北不是一个会喊疼的人，当看到南絮为他伤心时，他心里的疼快要掩过身上的伤痛。

南絮问过他几次，那一年里发生了什么，他都避重就轻讲了一些，那段黑暗不应该出现在她生命当中，他可以自己承受。当初决定进入金三角，他没想过有一天能活着回来。能回来，已是万幸，能认识她，上天待他不薄。

南絮真的手足无措，帮不上他，眼见着他受伤痛折磨却无能为力，这种感觉比她自己受伤还难忍受。

她想起自己当初受伤，陈湛北是怎样的心情，那一天，她知道他们如此相爱，是可以用性命来抵换的情感，炽烈如火。

强烈的疼痛感持续了半个多小时才渐渐好转，陈湛北轻抚怀里的人："以前不知道，原来你也这么能哭。"

他还在逗她，南絮不停地替他擦拭额头上的汗："好些了吗？"

"好多了，南南，熬过这段时间就好了，不总疼的。"

"没有根治的办法吗？"

"医生说慢慢会好。"他苍白的唇上扯出一抹笑，笑在眼底，黑瞳里有她。

"都哪里疼？你不要什么都不跟我说，不要把我推开自己承受。"

"腿上当初中了一枪，子弹嵌进了骨头。"他不告诉她，她定会追问下去，其实不只腿上，肩上、背上都曾经中过枪伤。

南絮拧了热毛巾给他腿上热敷，陈湛北躺在沙发上，看着她忙前忙后，小脸煞白，他抓住她的手："南南，我不想你担心。"

他不让她知道，就是怕她担心，她不能表现出太过伤心，越是这样，他越什么都不跟她说，南絮抹了把脸上未干的泪："我知道，你会好的。"

天已经大亮，陈湛北被疼痛折磨得周身疲惫才睡下，南絮没睡，她煮了早餐，粥、面包、煎蛋和火腿。

陈湛北睡了两个小时便醒了，见她没走，他也没辙，这件事让她知道，定是心神不宁。

他把她揽进怀里，她拥着他的身子，力道不敢太重，她怕他疼。

陈湛北轻叹一声，疼痛过后此时有了些力气，扣住她的手腕，让她环在自己身上的手用力一些。

“抱紧点，我喜欢你用力抱着我的感觉。”

他逗她，想让她笑，可是南絮笑不出来，她勉强挤出一抹笑。

陈湛北去洗漱，南絮又热了一杯牛奶，把所有早餐都推到他面前，让他全部吃掉。陈湛北恢复精神，就又开始跟她耍贫嘴，南絮命令他，贫嘴也要吃光这些。

吃完早餐，陈湛北去上班，南絮没去上班，而是开车出来打电话给渔夫，告诉他陈湛北的情况，她在去军区医院的路上，让他找最好的医生。

渔夫知道后，心底一沉，他能想象得到陈湛北这些年都经历过什么，他的伤，不比常人，伤多且重，差一点丢了性命。

渔夫从单位出来直接跟南絮碰面，带她去院长室，把情况说明，院长找来这方面的专家，专家说必须本人到医院检查，才能进一步判断。

渔夫直接让司机开车去缉毒大队，陈湛北一听，便知道南絮找老杨了。

他没辙，只好跟着去医院。到了医院，渔夫沉着脸，话都没说，直接让人把他按进去做检查。

结果出来，医生看着片子：“我做了这么多年医生，第一次看到这种片子，骨头多处受伤，你不好好养，再过些年，有可能都站不起来。”

此话一说，南絮搁在腿上的手蓦地一紧，渔夫脸色又沉了几分。

医生给出治疗方案，吃药，理疗，休息，不要再有过大的运动量。

陈湛北被叫进去做理疗，南絮跟渔夫等在外面，南絮说：“老杨，我亲眼见过他中枪，他连吭都没吭一声；我亲眼见他血肉模糊，他眼皮都没眨一下，可是，昨夜他疼得全身发抖。”

南絮眼睛早已湿了一片，渔夫的手紧紧捏着栏杆扶手，他闭着眼睛，什么都没说。

从医院出来，渔夫让陈湛北跟他上车。

“你连我都瞒。”

“我能活着回来，这些还算什么。老杨，你知道咱们做这个工作的，哪个没伤痛，都跟着一辈子，我有心理准备。”

“那你也不能瞒着我，要不是南絮告诉我，我当你好人一个，还让你出任务，你这样出什么任务，老实在家休息去吧。我刚才跟曾局说了，给你放假，直到你彻底养好伤为止。”

陈湛北咂舌，烦躁地从兜里掏出烟，刚要点上，就被老杨抢了过去：“少抽点，那东西对你身体没好处。”

陈湛北无奈地笑了出来，频频点头：“行，不抽。”

渔夫叹息一声：“你在我手下七年，这七年你的付出上级领导都知道，给你放个无限期长假，爱做什么做什么。”

“咱打个商量成不，别停我工作呀。”

“没得商量，回家休息去。”渔夫对陈湛北不单纯是上下级关系，对他是发自内心的敬佩，还有喜爱。他心疼陈湛北这些年所受的罪，知道他留下病根未痊愈，受了那么大的折磨，他更是心痛万分，让他好好休息，好好治疗，工作不急于一时，真碰上什么大案，自然也不会让他闲着。

陈湛北要回缉毒大队，渔夫没允许，车子直接把他送回家，他下车时，渔夫警告他：“你敢不听医嘱，我就停你一辈子职。”

“啧，玩这么大？”陈湛北痞痞道。

渔夫挑衅道：“信不信？”

“信，你是领导，你说了算。”

陈湛北回到家，逗金刚、逗小乖，不疼时跟好人无差。

南絮一整天脸色都不好，同事以为她病了，让她多休息，南絮忙完手头的事提前出来，她到家，陈湛北却没在。

她急忙打电话过去：“你在哪儿？”

“超市，我一会儿去接你。”

“不用你接，我去找你。”她快速下楼，开车去离家最近的大型商超，陈湛北已经结完账，拎着袋子在门口等她。

南絮去拿他手里的购物袋，陈湛北把手躲开没让她拎：“南南，你真要把我当废人吗？”

南絮一怔，陈湛北骨子里有着不屈的精神，是铁骨铮铮的男人，她笑了下：“北哥今天都买了什么？”

“一整只鸡，晚上煲汤，我查了做法，准备给你个惊喜，谁知道你提前下班。”陈湛北一手拎着购物袋，一手揽着她往停车位走去。他想给她补补身子，她太瘦了，还为他操心。

南絮心里再难过，面上也不能表现太多，她环着他的腰，手上的力道却不敢太重，她看到医生指出他身上的伤处，那么多，肩上、背上、腿上，这些枪伤留下的痕迹，还有他身上清晰可见的伤痕。她突然停下脚步，双手抱住他，轻声说：“让我抱会儿。”

陈湛北看着胸口前的小脑袋，唇角微微上扬，在她发顶亲吻了下。

南絮没让陈湛北煮晚饭，把他按到沙发上，让他躺着。

陈湛北躺在沙发上，腿搭在一边，手里拿着小木棍逗着金刚玩，一边念叨："这么瘫着，爷身子不废人也废了。"

"南南，金刚又欺负小乖，你教教小乖让它回击。

"南南，过来让爷亲一口。"

南絮手里拎着勺子怒气腾腾地出来，陈湛北以为她被他吵得烦了，刚要赔个笑脸，南絮弯腰过来，在他唇上亲了一下，快步跑回厨房。

陈湛北看着南絮忙碌的背影，"扑哧"一声乐了出来："唉，这日子也不错，有老婆，还有俩崽儿，美哉美哉。"

吃过晚饭，南絮监督他吃药，又拿毛巾给他热敷疼痛处。

她看着外面阴冷的天，祈祷快些放晴，他能好过一些。

连着两晚，南絮都没怎么睡，陈湛北疼时总是躲着她，可她压根儿不睡，他躲不开。她越难过，陈湛北越想要克制、忍着，他想加大止痛药的剂量，被南絮制止，医生说尽量不要加量，容易产生抗药性。

这天，陈湛北跟南絮提了自己的想法："老杨给我放长假，我……回家成吗？"

南絮猛地看向他："你别想偷偷藏起来承受痛苦，陈湛北，我承受能力有那么差吗？"

"南南，我是真的想回家看看爸妈。"

"你当我不懂事也好，当我无理取闹也罢，你别想离开我半步。"

陈湛北确实想躲开一段时间，自己慢慢调整，他的伤对南絮身心都造成了伤害和折磨。他疼不要紧，不想她跟自己熬着。

“如果以后真的残废了呢？”

“你闭嘴，我不想听你说话。”

南絮生气了，后果很严重，陈湛北真把人给惹炸了，怎么哄南絮都没有好脸色给他，却又细心地替他热敷，给他递药端水。

陈湛北晚上要抱她，她却推开他，自己裹在被子里，后半夜，她又轻轻给他掖被子，静静地看着他。

陈湛北不知道自己以后会如何，像医生说的那样，说不定过些年，他就残废了，走路都成问题。

他有些后悔了，为什么回来，可她是他回来的最大动力，生死边缘打转时，他像是总能听到她的声音。

周末跟江离约了吃饭，南絮开车过去，江离和余安安已经在餐厅等他们。

陈湛北第一次见江离，一身矜贵西装，完全看不出是执行特种任务的军人。

江离也是第一次见陈湛北。

感觉出他身上那股子浑然天成的正气，定当是个不错的人，以南絮的性格，能让她喜欢的，定非常人。

南絮介绍：“我男朋友陈湛北。这是我好哥们儿，江离和安安。”

江离伸出手，两人握了下：“北哥，终于见面了。”

陈湛北知道，能让南絮提过无数次，且第一个想带他见的人，一定是她关系最为要好的朋友：“南南总提你们。”

前段时间约见面，江离出差，这件事就延后了，后来他们又去了趟云省，一直拖到现在才见面。

江离原本想跟陈湛北喝点，南絮阻止："今天不喝酒，只喝茶。"

余安安发现南絮脸色不对，虽然有笑，但脸色特别不好，神情偶尔也会出现一丝恍惚，这可不是她所认识的南絮，她第一次见南絮，被她的气场和身手震撼到，怎么会有这么帅气的女人。

吃饭，聊天，南絮知道江离一直好奇她怎么突然就谈恋爱了。

她跟江离无须有太多避讳："江离，他是齐骁。"

江离陡然一顿，他听过她在浑浑噩噩的时候念着齐骁的名字，也查过此人，却不想，他就是齐骁，齐骁就是陈湛北。

这个消息太过震撼，他喝了一杯茶。南絮笑了出来："惊讶吧？"

"我喝口茶压压惊，太震惊了。"江离起身，在门口叫服务员拿酒过来。

他倒了两杯："我敬你一杯。"

陈湛北端杯的时候南絮压住他的手："他身体不太好，旧伤复发，不能喝酒。"

江离一听："我自己喝。"他说着，仰脖把酒灌进肚子里，冲陈湛北说，"我敬佩你。"

陈湛北给南絮示意个眼神，端起酒杯："南南一直管着不让喝，也不是不能喝，我陪你喝吧。"

"别，我自己来吧，这消息我得好好消化消化。"

陈湛北莞尔一笑："南南总提起你，那次你去救她，后来她跟我提起这件事，很感动她有你们这些好兄弟、好搭档、好战友。"

余安安跟南絮去洗手间："你怎么了？脸色不对。"

"他多处受伤，现在每天都会被疼痛折磨，我只能眼睁睁看着却什么也做不了。"

余安安理解，因为江离当初也受过重伤，还有重创后遗症，那段时间她看着他痛，比自己痛还难过。

余安安叹息一声，给她一个拥抱："你是最强大的，你看上的人一定更强大，所以，相信他，一定会好的。"

"可他想躲开我，他疼的时候不想让我看到，可是我不敢让他离开我半步。"

"你们经历过那么多，谁也不会把你们分开。南絮，我理解你现在的无措，别给自己太大压力，你越难过，他越想躲开你。"

吃饭时间很短，南絮担心他的身体状况，吃完饭聊了会儿便离开了。她开车，陈湛北坐在副驾驶座上，他开玩笑说："南南这么宝贝我，什么都不让做，那晚上我们做点什么呢？"

南絮瞥他一眼："知道什么时候我最喜欢你吗？"

"什么时候？"他挑眉。

"闭嘴的时候。"交通岗处，南絮回手拽过毛毯直接扔到他脑袋上。

这边余安安开车，跟江离提起南絮和陈湛北的事，提到陈湛北旧伤留下病根，提到他想躲着她的事。这事他们担心也没办法，只能想辙找朋友咨询好的医生。

次日南絮去上班，陈湛北在家无所事事。

门口传来敲门声，陈湛北一怔，住进来后，家里没来过任何人，南絮也有钥匙，他过去开门，是江离。

江离进来，两人闲聊了几句后，他切入正题："昨晚南絮跟安安提到你伤痛的事，我觉得你这事别躲着她，南絮的性格你了解，你躲不开。"

陈湛北无奈一笑，手里的烟抽了一口，吐着烟雾说道："我这伤也不是什么大事，但以后也不知道会是个什么情况。"

"南絮跟你提过那一年的事吧。"

"虽然她不提，我也能猜到一些，不好过吧。"陈湛北说着，狠吸了一口烟，然后掐灭。

"她昏迷了几天，谁也不知道发生了什么，醒来后不吃不喝，后来落下个毛病，吃不好东西就吐，住了一个月的院。伯父担心她，就让我多过来看看，我偶尔会过来，安安也常来陪她聊天。她那段时间精神恍惚，梦中惊醒叫着齐骁的名字，然后不停地掉眼泪。"

陈湛北眉间紧锁，心里抽搐地疼。

江离突然重重叹息一声："有一次我过来，门大开，屋里没人，我看到消防通道的门开着，就跑上楼。南絮站在楼顶迎着冷风，她说，她想你。我不知道如果我没来，她会不会跳下去，我告诉你这个，希望你别有顾虑，你即使一身伤痛回来，对她也是最大的安慰，你是她活着的希望。她对你的感情，可抛生死。"

南絮正在办公室里调设备，突然门开了，陈湛北站在门口。

她惊讶道："你怎么来了？"

陈湛北大步上前，宽厚的掌心捧起她的脸，一个热切的吻落了下来。

他把所有的情感都注在这个吻上，热烈急切。南絮不知道他怎么了，门还开着，门外人来人往的，她抗议地推他，他却稳如泰山，任她用力挣扎，直到力气越来越小，放弃抵抗，瘫软在他怀里。

他拥着她，头抵着她光洁的额头，呼吸交融在一起，他单手托着她的脸颊，粗粝的掌心摩挲着她的下颌，指腹在她唇上轻轻流连。

南絮缓着呼吸，直直地盯着突然出现的人。他漆黑的眸子深如旋涡，有着把人席卷的魔力，让人无法自拔地沦陷其中。

“南南，我爱你。”

他爱她，她知道，却从未听他说出口，有震撼有甜蜜，南絮怔怔地看着他，想要笑，眼睑一弯却蕴出了泪花。

“我怎么这么爱你。”

南絮笑了，和着眼泪，美好且幸福。

门外的兄弟们起哄，南絮霎时满脸通红。

大家看到她脸红，又一阵哄笑，因为太稀奇，南絮那清冷的性子，别说脸红成蛇果，就是变个颜色，那也是黑的。

江离抱怀倚着窗口，跟大家闲聊，南絮出来后，兄弟们终于见到她男朋友，说晚上一定不能放过他。

南絮不答应也得答应，兄弟们不可能放过她。

陈湛北坐在办公室里等她下班，南絮忙着自己的事，余光总能瞟见他炙热的目光，那目光时而如火时而深沉，她抬头：“你怎么了？”

“看自己媳妇不行吗？”陈湛北说着，跷起二郎腿。

南絮瞪他一眼，陈湛北麻利地把腿放下，嘴上念着：“媳妇管得严啊，以后可咋办，这日子也忒美了。”

“贫吧你，药吃了吗？”

“哪敢不吃，媳妇的话就是圣旨。”陈湛北冲她挑眉，南絮觉得他今天有点反常，不过不重要，因为他的反常，表现出来的是对她的爱。

晚上跟队里的兄弟们小聚，南絮把江离留下，晚上这顿酒，江离无论如何也得替陈湛北挡一挡。

到了酒店，要了个包厢，大家落座后，南絮介绍了陈湛北，提了工作，提的都是能提的，不该说的自然不会提及。

他们之前跟缉毒大队也打过配合，并未听说过陈湛北，旁人没多想，不过郑磊倒是多看了他几眼，南絮的变化是从她被毒枭抓去后。

他微微蹙眉，隐隐猜测出一些端倪。

江离和南絮都没少喝，陈湛北一杯之后，又喝了一杯，大家祝福的酒，他不可能不喝。

南絮出来去洗手间，碰到外面打电话的郑磊，郑磊见她出来，很快挂了电话。

“磊哥，喝得差不多了，一会儿就撤吧。”

郑磊冲南絮招了下手，她走过去，两人站在窗边，郑磊问她：“你们在哪儿认识的？不会是？”

南絮一怔，就在她怔神的刹那，郑磊便知道自己猜中了。

“挺好的。”他说。

南絮笑了下：“谢谢。”

从餐厅出来，她刚上车，陈湛北就把她按到座上：“你刚才跟人聊什么呢？”

“干吗？”她挑衅。

“别以为我看不出他对你有企图，你是我的，别人惦记也不行。”

“我说骁爷，咱这醋吃得莫名其妙，我身边全是男人，你挨个儿探探底？”

“探呗，你男人我做这个最擅长。”

南絮哭笑不得：“他们当我是男人一样。”

“只有你傻乎乎地当自己是男人，你说你哪点像男人，爷这样的才叫汉子。”他拉着她的手，覆上自己的胸口。

南絮感觉到掌心下的温度，指尖轻轻在那处滑动，昏暗的车厢里，她抿唇娇笑得格外惹火。

陈湛北瞳孔微缩，眸色越来越暗，眼看唇就落了下来，南絮猛地推开他：“别闹，这是车上。”

回到家将近一点，他近来总是半夜疼得厉害，南絮一到这个时间就十分紧张，陈湛北要跟她闹，她就推开他，给他热敷、拿药。

陈湛北见她紧张的模样，心里特别不舒服。

果然，没过多久，疼痛感再次袭来，药刚吃几天，效果暂时没那么明显，南絮的脸色比他的还难看。

陈湛北熬过一段时间便缓解下来，南絮去洗手间洗毛巾，站在镜子前，眼里早已经湿了，洗着毛巾，一遍遍地洗，把所有情绪都发泄在毛巾上。

陈湛北等了好一会儿人也没回来，于是来到她身后。

南絮抬头，两人的目光在镜子里交汇，两双眸子都蕴着隐忍的情绪，陈湛北环上她的腰，唇落在她的后颈。

这么些天，南絮第一次睡得如此酣沉。她的手被他包裹，紧紧地握在一起，睡梦中，都是艳阳天。

陈湛北的状况恢复得没那么快，医生说这病是个持久战，怎么也要两年才会好转，南絮找了西医，又找中医，针灸、理疗，能用上的都让他试一遍。

陈湛北说自己成了小白鼠，每天被扎得跟马蜂窝似的。

又过了几日，阴冷气候过去，疼痛感减缓，陈湛北连着几天没再疼过。

南絮提着的心稍稍放回肚子里，眼看到了年关，陈湛北在放假，肯定要回家，他走，她又不放心，她想跟爸爸商量一下，她跟他回去。

这天，陈湛北闲得无事便去了缉毒大队，连着多日未出现，大家都围了上来，七嘴八舌地问他是不是去查案了。

明着说是休假，但谁也不信曾局真让他放长假。

他来了，大家逮着他就不放，说马上要放假了，晚上大家出去喝点，陈湛北拗不过大家的热情，便应下。

他给南絮发信息："晚上跟大队的人一起吃饭，你晚上自己吃，别等我。"

南絮："不许喝酒。"

陈湛北："我来取车，不喝。"

南絮："信你才怪，不许喝。"

陈湛北"扑哧"一乐，回她："真不喝。"

他说不喝，旁人可不依，陈湛北不可能提自己受伤的事，这酒一杯下肚，开了头，第二杯第三杯，就喝开了。

陈湛北消失了一段时间，大家边喝酒边使劲八卦问他是不是去查案子了。

陈湛北解释，大家也不信，非让他给大家讲一讲关于毒品这方面的经验和见识，好不容易逮着人，哪能轻易放过他。

陈湛北就简短讲了一些，说到痛恨之处，大家都恨得咬牙，热血高涨，誓要把毒贩清缴出我方境内。

洪飞让他回去给大家上上课，陈湛北说他现在是被放假，不是自己主动请假，他说完无奈一笑，大家也不知道怎么回事，以为他犯错被惩戒，陈湛北摇头，说他这辈子最不可能做的就是犯错。

南絮下班后回了爸爸那儿，跟爸爸提了自己的想法，她没避讳陈湛北的病情，南爸稍稍有些担心，她解释说最近好了许多，只是她不放心他自己回去。

她跟爸爸一起吃的晚饭，回到家是十点多。

南絮冲了个澡，看着时间越来越晚，虽然近几日陈湛北身体好转了许多，她还是担心他再次发作。

她一边擦头发，一边给陈湛北发信息："你们在哪儿聚呢？"

陈湛北："大队旁边的饭店。"

南絮："喝没？"

陈湛北正在打字，孟危已经把他空的杯子倒上酒："北哥，我敬你一杯。"

"想喝直说，别找借口。"陈湛北嘴上语气很硬，手却端起酒杯与孟危递过来的杯子碰了下。

"北哥，以前的事……"

“我刚来几天，能有什么事。”他说完，仰头把一杯酒直接干了。

孟危猛点着头，连干了三杯。

于杰凑过来：“北哥，等我达到可以做你徒弟的标准时，你能收我吗？”

陈湛北手里握着手机，媳妇信息还没回呢，这又凑过来一个：“你怎么跟黄怡欣似的，她就想认南絮做师父，你呢，非让我收你做徒弟。阿杰，师傅徒弟这些无关紧要，我们的目标是抓住毒贩，保住自己性命。”

孟危一听，开口说道：“还是咱北哥威武，把南絮都给迷住了。”

于杰说：“我还觉得北哥喜欢南絮呢。”

大家只把这事当个乐子说，陈湛北点了根烟，无奈地笑了下，低头回信息：“你先睡，别等我。”

南絮已经开车过来了，问了服务生他们的包间，服务生带领她到包间门口，门一开，南絮就看到陈湛北坐在那儿，手里还拿着杯子。

大家见南絮突然出现，都怔了下，然后瞬间起哄：“这什么风啊，居然把你吹来了。”

南絮莞尔一笑，目光看向陈湛北：“我来找他。”

陈湛北见南絮进来，他手上第一个动作，就是把酒杯推到旁边的洪飞面前，南絮心想着，你装，再装，就知道你会喝酒，已经十二点了，还在喝。

陈湛北急忙站了起来：“怎么过来了，不是让你先睡别等我。”

“知道你们喝酒，你开不了车，我过来接你。”

大家都吃惊得说不出话来，原本只是觉得俩人关系有点暧昧，此时的话已经说得够直白，这哪是暧昧，明明就是情侣关系。

陈湛北抬手揽过南絮的肩，把人带进怀里，冲着大家说：“来，叫嫂子。”

大家瞬间哄笑出来，然后齐亮亮地开口：“嫂子好。”

大家给南絮让了个位置，又让服务生添了套餐具，南絮也没吃什么，只是看着大家吃饭，看着大家灌陈湛北酒。

她眉头越收越紧，于杰小声对孟危说：“南絮不高兴了。”

“嫂子，兄弟们特别敬重北哥，打心眼里佩服他。”孟危改口改得特别顺，“嫂子，你跟北哥，不会真的是云省那两天的事吧？”

大家早就好奇了，孟危的话一出口，所有人都竖起耳朵。

“不是，我们在一起两年多了。”她看向陈湛北，“好像，再过三个月就三年了。”

“你俩云省一趟，一点儿风声苗头都没露出来，这保密工作是怎么做的？”

陈湛北单手搭在南絮肩上，身子倚着椅背：“这说明什么，说明你们的侦查能力太差。”

众人异口同声“切”了一声。

散局后，南絮开车，陈湛北跟她说话，换回的只是眼刀。

回到家，陈湛北一把抱住她，南絮推开：“拿开你的爪子。”

陈湛北委屈巴巴：“南南凶我。”

“你自己身体什么状况你不知道？才好几天又去喝酒。”

“他们太热情了。”

“热情你就推脱不了？”

陈湛北点头，他是高兴大家把他当兄弟，多少年没有这种感觉了，心里一高兴，就没控制住喝开了。

南絮哭笑不得：“拿你没辙，身体没恢复之前，少碰酒。”

“好，听媳妇的。”

四月，宁海。

陈湛北还在休假，他的身体状况已经好转许多，但医生的叮嘱老杨一直放在心上，让他静养，不能有过重的运动量。

老杨让他休假，他只能休假。

年假过后，南絮回来上班，她也看出陈母特别不舍，便让陈湛北留下，再三叮嘱，药要按时吃，如果疼得厉害一定要去医院。

陈湛北在家陪二老一个半月，母亲开始好奇，他已经到工作岗位报到，居然可以休息这么久，他解释说这是几年累积的假，上级让他随便休，主要是近来没大事，他刚到岗位还没正式接触案件。

他解释，母亲便信了，正好陈母心心念念盼了七年的孩子回来，舍不得让他离开身边半分。

陈湛北虽然在休假，洪飞有事还是会打电话给他，遇到有疑惑的案子会征求他的意见，虽然赋闲在家，他也没真正地闲下来。

四月初，宁海已经进入夏季，但早晚温差比较大。

南絮下班回来，给金刚和小乖买了些浆果和坚果，这俩小家伙近来关系没有那么剑拔弩张，小乖也不再惧怕金刚，只不过对金刚没有一点儿热情劲，金刚倒是贱兮兮地往跟前凑，小乖就躲，然后迈着高傲的脚步走到别处。

金刚和小乖偶尔会聊天，南絮自然听不懂鸟语，但她也会分辨它们的情绪。

她回到家，金刚正叽里呱啦地说着什么，然后衔起一颗谷粒飞到小乖面前，小乖漫不经心地睨了一眼，然后扑棱着翅膀，飞向门口回来的主人。

南絮坐下换鞋，从袋子里拿出一颗浆果放在掌心：“小乖，尝尝这个。”

小乖伸出小脑袋，乖巧地衔起小小的浆果吃进嘴里，它的动作很轻，不会啄得手疼，南絮真喜欢这乖巧的小家伙，她伸出一根手指，小乖心领神会，伸出爪子跟她钩了钩。

金刚体形较小乖大一些，飞起来也没那么轻盈，扑棱着翅膀飞向她：“南南，南南……”

南絮拿了一颗给金刚，金刚啄进嘴里却没吃，而是献宝似的把嘴伸到小乖面前，小乖黑黑的眼瞧着金刚，然后振动翅膀，飞走了。

这俩活宝太逗了，南絮学着陈湛北的模样，戳着金刚的脑袋：“媳妇不好追吧。”

金刚衔起浆果飞到小乖身边，这锲而不舍的精神还真是个爷们儿样。

南絮收拾了一下，给自己煮了碗面，她在吃方面不在意，填饱肚子即可，陈湛北在的时候，她总想着让他吃得好些，才用心去学习不同菜式，现在的她已经能烹饪出一桌美食。

陈湛北跟哥们儿小聚回来，一边开车一边打电话给南絮，响了几次也没人听。

南絮泡完澡又洗衣服，再出来是半个小时后，听到手机提示音，不用想也知道是陈湛北，两人每天都打电话、视频、语音、发信息，即使不在一起，也跟在一起无差。

她穿着睡衣出来，直接打了视频。

很快，陈湛北那张痞帅的脸出现在屏幕上："明天两点的飞机，三点二十到机场。"

"阿姨舍不得你吧？"

"我妈已经烦死我了。"陈湛北坐在二楼阳台处，四月的北都是暖暖的春风。陈湛北不喝酒，每天喝茶。他端着茶杯，像晃动着红酒那样轻轻摇杯，这是拿茶当酒呢。

喝什么不重要，重要的是态度。

南絮扬着弯眉："阿姨哪是烦你，心里准是舍不得。"

陈湛北了解自己的母亲，看似柔弱，实则骨子里十分刚强，换了一般母亲，他离家七年，哪会舍得再放他离开。

次日南絮去上班，下午两点半便开车出来去机场接陈湛北。

前几日，两人在视频里聊天，提到宁海气候适宜，很适合爬山，她说等他回来一起去山顶看日出，这是去年做的规划，一直没能实施。

三点二十，南絮站在接机口，望着里面出来的乘客，十分钟后，看到一个熟悉的身影，长腿迈着稳健的步伐，白 T 恤、黑色休闲裤，脸上架着墨镜，从机场大步往外走。

南絮双手撑着围栏，眸光紧紧黏着那人的一举一动，一脸甜蜜。

陈湛北鹰隼般的眸子精准落在南絮身上，薄唇轻勾起一个弧度，他走向她，掌心扣住她的小脑袋，在她额头上亲了一口。

南絮用手肘撞他胸口，然后站在他面前："让我好好检查检查。"她拍了拍他的肩，手在他胸口砸下轻轻一拳，"别的没变化，你居然变白了。”

周六晚，为了第二天看日出，南絮和陈湛北拿好装备，晚上登山。

南絮拿了厚衣服、帐篷、睡袋，可以看夜空，可以看日出，白天还能晒晒太阳，这日子多幸福。

陈湛北开车，按南絮给的路线，前往距离宁海八十千米处的离山，离山最高海拔两千一百多米，早晚温差较大，夜里爬山的人很多，山顶可以看到最美的日出。

两人把车开到半山腰的停车场，陈湛北把行李拿下来，南絮背了一个小背包，他背着装帐篷的军工背包。

其实两人体力都不错，但速度却不快，慢慢登山，一边欣赏沿途风景，远处的城市灯火通明，和着满天璀璨的星星，别有一番风情。

一个半小时，终于到达山顶，两人觅得一个绝佳的位置停下。

陈湛北把帐篷打开支好，夜里山顶气温只有十几度，还是很冷的，南絮把冲锋衣掏出来让他穿上，又把厚垫子盖在他腿上，生怕他受寒气旧疾复发。

“不是跟你说过，已经好了吗，很久没复发了，你别担心。我们来看夜色，你看那边的城市，那个半弯的弧度很漂亮。”

“那是江边。”她把他的手包裹在掌心，给他驱挡着寒意。

南絮拿出手机，用前置摄像头对准他们俩：“我们拍张照片。”

“一，二，三……”南絮按向拍摄键。

连着拍下几张合影，又拍了极美的夜色，南絮仰头望着繁星点缀璀璨如星河的夜空，轻叹一声："那时不知道你为什么总是望着星空，后来知晓一切，每次看你坐窗边，都特别心疼。"

环着她腰间的双手紧了紧，陈湛北说："以后可以和你一起看。"

"有时不敢回头去想那段过往，每每想到你在那暗无天日的魔窟里艰难生存，我都一身冷汗，湛北，"她转头，柔软的掌心捧起他的脸颊，"总觉得给你的不够多。"

她想给他她能给的最好的一切，可无论怎么做，她都觉得不够。

陈湛北在她唇上轻轻落下一吻："你这么好，我还有什么不知足的。"

南絮环上他的肩，下巴搁在他的肩头："我也知足，真的知足。"

凌晨的山顶空气格外清冷，两人躺回帐篷，陈湛北躺在垫子上，头枕着双臂望着夜空，南絮跟他并肩，道："你听过那首歌吗？《夜空中最亮的星》。"

"没听过。"

南絮侧头看他："你就是我的那颗星。"

陈湛北望向她真挚如繁星的眸光，唇角蕴出一抹极暖的笑，回手轻抚她的头发，指腹一点点滑着她的脸颊。

看夜色、观日出，南絮靠在他肩上，朝阳从远处展露光晕，一点点浮出，晨光不炙热，却能温暖人心，朝阳象征着希望，她希望，世界无毒，希望那一天早日到来。

他们吃了点带来的食物，太阳缓缓升起，直到高挂于上空，暖意袭来，脱下厚重的外套，两人躺在地上，迎着阳光，对于普通人，做这样一件事极其容易，可对陈湛北来说，他渴望了七年的阳光，终于在这一天，跟她一起实现。

翠绿的草地，明媚的阳光，微风拂过侧脸，阳光渗透大地，南絮靠在他肩膀上，说："你虽然不说，但我能想象你那一年承受了多么重的伤痛。"

"别离开我，无论我们最终会变成什么样。"她看着他，目光真挚。

他漆黑的眸子暗如一道旋涡，薄唇缓缓勾起，眼底蕴着沁人心脾的暖流，他单手捏住她的下颌："南南，我们结婚吧。"

南絮心底猛地一颤，末了，唇角扬起一个美好的弧度："好呀。"

陈湛北雷厉风行，次日周一，直接到曾局办公室打申请报告。

曾局看着许久未见的陈湛北："休息段时间，回来就要结婚了，你这速度够快的。"他低头看着上面的名字，惊讶道，"南絮？！"

陈湛北挑眉："大惊小怪。"

"你们？谈多久了就要结婚？"怪，只怪曾局不八卦，这事缉毒大队已经传遍了。

"三年了。"

曾局脸一僵，三年，陈湛北还在做卧底，这隐藏的也太深了。曾局僵了几秒便笑了："好事，先恭喜你们，吃酒的时候不要忘记叫上我。"

"怎么会少了你那份。"

调侃几句后，曾局问他："身体好些了吗，什么时候归队？"

"还不是老杨不放心，我自己的身体我清楚，随时可以。"

曾局突然严肃起来："做好准备了吗？"

陈湛北微顿了下，半开玩笑："曾局，您是看我清闲了一段时间，回来就给我增添任务，我还是继续清闲吧，洪飞还是有能力的。”

“洪飞的能力我不否认，但你的能力我更加肯定。”大队长的位置空缺了两年，需要一个能压制得住那帮刺头，且能力拔尖的人，陈湛北就是那个可以服众的战将。

“过了年，云省那边又来找我商量，我可没放人。”

结了黄平案时，赵队便跟他提过，希望他过去，陈湛北当场拒绝了，后来听老杨说，那边打电话过来，着重提了这件事，他都没答应。年后又来询问这件事。陈湛北笑了下：“我喜欢宁海。”

陈湛北这样的缉毒战将，哪儿知道了都想来挖墙脚，如果陈湛北同意，他也无法阻拦，好在陈湛北的话给他撂了底，曾局也就放心了。

而南絮这边也打了申请报告，上级领导早听说她谈恋爱，没想到这么快结婚。

一周后，两人拿着申请报告和证件，回了北都。

陈母一听两人要领证，开心得给自家兄弟打电话，兴奋的神情藏都藏不住。

吃晚饭的时候，平日不喝酒的陈母也喝了两杯，她真的高兴，儿子离家七年回来了，又要结婚了：“结了婚，成立一个新的小家庭，以后的生活两个人要互相照顾，湛北，你要多照顾南南。”

“妈，您怎么弄得像嫁女儿似的，还怕我待南南不好。”

南絮说：“阿姨，我们会互相照顾，您放心，我也会好好照顾他的。”

陈父看着对面的两个孩子，欣慰地笑了：“南南是个懂事的孩子，第一次见就看得出来，你们在一起生活我们不担心，工作的事别给自己太多压力。”

陈母连连点头：“不要再做那么危险的工作了，你们平安健康，我们才能放心。”

这件事南絮没办法给陈母一个满意的答复，他们的工作性质就是守护我方领土，还我方一片安宁，他们愿意为此付出艰辛。

陈湛北急忙夹菜：“妈，您又担心这些，我跟南南现在的工作都没那么危险。她是做技术的，我刚到队里报到没多久，我想冲锋陷阵也轮不到我显摆呢。妈，您不是最喜欢松鼠鳜鱼，趁热吃，很鲜的。”

“是我多虑了。”陈母笑着夹菜给南絮，“南南，你们年纪都不小了，有没有打算要孩子？”

南絮脸颊有些羞赧之色：“顺其自然。”

她不能跟陈母提及陈湛北正在吃药的事，他们暂时是不可能要孩子的，反正这事，他们也不急，等一切落定，顺其自然。

“我知道您想抱孙子，等您退休了，我保证，肯定不会让您闲下来。到时候您不嫌烦就成，听说带小孩子很辛苦的。妈，您要把身体养得健健康康的，否则到时候累瘦了，我爸可饶不了我。”

“这孩子，这张嘴也不知道随谁，我跟你爸没一个像你这样油嘴滑舌的。”

南絮抿着唇偷笑，陈湛北嘴上贫的功夫她到现在也不知道跟谁最像，陈家二老都是性格稳重之人，不过陈湛北除了嘴上贫了些，做事却稳重老成，审时度势。

想到他雷厉风行的做事风格里隐藏着敏锐谨慎，一步步险中求胜，一条条线索打击毒贩，她心里就像有团火，他英勇无畏、不惧险阻，即将成为她的男人。

都说英雄难过美人关，可美人亦是难以抵挡英雄。

领证要拍照，他们拍了两张，一张军装照，还有一张，南絮特意挑的，两件休闲白衬衫。

最后他们选了军装照，而另一张照片，两人保存到钱夹里，一人一张。

签字的时候，南絮看着他落笔，遒劲有力，“陈湛北”三个字，一如他的人，蓄满钢筋铁骨的力量。

“看什么呢，后悔了？”

“对，后悔了。”

陈湛北放下笔，把签好的声明书推到工作人员面前，掌心扣住她的肩头：“想跑，没机会了。”

南絮努了努嘴，低头落笔签字。

看到工整的“南絮”两字，时光仿佛一下子回到那日。

他坐在窗边，问她：“唉，你叫什么？”

她说：“南絮。”

他们谁也不曾想过，有一日，他的户口本上，会添上她的名字。

两人板正地端坐在椅子上，看着工作人员盖上钢印，钢印落下，他们便是合法夫妻。

从登记处出来，南絮见他一直不说话：“想什么呢？”

“如果早知道你会嫁给我，当初就好好待你。”他说着，“扑哧”一声乐了出来，盯着她的小脸仔细瞧着，“当时有恨过我吗？”

“你知道我从什么时候开始怀疑的吗？”

“安婀娜那件事。”

她点头：“你没动我，还帮了我，安婀娜那件事让我产生更多怀疑，不过我当时觉得那样的想法太疯狂，不切实际，直到发现飞行器。”

“你太缜密了，把自己融入其中，那款是三年前最新研发的Fkj2.0，除了华国科研人员，没人见过，要不是我亲自参与过研发，我也找不到你任何漏洞。”

“行，你聪明，就你聪明，你个大聪明！”陈湛北长臂一伸，直接把她捞进怀里，“走，新媳妇要见公婆啦。”

“到时帮着我点，别让我太尴尬。”

“尴尬什么，我的南南什么大风大浪没见过，还怕见公婆。”

“话多，走啦。”南絮手环在他腰间，两人大步从民政局出来。

陈家二老今日都没去上班，在家等着小两口回来。陈母心急，陈父让她别焦躁，领证要排队，再办手续，才走一个小时，你就坐不住。

陈母叹了一声：“想起他小时候，皮皮的一个孩子，长大了却去做那么危险的工作。”

“你生了个好儿子，我们应该为他骄傲。”

“我只要他平安健康，别跟我摆大道理。”虽然陈母嘴上这样说，但她内心真的为陈湛北感到骄傲和自豪。

中午十二点半，陈湛北和南絮回到家。

他们并肩站在父母面前，南絮叫了一声：“爸、妈。”

这声“爸、妈”，陈母瞬间红了眼睛，南絮开始有些窘态，过了会儿眼睛也湿了，自母亲去世，今年是第六个年头，她六年没叫过妈，跟陈湛北结婚了，又有了妈妈，她心底酸涩的同时也很感动。

陈母一边抹着眼角的泪，一边从抽屉里拿出一个藏蓝色的丝绒小盒子，盒子里有一只玉镯："南南，过来。"

南絮看了眼陈湛北，他扬了扬下巴，她走过去，陈母牵过她的手，把那只碧绿的玉镯套在她手上。

"这是我和湛北他爸结婚时，婆婆送给我的，现在由你保管了。"

陈母拍了拍她的手背："两个人好好的，如果他有什么不对的地方，你管着他。"

南絮点头："谢谢妈。"

其实南絮和陈湛北登记的这一天还有一个寓意，就是他们三年前相识的那一天。

他们暂时不想办婚礼，但是南絮觉得婚纱照还是要拍的。

陈湛北不管这些，南絮想怎么办就怎么办。

其实南絮根本没想过婚纱照的事，还是余安安提起来的，她说暂时不办婚礼，以后再说，安安提议先拍婚纱照，她觉得有道理。

拍婚纱照的地方是江离的妹妹江小源替她选的，江小源是服装设计师，有自己的工作室，这方面她懂得多，所以南絮全权交给她。

拍婚纱照的时间定在了三周后，陈湛北一直清闲在家，说要休息，老杨说他活腻歪了，他却开玩笑说，愿意在家腻歪。

他在等南南什么时候能休个假，两人一起出去旅行一次，去她想去的地方，这么多年，南絮除了工作就是工作，从未给自己放过假，她说这次婚假，一定要好好玩一次。

进入夏季，雨水偏多，陈湛北又是吃药，又是热敷，南絮一天不落地叮嘱他。

这天吃完药，陈湛北在沙发上，突然小声叫南絮："南南，南南过来。"

南絮在洗手间洗毛巾，急忙跑出来，刚要开口，就见陈湛北指着金刚和小乖："你看这俩小崽子在干啥。"

金刚和小乖正在亲嘴，两个尖尖的嘴巴咬在一起，那模样，可爱极了。

陈湛北咂舌："不愧是我儿子，搞定媳妇就是这么痛快。"

好像亲亲被人发现，金刚和小乖分开后，各种转头看向他，好像在说，我们啥也没干，你们看错了。

陈湛北起身走过去："小子，好样的。"

金刚被夸奖，贼得意地仰着脑袋呱呱叫着什么。

南絮走到陈湛北身边："金刚和小乖会生小金刚吗？"

"要不，晚上装个监控？"陈湛北一脸坏笑。

南絮"切"了一声，转身离开。

陈湛北拿过坚果递给金刚和小乖，然后坐在沙发上，金刚跟小乖吃了会儿，金刚就扑棱着翅膀飞到他旁边的扶手上，陈湛北抬手轻轻摸着金刚的脑袋。

金刚被顺毛，十分舒爽地闭上眼睛，就像是说，好舒服，不要停。陈湛北一巴掌拍过去："让老子伺候你，美得你。"

金刚叫着："爸爸，爸爸。"

"去，教小乖叫爸爸，教不好炖了你。"

小乖乖巧地站在栖杠上，咕噜咕噜着，然后张着尖嘴，脆生生地叫了声："爸爸。"

陈湛北啧啧咂舌："小乖真是个好媳妇！"

拍婚纱照的服装他们已经提前试过，如果不合适可以按身材重新量制，这是江小源给她的特权，随便挑，挑到喜欢的没有尺码可以重新购买或是定制。

服装选择上陈湛北没有任何意见，南絮让他穿哪件他就穿哪件，陈湛北天生就是行走的衣架子，任何衣服在他身上，都能溢出满满的雄性荷尔蒙来。

拍照当天，他们先拍了一组，南絮穿婚纱，陈湛北穿他自己的军装。后面又选择了休闲款式，折腾一天，最后一套是西装。

陈湛北从更衣室出来，之前尺码不合适，经理量了尺寸现拿过来一套，南絮第一次看到他穿西装，衬衫已经穿好，服务人员替他系领带，西装外套半垂着搭在两边手肘处。

照片还未开拍，陈湛北的手机响了，是老杨。

"通差出现，陈湛北即刻归队。"

陈湛北霎时敛去笑意，硬冷的嗓音铿锵有力："马上到。"

而南絮这边也接到上级电话："配合缉毒大队，缉拿通差。"

"是。"

一个小时后，南絮与缉毒大队，在军用机场会合。

南絮看到陈湛北一身作战服出现在她眼前，她眼底的笑意变得炙热，她终于等到了这一天，他们一起穿着作战服，一起肩并肩，一起冲进战场。一起，便无畏。

她走向他，向他伸出拳头，陈湛北黑眸蕴笑，握拳与她轻轻相撞，此时，他们是战友。

陈湛北站在队伍最前方，一声令下：“出发。”

有这么一群人，用他们的血肉之躯，筑起一道坚不可摧的屏障，守护着我国安宁。他们得召令，应一声“到”，便无所畏惧勇往直前。

他们的冲锋陷阵，才有我们的岁月静好。

致敬，缉毒英雄！

番　外

我只爱你

自陈湛北上任宁海缉毒大队大队长一职，宁海贩毒案接连被破获，案件从细枝末节延伸到全国范围，一时间，陈队长成了大忙人，也成了缉毒警界的神话。

一个月前，云省缉毒大队碰上棘手案件，不得不申请借调陈湛北前往处理。

自家大队长被借走，队里的小伙子们不开心了，倒不是因为案件问题，而是想他。

曾经的刺头孟危现在是陈湛北的头号迷弟："陈队什么时候回来啊，还不回来吗？一个月了。"

洪副队长说："你已经念叨一个月了，从人家走那天嘴就没闲着。"

"陈队走的第一天，想他……"孟危盘腿坐在树荫下，手里扯着一根柳条枝，一片一片摘叶子，"陈队走的第三十天，想他……"

于杰蹲在墙角，笑着说："孟哥，你又不是陈队老婆，想这么紧，南絮可不高兴了。"

"我又没抢她老公，是南絮抢了我们队长。陈队独宠南絮，独一份的宠爱，我酸。"孟危向后倒地，"酸呐，队长啥时候回来，再不回来南絮明天跟别人过情人节去。"

孟危灵机一动，从兜里掏出手机给陈湛北发信息：队长，情人节不回来吗？南絮想你了。

陈湛北半个小时之后回的信息：案子没结。

孟危叹气：情人节南少校又是一个人过，可怜哦，要不，我们把她请到队里，这么多兄弟陪她过节，队长你同意不？

陈湛北回了一串省略号。

情人节有一起过的吗，想一出是一出。陈湛北着实走不开，案子接近收尾，不到结案那天他不会离开，有始有终，帮人帮到底，这也是他的职责所在。但思来想去，冷落南絮他也心中不忍。

次日中午，南絮收到一大束玫瑰花，中间有一张粉色桃心卡片，上面写着"南南，爷稀罕你"。

南絮抿着唇笑，电话里他没提一句，却不想他知道今天是情人节。他回国至今，两年时间，他们没在一起度过任何节日，她知道他忙，她并不在意，但收到花时心中还是漾起甜蜜。

南絮发信息给他：大忙人还记得今天情人节。

陈湛北心想多亏了孟危提醒他：不能陪你，回去补上。

南絮：陈队，过时不候。

陈湛北：不会真生气了吧，来给我看看，南南生气是什么样子，我还没见过。

南絮：贫。

陈湛北点了支烟坐下来，看着周围形形色色的男女，情人节的氛围很浓烈。南絮跟他没享受过什么生活乐趣，金三角那几年她没少吃苦，回国后他的工作更加繁忙，连个正经假期都没在一起享受过，看着街上成双成对的情侣，小姑娘抱着花，身边有男朋友陪伴，笑得多幸福。

一周后，毒品案告破，陈湛北飞回宁海。他先去了缉毒大队，又到缉毒厅，一切安排妥当才回家。

南絮刚进门就感觉到家里有人："湛北，你回来了？"

陈湛北正在收拾东西，看到她把人抱起来一顿亲："南南，我休假了，你安排安排，咱们去旅行。"

南絮诧异："你怎么不提前说一声？"

"我刚安排好，明天上午你就去请假。"之前电话里聊天知道她最近不忙，休长假不成问题。南絮听得兴奋，别说旅行，他连个正经周末都很少有过，"我现在就打电话。"

南絮打电话给上级，又安排好工作，跟着陈湛北一起收拾东西，趁着时间不晚，去超市采购食物和生活用品，次日一早便出发。

陈湛北开着车，他们只有一周时间，不能去太远的地方，他们并没有固定目标，走到哪儿算哪儿，只要两个人在一起，两个人……

"南南，南南。"金刚从后面飞了过来，落在南絮身后的椅背上，陈湛北冷眼瞪过去，"非把它带着，碍眼不，说好的两个人，又多俩鸟。"

"把它们扔家里我不放心，有它们陪伴挺好的，这才是一家人嘛，一个都不能少。"南絮抚摸着金刚的小脑袋，小家伙舒服地蹭着她指尖，咕噜咕噜地享受着。

他们开着车，漫无目的地行驶，翻越高山，途经大川，来到古镇。

他们牵着手走在人群中，像普通情侣那样，吃小食，买冰激凌，在景点拍照，陈湛北在南絮脸上看到不同于以往的冷静睿智，此时的她像个小女孩儿，洋溢出的欢乐感染了他。

陈湛北轻挑唇角，眼底尽是笑意，宽大的墨镜下，男人的眼中全是她，唯有她。

街上的旅人能感受到他们的快乐，只是谁会想到，他们是从战场上走出来的，穿越枪林弹雨，蹚着荆棘之路，浴血奋战，在怒火中重生。他们是钢铁战士，是夜空中最亮的星。

他们在路上捡了一只小奶猫，是一只三个月大的虎斑加白，瘦弱得不堪一击，不知是被遗弃了还是流浪猫。南絮把小猫带到宠物医院进行检查，小猫虽然瘦弱却很健康，洗澡、驱虫后，南絮又置办了小猫用具和猫粮，便带着它再次启程。

南絮对小猫特别有爱，小家伙也是萌化人心，南絮只顾着小猫，忽略了身后的两个小崽子，小乖还好，它始终都是安静的，但金刚不是，金刚闹腾起来能拆家，南絮有了新宠，金刚不干了。

金刚扑腾着翅膀飞过来："南南，南南。"

南絮放下小猫，金刚扑到她怀里，小脑袋窝在她嫩白的颈间使劲蹭着，嘴里嘎嘎地叫："南南，南南。"

南絮忍不住地笑："金刚吃醋了。"

陈湛北眼神暗了暗："烦人。"

"爸爸，爸爸。"金刚蹭着南絮，眼睛却看向陈湛北，"老公。"

陈湛北:“谁是你老公，滚。”

陈湛北一声厉喝，吓得金刚翅膀一抖，然后更加肆无忌惮地往南絮怀里缩。南絮被金刚突然叫出的“老公”笑得不能自已，指尖安抚金刚的小脑袋，“不怕不怕，爸爸凶凶不对哦。”

金刚得到安抚，叼着南絮手边的面包，啄了一块送到南絮嘴边，南絮好心情地笑着。陈湛北脸更黑了:“那是你妈，不是你媳妇，喂你家小乖去。”

金刚:“爸爸，爸爸。”

“金刚是你送我的礼物，是我们的家人，你对它好点。”无论是骁爷还是陈湛北，对金刚都没有过温柔。“对孩子要有点耐心，它们就是孩子。”

陈湛北突然若有所思，金刚飞到一边找小乖腻歪，南絮抱起旁边的小奶猫，小猫喵喵的叫声又奶又萌，南絮很是喜欢，“取什么名字呢？”

陈湛北开口:“路上捡的。”

南絮一怔，随即明白:“你够了，怎么能叫路上捡的。”

“路上捡的就叫路上捡的，多好。”

这只小猫妹妹从此有了名字，路上捡的。

但南絮真的受不了陈湛北取的名字:“这是什么奇怪的取名方式，还是你对它没有爱？”

“我只爱你。”

南絮:“……”她忍着笑，最后笑出声来，“我喜欢。”

陈湛北挑眉，捞过她便亲了一口，一口不够又来一口。

他意识到对她着魔，是第一次送她离开金三角，无数个夜里，思念如狂。

“南南，我们生个孩子吧。”

南絮一怔。

“要不是因为吃药，咱俩孩子都能遛鸟了。”他吃了一年的药，现在已经停了一年，身体应该恢复正常了。

南絮“扑哧”一声乐了出来：“遛鸟，好像也不错。”只是她有点犹豫，“我们太忙了，没时间带孩子。”

他挑眉：“让金刚带孩子，还有路边捡的，明年就长大了，作为家庭的一员，要学会为家庭分忧。”

“你见过谁家鹦鹉带孩子？”

这时金刚飞了过来：“带孩子，带孩子。”

陈湛北说：“你看，它同意了。”

金刚昂首阔步，尖尖的小嘴附和着：“带孩子，带孩子。”

陈湛北低头看向路上捡的：“带孩子，同意吗？”

路上捡的扬着萌萌的小脑袋，一双圆眸懵懵懂懂，“喵”。

陈湛北煞有介事：“看，都同意了。”

南絮埋首在他怀中，笑得肩膀耸动：“好啊，就让它们带孩子。”

—全文完—

图书在版编目（CIP）数据

炽野 / 简图著. -- 成都 : 四川文艺出版社,
2022.3
ISBN 978-7-5411-6238-1

Ⅰ. ①炽… Ⅱ. ①简… Ⅲ. ①长篇小说－中国－当代
Ⅳ. ①I247.5

中国版本图书馆CIP数据核字(2022)第006714号

CHI YE
炽野
简图 著

出品人　张庆宁
出版统筹　刘运东
特约监制　王兰颖
责任编辑　陈雪媛
特约编辑　代琳琳
封面设计　吴思龙
责任校对　汪　平

出版发行　四川文艺出版社（成都市槐树街2号）
网　　址　www.scwys.com
电　　话　010-85526620
印　　刷　天津旭丰源印刷有限公司
成品尺寸　145mm×210mm　　开　　本　32开
印　　张　17.25　　字　　数　420千字
版　　次　2022年3月第一版　　印　　次　2022年3月第一次印刷
书　　号　ISBN 978-7-5411-6238-1
定　　价　59.80元（全2册）